双生战记 之

拯救波瓦特

ONCE
WE WERE

凯特·张 著　　刘雪岚 译

作家出版社

献给迪香，我虽无血缘之亲，却能灵魂交融的姐妹。

———凯特·张

序 言

　　艾迪和我，我们共享一颗心，共用一双手，共栖同一具身躯。那个六月里炎热的日子，刚刚从诺南德医院逃出来的我们，站在海边，用我们共有的眼睛，平生第一次领略了海洋的风采。海风习习，撩动我们的头发，拍打在我们的脸颊上。被海水浸泡过的腿上沾满了沙粒，将我们秀白的腿变成了古铜色。

　　那一天，我们共同经历着一切，一如十五年来，我们共历所有时光。我们共栖一具身躯，艾迪即伊娃，伊娃即艾迪。我们是双生人。

　　然而，共用一双手并不代表我们目标一致，共有一双眼并不代表我们视野重合，而共享一颗心也不代表我们钟爱同样的事物。

　　我珍爱这样的一切——站在齐腰深的海水里，跟着每个扑面而来的巨浪跳跃，感受海水冰冷的冲击；胳肢胳肢凯蒂，听她开怀大笑；看哈莉跳舞，然后笑得上气不接下气；走在路上突然回头看赖安，却发现他早已有先见之明，满面笑容站在那里等着我转身了。

　　艾迪也喜欢这些。但她并不像我这样爱得深切——爱到深

拯救波瓦特

入骨髓，绝望无助，因为，这一切本不该属于我。数以百万的隐性灵魂都活不到五岁，更别奢谈活到十五岁了。上天就是这么安排的，或者说艾迪和我从小就听别人说，上天就是这么安排的。每个肉身生下来都会有两颗灵魂，而其中一颗的基因决定了它终将逝去。

其实，从很多方面来看，我也算是幸运的了。

每个清晨，当我们睁开双眼，每个夜晚，当我们即将入眠，我都会这样告诉自己。

我是幸运的，够幸运的了！

我还活着，甚至，多多少少还是自由的。在一个双生人被禁止和关押的国度，艾迪和我竟然逃了出来。而我——

我又能活动自如，畅所欲言了。从小，我就知道自己是一个隐性灵魂，注定会被"解决"。而到那时，我的父母也只会迅速地、默默地哀悼一下，然后生活该怎么继续就怎么继续。他们会说服自己，说这不过是世事常理，规矩历来如此，而他们又有何德何能去质疑天道造化！

孩子们应该摆脱他们的隐性灵魂，将他们抛之身后，就像他们有一天会扔掉他们的乳牙一样。这只不过是他们长大成人要迈出的一步而已。

如果不这样做，而是选择保留两颗灵魂，就会永无宁日，就意味着永远被困顿在蒙昧混沌的童年，无法获得他们赖以控制自己的身体所需的稳重而又理性的成人思维。双生人怎么能适应社会？怎么能结婚？带着两颗目标不一、渴求各异的灵魂，他们又怎么能安心工作？做一个双生人就会永远处在反复无常、左右为难的境地。

我十二岁的时候，也就是离政府宣告我的最终期限到了之后，又过了两年，我臣服于嵌在我基因里的命运魔咒。即使如此，我也是幸运的。虽然我已经没法控制自己的身体，只留下艾迪独自掌控我们的四肢，但是我并没有完全消失。

这总比死了要强得多吧。

"艾迪，你没事吧？"在我被宣告消失之后的头几周里，妈妈总会这样问。她这样问的时候，就好像她好不容易才把这句话从自己嘴唇里挤出来似的。即使她知道艾迪也许没法做到像个没事人一样，她也表现得很不情愿承认这个事实。艾迪本来是可以正常的。

"我没事。"艾迪总是这样回答。哪怕当时我正在她的脑海里一遍一遍尖声大叫，哪怕那时她一边要对着父母微笑，一边还要紧紧抓住我，对我诉说她多么抱歉，乞求我像她一样表现得"没事"。

哈莉·穆兰和赖安·穆兰两兄妹是把我从自己身体的囚牢中解救出来的人。假若哈莉那天下午没能说服艾迪和她一起回家，那我现在会身处何方呢？依旧瘫痪无力，依旧孤立无援吧。当然也不完全如此，因为我会一如既往地拥有艾迪。但是，除此以外，从其他任何方面来看，说我孤立无援，那真是再贴切不过了。

那我们就还在家里。有一次，当我悄悄地问起艾迪这个问题时，她回答说。这些话只在我俩共享的思维里传递，别人是听不到的。那样科尼温特先生就不会带我们去诺南德医院，而我们也就不会来到这里。来到安绰特，这座熠熠生辉的西海岸城市，来到这里，呼吸海浪抛溅到空气里时发出的那股咸咸的、腥腥的味道。

好吧，这次轮到我来说对不起了。艾迪说得对。要是哈莉没有说服——或者说我没能说服艾迪去她家，然后又去做治疗，从而走出脱离常规的第一步，我们此刻应该还在家里。我们可能还没有脱离危险——作为双生人，我们永远无法彻底松懈——但同时又会相对比现在更安全。我们可能会照常上学，看电影，会在弟弟在厨房耍宝的时候开心大笑。

别道歉，伊娃。我不是那个意思。我——她顿了顿，眼睛盯着这间陌生的新公寓的天花板。这是我们新的藏身之地。**我永远不会那样做，让你就像那样活着，尤其是在我知道还有别的办法的情况下更不能那样做。我们会没事的。**

我们并没有像那些走进了医院大楼的孩子们那样，比如杰米·科塔，他的另一个灵魂葬送在手术刀下。

艾迪和我是幸运的。

也许，要是我们一直这样走运，我们就再也不会见到穿着熨得笔挺的扣角领衬衫的科尼温特先生，再也不用去感受詹森用冰凉的手指抓住我们的手腕，也不必身陷他率领的评审团的裁决之下。

我们会被允许按我们的本来面貌活着。伊娃和艾迪，艾迪和伊娃。两个共栖一躯的女孩。

拯救波瓦特

1

电话亭的门虽然被人支起来半开着，里面却还是让人觉得闷热憋气。尽管我们很希望保密性强一点，却实在没法忍受这个狭小、封闭的空间里那令人作呕的气息。地上到处乱扔着踩扁了的烟头，浓郁的烟熏味在清晨的空气里弥漫。

我们不该这么做的。我说。

我们甚至不该出门的。我们是趁着艾米利亚和凯蒂还没睡醒，悄悄地从公寓逃出来的，还得想办法在她们醒来之前回到那儿。没人知道我们在这儿，就连赖安和哈莉也不知道。

艾迪把听筒放到我们的耳边，拨号音在我们耳边响起。

这正中政府那些人的下怀。我说，彼得说他们会在我们的家里装窃听器，追踪电话来源。我们离公寓这么近，不能让别人卷入危险。

我们空下来的那只手伸进了口袋，握住了那枚芯片。这是到诺南德之前赖安给我们的，在医院的时候我们就靠着这个跟他联系。我们已经习惯把它当成一枚护身符一样，不时地用手指把玩它。

艾迪柔声说道：今天是他十一岁的生日。

莱尔，我们的弟弟，十一岁了。

科尼温特先生把我们关起来的那个夜晚，莱尔在医院里，他每周要做三次透析。莱尔跟我们的父母不同，他没有资格去为我们争取自由。我们甚至根本没有来得及跟他说再见。

不就打一个电话嘛，在投币槽里放几枚硬币，再拨十个数字，多快，多简单！

嗨，莱尔！我想象自己会这样说。脑海里勾勒出他那绵软的金发，骨瘦如柴的腿和胳膊，还有他咧嘴发笑时露出的那满嘴的歪歪扭扭的牙齿。

嗨，莱尔——

接下来说什么？生日快乐！十一岁生日快乐！

我最后一次为莱尔祝福生日快乐——我是指大声亲口对他说出祝贺的话语——是在他七岁生日的时候。自那之后，我就失去了力量，只能在一旁看着艾迪帮我把这些话说出来。我寄居在一具自己不能控制的躯体里，成了家里人以为早已消逝的一个孤魂。

四年就这样过去了，我该怎么说呢？

想到该要对妈妈说些什么，我心情就更糟了。

妈，我是伊娃。我一直就在你们身边。这些年一直就在你们身边，只是您不知道罢了。

妈，我是伊娃。我还好——我很安全。您好吗？您安全吗？

妈，我是伊娃。我真想回家。

妈，我是伊娃，我爱您。

妈妈的形象在我心中如此清晰，我感到阵阵心痛。她脸上的轮廓，笑纹，还有眉间那些不是因为笑而刻下的更深的纹路。我脑海里清晰地浮现出她穿着女招待工作服的样子，下身是黑色的宽松裤，上身是白色的衬衣，映衬着她那满头玉米穗色的秀发。艾迪和我一直想拥有像妈妈那样的秀发，柔软光滑的直发，顺着我们的指缝倏地掠过。我们却遗传了父亲的卷发，懒散随意，漫不经心地长在头上。公主范儿的头发，父亲曾这样称呼它。那时我们还小，经常坐在父亲的大腿上，闻着他刮过胡子后脸上散发出来的清香，央求他给我们讲一些"从此幸福美满"之类的故事。

我迫不及待地想知道家里人的情况。离我和艾迪最后一次躺在自家的床上、看着自家的天花板已经过去将近两个月了，这期间家里可能会发生很多变故。

不知道莱尔是否做了肾移植手术，医院可是承诺过我们的。或者他还在继续不间断地做着透析？父母是否知道我和艾迪的事？要是他们以为我们还在医院，正在治疗我们的双魂共生，那该怎么办？

真不知道是该让他们了解真相，还是不该让他们了解真相！一个半月前，我们从诺南德医院逃了出来。我们本应该把大伙都领出来的，但是没能做到。最后只带出了赖安和戴文，哈莉和丽萨，凯蒂和妮娜。当然，还有杰米，杰米·科塔。

现在我们躲在体制之外，彼得和他管理的双生人地下网络给我们提供庇护。我们从政府的课堂听说过逃犯的事，现在我们也成了其中一员。罪犯一旦被逮到——他们终究会被逮到——新闻上就会大肆报道。

爸爸妈妈是否愿意听到这样的消息？

要是听说了，他们又会怎么做？他们是会跨过大陆来领我们回家，给予我们前所未有的保护？还是会对我们说很抱歉，他们以前放任我们不管，害我们犯下了大错？

也许他们只会把我们再关回去。

不。

我忍受不了他们可能会有这种想法。

"艾迪，医生会把你治好的。"爸爸给诺南德医院打电话时对我们说过，"妈妈和我都是为你好。"

彼得提醒过我们，政府的人会在我们家里的电话线上装窃听器，在诺南德医院的时候，爸爸也许知道有人会监听我们的通话，所以他只能说些别人想听的话。也许那些话并不是他的本意。

因为在我和艾迪走上科尼温特先生的车的时候，他对我们小声说的是另外一番话。

"如果你还在，伊娃……如果你真的还在……"他说，我也爱你，一如既往。"

一如既往。艾迪。我喊道。她的欲望像一把刀，同时伤到了我们两个人。

我就说几句话。

我们不能打电话。我说，艾迪，不要打电话。

不管我们是不是想打电话想到心痛。

看到艾迪没有放下电话，我趁她一不留神控制了身体，挂了电话。艾迪并没有反对。我趁机赶紧走到了人行道上，一阵风迎面吹来，这座城市就这样跟我们打了个招呼。一辆路过的车朝空中喷出了一阵黑色的尾气。

你觉得……艾迪说，你觉得他还好吗？我是说莱尔。

嗯，我想他没事。

我还能说什么呢？

我和一小群赶早班车的人一起站在人行道上等红灯，这群人个个都在想着自己的心事，没有人注意到我和艾迪。安绰特是我见过的、更是生活过的最大、最繁忙的城市。

大街上，用钢筋和水泥构建起来的大楼高高耸立。偶尔，也会看到一座饱经风雨的红砖房，让人的心不由变得柔和起来。

彼得选中安绰特就是因为这座城市规模巨大。这座城市既有安静的无名胡同，也有宽广忙碌的大街。在这里，车辆、人群、思想—— 一切都飞速运转。这里与历史悠久、萧条懒散的贝斯米尔，以及我和艾迪生活过的节奏缓慢到近乎停滞不前的鲁普赛德大相径庭。

在安绰特，一夜之间发生的事好像比鲁普赛德一年发生的事还要多。我和艾迪并不知道这些。自从彼得把我们从诺南德带到这里之后，我和艾迪能够出门的次数屈指可数。彼得和艾米利亚不想有任何闪失。

拯救波瓦特

像我和艾迪这样的人——拥有两个灵魂，又是逃犯，还跟正常人有点不一样，在安绰特这样的地方藏身相对容易。但这也不能改变什么。我经常做梦，梦见自己天黑以后在霓虹灯闪烁的大街上闲逛；梦见自己在木质的栈道上嬉戏、买些小玩意儿；梦见自己再次在海浪里扑腾。

有警察！艾迪轻声喊道。

我们的腿一下子僵住了。心狂跳三次之后，我们才渐渐冷静下来继续往前走。我们穿过马路走到了街对面，这样就不用和警察打照面了。

很有可能，他的出现跟我和艾迪一丁点的关系都没有。

但我们是双生人。

任何闪失，不管多小，我们都承担不起。

2

艾米利亚的公寓一片沉寂，只有头顶上的灯泡总发出嗞——嗞——的声音，灯光忽明忽暗，就像半死不活的萤火虫似的。一只垃圾袋懒懒散散地立在角落里，散发着阵阵臭气。

只要有空的时候，彼得就会把我们这些诺南德难民们集中到他公寓里。但是因为要在安绰特生存，他总是在这座城里到处游走，最终，我们这些人只能散落在各个地方。虽然凯蒂和妮娜跟我们一起住在艾米利亚家，穆兰兄妹还有亨利就住在我们上面几层的地方，但是，这种感觉跟住在一起还是很不一样。

更糟糕的是，莱安纳医生把杰米带到城边上一座小房子去了，我们已经三周没有见过他了。

我们溜回公寓的时候，房间里仍然光线昏暗，朦胧的晨光将客厅照得半明半暗。艾米利亚和她的孪生灵魂苏菲将公寓打理得十分干净整洁，装饰得柔和舒适。但我们有种奇怪的感觉，那就是，彼得的公寓似乎更像是"我们的"家，"我们的"地盘——因为他总不在家。而在这里，我和艾迪总感觉自己像不速之客，贸然闯进了一处只有一堆不会说话的毛衣和手工垫子的避难所。

那么……艾迪说道。我们深陷进沙发里，眼睛盯着艾米利亚的盆栽。盆栽的每片叶子都被悉心打理得整整齐齐。连她家的盆栽都那么井然有序。

怎么？我半眯着双眼问道。昨晚，为了确定自己能及时醒来，好偷偷地溜出去，我们就没怎么睡觉。这会儿，随着肾上腺素的分泌一消退，瞌睡就让我们变得四肢沉重起来。

艾迪叹了口气说道：那么，我们现在干什么？我们今天干什么？

我想，平时干什么，今天就干什么呗。

凯蒂和妮娜大部分时间都蜷在电视机前，电视上演什么，她们就看什么。星期天的早间卡通片，每天的日间肥皂剧，下午的新闻节目……睡不着的时候，她们连午夜脱口秀都看。哈莉和丽萨总盯着窗外，倾听从路过的汽车里传出来的音乐节奏。

赖安通过做东西来打发时间。他做的大部分是小玩意儿。他从亨利或艾米利亚那里借来工具，把一些小片片东拼西凑攒在一起。艾米利亚从外面回来，要是发现她装盐和胡椒的小罐被改装成按下一个键就可以在盐和胡椒之间转换，或者发现家里多了一些其他的有用没用的小发明，也不再会觉得有什么好大惊小怪的了。

而艾迪——艾迪又开始绘画了。她给躺在沙发上的凯蒂画素描，描摹她那柔软扁平的鼻子，大大的、褐色的眼睛。她捕捉到哈莉眼镜上的反光，花整整一小时不断完善哈莉的卷发散落时的样子，有些头发披落，成了松松散散小波浪卷，另一些却直接涌成了一朵黑色的大浪花。

虽然艾迪重新开始画画是件好事，可是，毕竟已经闷了这么多天，我们谁都受不了了。

"噢!"一个声音从我们身后传来，是艾米利亚。她身上穿着一件粉色的毛衣，里面套着一件奶油色的衬衣，看起来像早晨的阳光一样柔和恬淡。她有点不自然地笑了笑："我不知道你已经醒了……"

虽然她没有问，但是我俩都知道她在疑惑——她是在跟谁说话呢，艾迪还是伊娃?

"是我，艾迪。"看我一直没有作声，艾迪回应道。都这个时辰了，醒着的当然是艾迪了。她说着站起身来，小心翼翼地用脚后跟踩着地面，偷偷把我们的鞋子踢到沙发底下。艾迪对我们的身体控制自如，这点我仍然望尘莫及。

"你今天起得很早，"艾米利亚说，"有什么不对劲儿的地方吗?"

"没有。"艾迪耸了耸肩说，"就是醒了，再也睡不着了。"

艾米利亚转身进了厨房，厨房和客厅中间只隔了一溜排柜。"这个城市到处都是嘈杂声，得要好一段时间才能适应。我刚住到这里的时候，开始好几个星期的时间里，晚上都睡不好觉。"她用手指了指咖啡机，示意我们要不要喝咖啡，但艾迪摇了摇头。

艾米利亚对咖啡有点上瘾。但考虑到她每天要做这么多事，这也没什么好奇怪的:她一边要维持着她的日常工作，一边要照顾着我们，一边还要完成地下联络组织交给她的任务。她要帮我们伪造文件，为根本没有来到过这个世界的人制造出生证明，还要把我们的照片贴在写满了各种其实跟我们毫无关系的人生履历表上。

此时此刻，我不由得把她和那浓浓的、散发着苦中带甜的气味的咖啡联想在一起。我们第一次见到艾米利亚，就觉得她的头发像一团蒸汽——卡布奇诺色的蒸汽。这团蒸汽绕过她苍白的脸颊，一直缠到她的下巴下面。

"你也起得很早啊。"艾迪说。

"我今天要去机场。彼得搭乘的航班还有几小时就到了。"

"怎么没人告诉我们彼得回来了。"我没料艾迪这句话这么咄咄逼人。也许，艾迪本意没有想这样说话。

艾米利亚的手僵住了："哦，是因为——因为有点事出突然。发生了点事，他搭乘了早一些的航班。对不起，我没有想到你会关心这事。"

"我的确关心。"艾迪不假思索，话脱口而出，"不过也没关系，我是说——"

"好吧，那么，我以后会告诉你的。"艾米利亚说。

两人互相看着对方，彼此尴尬不已。

"凯蒂把你昨天刚画的画给我看了。"艾米利亚说着伸手去够燕麦盒，她手腕上细细的金手镯发出了叮叮当当的声音"画得很好。你真是一位不可思议的艺术家，艾迪。"

艾迪用我们的嘴角挤出一丝微笑，说："多谢夸奖。"

艾米利亚总爱这样夸赞我们："你的头发绾起来真漂亮！"要么她就说："你的眼睛真招人喜欢！"艾迪的每一幅素描，即便是她为了逗乐凯蒂的信手涂鸦，艾米利亚也会赞不绝口。

为了回报艾米利亚，我们也试着去赞美她。赞美艾米利亚并不是什么难事。她总穿着一双做工精细的淡金色凉鞋，上身搭配一件柔和的淡粉色衬衫。她总能找到最有意思的饭馆，并从那些地方给我们订好吃的，回家时总带着来自城里各个地方的白色泡沫塑料饭盒。但是，我们和艾米利亚谈话时内容也仅限于此。我们会议论议论天气，客客气气地打打招呼，见面彼此微微一笑，所有这些都只不过是因为我们彼此有点无所适从罢了。

在我们来之前，艾米利亚只收留过一个逃出来的双生人，那女孩十二岁，在艾米利亚家里待了三周，后来彼得在南方的一个地方给她找到了一个更固定的住所。艾米利亚自己二十五六岁的年纪，为了躲避政府的惩罚，她和苏菲这些年来一直深居简出。大多数时候，她们和彼得也只是无意之中碰到了就联系一下。

这些可能都是艾米利亚表现得似乎不知该拿我们怎么办好的原因吧。她似乎有点担心，她要是管得太多，我们就会反抗。

艾迪身子靠在排柜上问："什么时候见面呢？"

"和彼得吗？明天晚上。怎么了？"

"我也想去。"

艾米利亚往碗里倒了些燕麦，她的笑容显得有点迟疑："艾迪，我们只不过是在彼得家见个面，和平常一样。"

"走路到他家连五分钟都不用。"

"我不希望你们……"

"半夜三更的，没人会看到我们。"艾迪用我们的眼睛死死地盯住这个女人，"艾米利亚，我得和他谈谈。我想知道事情都进展得怎么样了。"

诺南德医院的双生人科已经关张了，但是里面的病人并没有放出来，而是被运到别的地方去了。彼得答应过我们，要一起想办法去营救他们。但是有可能他们已经想办法试过了，而我和艾迪却并不知情。

"不管你们想知道什么，我都会告诉你们的。"艾米利亚说，"而且彼得肯定会在什么时候顺道来这里看看你们的。"

"只不过五分钟的路程。"艾迪重申道，"而且一路都是黑灯瞎火的。"

咖啡机发出了哔哔的声音。艾米利亚急忙朝那里走去，"我见到彼得一定问问他，怎么样？我会告诉他，你心急如焚，一心想要离开，看看他会怎么说。"

她就是想把我们关在这里罢了。我说，我知道艾迪也和我是一样的想法。

不过，她只是嘴里大声嘟囔了一句："那行吧。"

"那就这样吧！"艾米利亚笑了笑，对着咖啡壶点了点头。平时闻起来让人觉得沉醉舒适的咖啡味，此刻却让我们觉得有点恶心不适。"你们真的不来点吗？寒冷的早晨喝点热的，感觉很舒服的。"

艾迪摇了摇头转身走了。

外面很冷。我们出不了门了。

$$3$$

艾米利亚去机场了。艾迪和我躺回床上，在一个枕头上蜷成一团。我们时而清醒，时而陷入梦境，天地万物都变得柔和温软起来。

一阵敲门声将我们惊醒。艾迪腾地坐了起来，本能地看了看凯蒂和妮娜。她们还在睡觉，身子深深埋在毯子下，只露出她们的眼睛。

敲门声再次响起。我看到床头柜上一丝红光在闪烁。睡觉前，艾迪把我们的芯片放到那里了。红光的闪烁变得越来越规律，这表示和它对接的芯片就在附近。

只不过是赖安罢了。我嘀咕道。

我们得镇定点，不能像惊弓之鸟似的，听到有人敲门就以为是来抓我们的。

我还没有征求艾迪的意见，她就主动把身体交给我来控制了。我一边在她起身刚一迈步的时候就掌控了我们的四肢，一边急急忙忙走到客厅，打开了房门。

清晨的阳光映射在赖安的皮肤上，照得它像抛光的金子一样闪闪发亮。他满头黑色的卷发根根竖立着，就好像在嘲笑天下还有地球引力这回事一样。他朝我们走了过来，那神情就好像想要立刻抓住我们的胳膊，用他的手指抚摸我们的皮肤似的。但他并没有这样做，而是把手放回了身边。"我还有点担心来得太早了，你们还没睡醒呢。"

"我们睡不着。"我说。

"现在是暑假，"赖安露出了一丝苦笑，脸上的表情显得极不自然，"我们应该好好睡睡懒觉。"

我把赖安拽到沙发前。他随身带着一个小纸袋——里面也许装着他的又一个小发明。他随手把纸袋放在他脚边的地上。

"好吧，这回我们真的逃过了期末考试。"我说。

艾迪一副饶有兴趣的样子，我们之间的空间因此而变得轻松愉快起来。我感觉稍稍放松了一点。和赖安在一起，或者和赖安说话的时候，我总会留根手指把把艾迪的脉，留意留意她的情绪。

赖安笑了："你就因为这个睡不着的?"

"该担心的人是你。"我装出一副严肃的样子说，"你下学期就高三了，马上就该考大学了。"

笑容立刻从他的脸上悄然溜走，我赶紧避开了这个话题。赖安和戴文本该到了要申请大学的时候了。但是，如果到这个秋天我们能坐到教室里上课，那已经算得上是伟大奇迹了。到那时，就算彼得和其他人都觉得我们走出住所已经没有什么危险，我们仍然还需要去伪造很多东西：免疫证，成绩单……

更何况，他们又该去哪儿上大学呢? 市中心倒是有一所大学，但也就是说说罢了。要是送他独自一人离开，这样显然太危险了。

"我想我只能再上一次高二了。"赖安耸了耸肩，这个动作和他的笑容一样，既透出点无所谓的懒散，却也难免显得夸张做作。他偷偷看了我一眼，说："这样我也就可以和同龄人一起坐在一个教室里上课了。"

我肩膀往下一沉，大笑着朝他身上靠去："噢，那真是太可怕了！"

有那么一会儿，房间里只剩下我和赖安彼此注视。周遭一片寂静，我们中间只隔着十二英寸的距离。横亘在这十二英寸距离里的，是早晨的阳光，是艾迪越来越明显的尴尬和从四层楼下传来的车流声。其实，只要一秒钟，赖安就可以突破这段距离。而我，可能会更快。但是，这十二英寸就那样一直梗在那里。一步之遥里，到处充斥着我们不能突破它的各种原因。

又一阵敲门声传来。

"是哈莉吗？"我皱着眉问赖安。哈莉和丽萨可不像他们的兄长那样能起早，现在还不到八点，这就是说，她们通常最少还会再睡两三个小时左右。

赖安站起身来，他示意我坐着别动。他还没来得及往门口再多迈一步，就听到有人喊道："是我，伙计们，可以进来吗？"

不是哈莉的声音，但是听着耳熟。赖安回头看了我一眼，半是解脱半是恼怒。然后他就走过去把门打开了："喂，有事吗？"

杰克逊大步走了进来。在一起时间久了，我就学会辨别杰克逊和文森特——文森了。尽管这两个双生人共同拥有一具消瘦的身躯、乱蓬蓬的棕色的头发和淡蓝色的眼睛，我还是发现了他们之间的细微区别。文森经常会弄得我面红耳赤，他总是捉弄我——捉弄所有的人。他从来就没个正形儿。也许这就是为什么他和杰克逊总是笑眯眯的吧。

但我很有把握，这会儿进来的这位是杰克逊。从他打量我和艾迪的眼神就明显可以看出来——他可不光是打量，他是在仔细揣摩，就好像他马上要参加一场辨别艾迪·塔姆辛和伊娃·塔姆辛的考试，一定要得高分一样。

自从我们逃到这里之后，他就经常来看我和艾迪，充当我们新生活的向导。就是通过他，我们知道了艾米利亚、彼得和亨利这些人的过去。

"嗨，杰克逊！"我打了个招呼。他对我露齿一笑以示赞许。

杰克逊和文森是熟人，倒没什么危险。但是接着进来的那个女孩我们可不认识。

她只比杰克逊大一点点——大约十九岁的样子，一双黑色的眼睛，浓郁的棕色头发，留着又长又呆板的刘海。一件褪了色的牛仔夹克松松垮垮地搭在瘦小的肩膀上，显得她那舞蹈演员般的身材有点娇小玲珑的样子。杰克逊刚一张嘴想要介绍，她却抢先一步说了起来。

"我是塞宾娜。"她伸出手来。她脸上的一抹笑容淡化了她身体动作的生硬，但还是让人觉得拘谨。她的握手冷静坚定，我没想到一个比我们高不了多少的人会有那么大的力量。

我们已经几周没有见过什么新来的人了。我忍不住盯着她看，揣摩着她身上的一切。她的夹克衫上金色的扣子掉了一颗，绿松石色的平底鞋上有很多的刮痕。她的指甲剪得很短，但是很光滑，不像是自己咬的。

别看了。艾迪提醒我，她知道你在盯着她看。

我把目光移向别处，不过已经来不及了，塞宾娜的眼睛捕捉到了我们的目光，她笑了笑。不过，笑容里并没有流露出不屑一顾的意思，而是显得柔和温文，像是很理解我们的做法一样。

"乔希和我以前见过你们的，"她说，"你们还住在彼得家里的时候。"

乔希和我。就是说，乔希和塞宾娜——这两个灵魂共用一具躯体喽。我还不太能适应这里的双生人这样轻而易举地说出自己的秘密。当然，他们也只是在私下里和地下组织的其他成员们提一提，但是贸然大声说出那些名字来，却还是有极大的风险的。

"你们是伊娃和艾迪，对吗？"塞宾娜说道，"你们是赖安和戴文。"她又转过身去对赖安说："我们刚从你们住的地方来，但是没人给我们开门。杰克逊一直在说你的那些小发明，真是让人大开眼界。杰克逊，你昨天和我说起过，他在弄的小发明是什么来着？那个闹钟——"

赖安急忙笑着打断了她的话："我只不过是瞎弄弄，为了打发时间罢了。"

"我猜你们一定是觉得无聊透了。"她四处打量着我们住的公寓，就好像她用目光扫扫——像我偶尔翻翻艾迪的素描本一样——就能感同身受我们圈在这间屋子里度过的那些时光，"每个刚逃出来的人都要经历这么一段时光。这有点像隔离似的。但你们这些人应该是打算要留下来的，对吧？"

"留下？"赖安问道。

塞宾娜点了点头："我是说留在安绰特啊。你们不打算让彼得找船把你们送到别的什么地方去吧？"

"不会。"我迅速回答道，"要是到别处去，我们就得分开。"

"很有可能是这样。"杰克逊说，"彼得他们那些人，他们和一些爱心家庭建立了一个庞大的网络，但是这些家庭都很分散。我怀疑他们不能把你们放在同一个地区。尤其是……"他看了看赖安，尴尬地耸了耸肩，"好吧，你们都懂的。"

"没错。"赖安说，"我懂。"

要安置好赖安和哈莉，就得找到一个和他们外貌相似的家庭。他们有一半的外族血统，来自他们的父亲。可他实际上根本算不上是个"外国人"，他是在美国出生的。但是，他们那橄榄色的皮肤、与众不同的眉毛形状、大而深陷的眼窝和下巴的弧线，将他们的外族血统暴露无遗。收养家庭中至少要有一个人长得和他们像才行。一个没有外族血统的家庭要收养一个有外族血统的孩子会引起更大的关注，这样太不值得了。

我们要留在这儿。我说。

可我们不能永远和艾米利亚生活在一起。艾迪说。

不会"永远"的。只是……

还有三年，我们就十八岁了。当然，艾米利亚不是可以伪造证件，想说我们多大就说多大吗？要是需要，我们可以推退几个月再变成十八岁，也可以马上就十八岁。

"你们随时可以过来和我们一起生活。"塞宾娜说。我吃惊地盯着她。我们刚一见面，她就要给我们提供住所？"我和一个朋友住在一起。没有多余的房间，但是有一张沙发可以供某位睡觉，要是再把家具挪挪，还可以腾出一块地方来放个床垫。"

"我那里也可以住。"杰克逊说，"但是我房子小点。我和我的室友……"

"他和他室友把房子弄成了个垃圾场。"塞宾娜大笑着说道。

杰克逊摊开双手耸了耸肩："我们俩都很忙。"

杰克逊和文森在这座城里到处打零工。回想起来，听他说起过，他当过侍应生，帮人遛过狗，在公园里支过小吃摊，在杂货店里打过工。好像他找起工作来很容易，丢起工作也很容易。

他必须得不停地工作，没有别人来养活他。不过，他这会儿正笑得开心，看起来跟别的正在过暑假的十八岁的孩子没什么两样。可别把他和文森没有学可上的事儿太当回事，他们自己没觉得这有什么大不了的。我猜，他们也没有那个时间去上学。

我还没来得及对塞宾娜道谢，就听到电话铃响了。艾米利亚叮嘱过我们该怎么接电话。大多时候，打进来的电话只不过是一些推销电话而已，有人听出来我们的声音的机会小之又小，比艾米利亚和彼得需要彼此见面的机会还要小。

我拿起了听筒，对其他人笑了笑以示歉意："喂？"

"喂，"是个男孩的声音，声音鲁莽而又急切，"你是伊娃，艾迪，还是哪位？"

我们的目光看向了赖安，还没来得及说什么，赖安都已经走到半路了。"什么？对不起，你是谁？"

伊娃——艾迪喊了我一声，就说不出来话了。一直以来，提一提我的名字都让她颤抖。

"你是哪位？"赖安问道。在他的身后，塞宾娜和杰克逊两人静静地站在那里盯着我们。

我们的心狂跳起来。是不是应该把电话挂了？

不，不行，那样太蠢了。

"我是克里斯托弗。"那男孩说道，"塞宾娜在吗？能不能让她接个电话？"

我慢慢地把听筒从我们的耳边挪开，用手盖住了话筒。我们的话说得结结巴巴的，我强迫自己镇定下来："你们认识一个叫克里斯托弗的人吗？"

塞宾娜松了一口气，点了点头。我发觉我把听筒递给塞宾娜以后，不知不觉松了一口气。

"喂，克里斯托弗，下次可别像这样把大家吓得半死了，知道吗？" 对方正在跟她说着什么，塞宾娜一直默不作声。但她的怒气也已经消了。"哪个台？好吧，谢谢你。"她闭上了眼睛，深吸了一口气，很快，又睁开眼睛，挂了电话，"我们看看电视好吗？"

我摇了摇头。她伸手一按，电视开了，像往常一样满屏幕的雪花点。

詹森出现在屏幕里。

19

拯救波瓦特

4

我们的肌肉、骨头和器官瞬间僵住。

詹森！

评审团的詹森。那个穿着黑色的西装、裤缝笔挺的裤子，说起话来不带任何感情色彩的詹森。

詹森，那个选中哈莉和丽萨做手术的人。他那镇定自若、冷酷无情的声音比科尼温特先生的手术刀还让我们恐惧。科尼温特先生总喜欢露个油腻的微笑或找些勉强的借口。这个人可不屑于这样，他看着我们的时候，好像我们就是他的私人财产一样。

他和我记忆中的样子没什么变化，深色的头发，浅色的眼睛，穿着西装外套。相貌既不年轻也不老相，残暴起来就和豹子一样，把利爪深深地藏在肉掌之下。这会儿，他站在一个讲台前，面无表情，像块大理石一样。屏幕下边有一行小字：马克·詹森，双生人事务管理局二区区长。全国演讲。

二区的区长？整个美国分为多个州，这些州一共组成四个区，北边大陆两个区，南边大陆两个区。总统统领全国，而下一级政府的首脑们管理各个区。我过去只知道詹森是评审团的成员，去视察过诺南德医院，我见识过医院的人有多么重视他的到访，但我从来没有想到他竟然这么有权有势。

"我们的国家是单灵人士的天堂。"詹森侃侃而谈，"自文明伊始，双生人便觉得他们更优秀——他们觉得自己更聪明、更能干。在长达几千年的岁月里，我们的祖先一直处在他们的奴役，后来是半奴役之下。他们遭受着残暴、非人的折磨。终于，他们下定决心，要为他们的权利——也是我们的权利——而斗争，把自己从双生人的统治下解脱出来。"他顿了顿，接着说道，"美国是真正的新世界——它也许曾是双生人的殖民地，但它却是单灵人用自己的血肉构筑起来的。在大革命中，我们为这片土地奋战，并赢得了胜利。在这个疯狂的世界里，这片土地就是我们的乐园，它来之不易，必须得到应有的保护。"

"这是什么？"艾迪轻声问道。

我们刚才不舒服的感觉并没有消失，而是凝结、加剧了。

"过去，世界还处于蛮荒蒙昧之时，双生人完全凭借着他们的残暴和人数众多维持着他们的统治。但今天，我们都看清了他们的真面目：情绪上阴晴不定，行为上反复无常，也就是说，他们和疯子没什么两样。然而，就是这样一群疯子，居然残暴地统治他们的同类达数千年之久；就是这样一群反复无常的人，不停地发动战争，掠夺一切，最终却把自己送进了坟墓。"

赖安不知何时站到了我们身边，他的手指紧紧地和我们的手指十指相扣。透过袖口，我们感到了从他的胳膊上传来的体温。我一直没有意识到自己在用力挤压他的手指，直到他也用同样的方式轻轻地回应着我。

詹森的目光似乎穿透了电视屏幕向我们横扫过来。我感觉好像他的话是专门说给我们这些人听的，不，是说给我一个人听的。"我们很久之前就对海外那些双生人封锁了边界。但很不幸，这没有解决那些出生在我们当中的双生人。长久以来，各地的研究所就是我们对付双生人的最佳办法。让他们去住进这些研究所，既使双生人受到很好的保护和照顾，又使他们远离他人，不去伤害他人。住进研究所，也使得他们不要去自己伤害自己。但是，时代在变，作为一个国家，要进步，要前进，我们要寻找更好的办法来解决我们的问题。这就是我今天要给大家介绍的——我们解决双生人问题要迈出的下一步：不再采用幽禁的办法，而是采用相应的治疗方案。"

治疗方案。

治疗方案，在诺南德医院，他们一直就是在寻找这个。为了找到这个治疗方案，一个又一个孩子在手术台上失去了生命。杰米·科塔——十三岁，活泼可爱，聪明伶俐——就是在手术刀下失去了自己的另一半，永远无法修复。这一切就是因为他们要找到一个治疗方案。

莱安纳医生，艾迪说道，她说过，他们已经放弃这个办法了。她说评审团——政府认为诺南德医院的试验彻头彻尾失败了。她说那个手术会带来……带来严重的术后应激反应——

很显然，他们的主意变得没那么快。很显然，莱安纳医生说的是实话。但是，集体暴动事件后，莱安纳医生帮助我们逃跑的事情被他们发现了，她本人也不得不赶紧逃命，自那之后，她也和我们一样到处东躲西藏。

要是她听错了呢？我声音平静地说道：没准这就是他们的回应方式。并不遮遮掩掩，而是坚持不懈地去做，直到找到合适的方法。"合适"这个词简直搅得我们肠子都疼。只要他们能够找到对付双生人的办法，就算人们知道了诺南德医院的真相也无所谓，知道诺南德的试验失败了也无所谓，因为他们可以说这只是初步尝试。要是他们成功了，那诺南德医院发生的事就只不过是个试验而已，没人会觉得这有什么不妥。

要是他们成功了，那些命丧黄泉的孩子就只不过是一些附属牺牲品而已。

电视上，詹森正在解释说，目前还没有找到值得推广的双生人治疗方案，但研究正在进行当中。他们希望在全国推行这个计划之前，先在某些地区试行一段时间。

"我们将加强全国的安全措施。"他继续说道，"这个计划将在最近尽快实施，我们要先下手为强，以防遭到双生人的强烈抵制。安全第一，历来就是我们的宗旨。而在这次事件中，还有一个原因使我们必须加强安全措施。"

詹森的表情变得僵硬起来。就那么一小会儿，他表现得不再那么大公无私，而是明显掺杂了个人恩怨。但是，他很快回过神来，恢复了他一心为公的政府官员形象，站在台上，按照别人事先给他写好的讲稿侃侃而谈。

"我们正在搜查，"詹森对着话筒说道，"是为了找一个孩子。"

"一个十三岁的男孩，名叫杰米·科塔。我们治好了他的双生症之后，他就被人从医院里偷走了。我们已经展开了调查，并确定他是被一小群双生人暴动分子劫持了。"

他说的，是我们的杰米。

"伊娃?"身后一个细细的声音飘了过来。

凯蒂站在门厅里，身上穿着一条睡裤和一件软和的蓝色T

恤，长发披散在脑后。在诺南德医院之外的地方，凯蒂和妮娜从来没有穿过裙子，也几乎从不把头发披散下来，也没有穿过蓝色的衣服。她们大大的黑色眼睛、光洁透亮的皮肤以及纤细的四肢还和从前一样，但是，住在艾米利亚公寓之后，她们满面红光，看起来没有以前那么苍白脆弱了。

凯蒂的目光转向电视，看到了詹森，她的脸立刻变得煞白："他在说什么？"

她话音刚落，詹森的电视画面被切断了，屏幕上出现了一对深色头发的夫妻，用的大特写的镜头。

字幕：科塔先生和科塔太太。

他们站在户外，双手交叉在一起，看起来像两个不知所措的孩子。尽管是炎热的夏天，妻子却还穿着厚厚的长裙；丈夫的眼睛一直盯着地面，而妻子的眼睛却一直在转——一圈又一圈地东看看西看看，不停地搜寻着。她在搜寻什么呢？搜寻杰米？搜寻答案？搜寻公正？还是在搜寻出路，好让她逃离这个探进她的内心，想打探她隐秘的悲痛的摄像头？

"他健健康康的，"她哭着说，"他本来健健康康的，但是他们把他带走了。他们——"

接着，夫妻俩的画面不见了，詹森又占据了屏幕。

别，别，把画面切回去，让她说！让我们听听她要说些什么。我需要知道她想说些什么。她是否知道杰米和她的另一个孩子，已经逝去的那个，身上发生的事情？她是否为他抗争过？她是否想他能重回身边，不顾一切代价？她有没有像我们的父母一样，被迫放弃自己的孩子？她又是否日复一日在忏悔？

"他的家人，毫无疑问，受到了沉重的打击，他们差一点就可以迎来孩子健健康康重返家园。"詹森说道，"我们也同样高度关注杰米的情况，正在不遗余力地确保他安全返家。"

杰米的妈妈说的"健健康康"真的是詹森说的那个意思吗？一个毫无理由被迫将身体的一部分剥离的孩子？还是她说的是杰米在离开家去诺南德医院之前本来是健健康康的？

伊娃，艾迪轻声提醒我说，凯蒂被吓着了。

我强迫自己回过神来看着凯蒂的脸。她的双手在身体两侧握成了拳头，用力握得指头的关节都发白了。

塞宾娜走到电视机前挡住了她的视线："你好，我是塞宾娜。很抱歉在你还睡着的时候就闯进来了。"

我一把抓过遥控器，调低了音量，詹森的声音变成了含混不清的嘟囔。"不过就是个演讲罢了，凯蒂。别担心，好吗？快去把衣服穿好吧。"

凯蒂盯着我们的脸看了一会儿，点了点头，表情让人捉摸不透。我真不知道哪些事该瞒着凯蒂和妮娜。她们才比莱尔大几个月，有时，她们比自己的年龄显得更幼稚；有时，她们又表现得非常少年老成。

"她很可爱。"听到凯蒂关上卧室门的声音之后，塞宾娜说，"我很高兴，你们——"她犹豫了一下，"我就是，就是想说，年龄很小的时候就被营救出来，总是件好事。"她再次盯着电视看，面色赤红，眼神冰冷。

"看样子你认识詹森。"赖安对塞宾娜说，"我是说，你见过他本人。"

赖安将这件事点破了。其实我也看出来了。塞宾娜看詹森的眼神不像仅仅是在看一个陌生人，或者一副让人憎恨的嘴脸。她看詹森的眼神和我们看他的眼神一样，那是只有感受过詹森冰凉手指捏住我们的皮肤、挤痛我们的骨头的人才会有的感受。

"他本人?"塞宾娜的声音发颤,透出一丝阴郁的揶揄,"算是吧。我十一岁的时候,他本人去了我家里,他本人逼着我上了他的车,又是他本人把我交给了研究所。"她的笑容苦涩辛辣,连我的舌尖都尝到了那种味道,"打那以后他就平步青云了。我确实和他本人打过一次交道。"

电话铃响了,我呆呆地拿起了听筒。

"还是我,克里斯托弗。"电话另一端的人说,"再让塞宾娜接个电话。"

我把电话交给了塞宾娜。塞宾娜往离我们稍远一点的地方挪了挪,背对着我们。电话线在她的身后拉得长长的。"是,我在看,克里斯托弗,冷静点,我马上就来。"塞宾娜将电话放回到了座机上,就已经迈步往门口走了,"我得走了。要是我再不去找克里斯托弗,他就要爆炸了。"

"你明晚去不去参加碰头会?"我跟在她身后喊道。

"碰头时间不是明天晚上了。"杰克逊一边急忙跟着塞宾娜往外走,一边扭头抛过来一句话,"还有不到一小时,彼得就到家了。可能今天深夜就碰头,等大家都下班之后。"

"我——"就在我张嘴想说的时候,塞宾娜问道:"你们也想来,对吧?"

"艾米利亚不同意。"我耸了耸肩,摇摇头说,"她担心我们会——我说不清——会在大街上被人抓走什么的。"

塞宾娜点了点头说:"我会和彼得谈谈,看看我能不能帮上点儿忙。"

我们互道再见,塞宾娜和杰克逊就走了。电视上正在播一条烤酥饼的广告,我把它调到了静音。

我又陷进了沙发里。过了一会儿,赖安也走过来坐在我们的身边。

"杰米不会有事的。"他搂着我们的肩膀，轻轻地扳着我们往扶手上靠，"他和莱安纳医生在一起。"

这位莱安纳医生，此时此刻她自己还正在东躲西藏呢！这位莱安纳医生，她可是错误判断了政府对诺南德医院事件的看法。可是，就算是大声说出来这些，又能怎样？也不过是无济于事罢了。

"嗯。"我说，"是的，他不会有事，我们都不会有事的。"

你俩说的话都一样，让人觉得怪有道理的。艾迪说道。我懒得回应她，目光掠过赖安看向了他放在沙发旁的那个纸袋，我刚才把这东西忘得一干二净了。

"你又做出什么东西了？"我问。

"是的。快看。"他把袋子递给了我，虽然不知道是什么，可这玩意儿东西不大，分量倒是不轻，"这是给你的。"

"该不会又是个装胡椒和盐的罐子吧。"

他淡淡地笑了笑说："不完全是吧。"

我拆开包装，纸袋子被我弄得皱巴巴的。我从里面拿出来一只金属做的小鸟，刚好双手捧着那么大小。小鸟张开的翅膀架在圆圆的钟面上，头扭向身后，眼睛望着上方，似乎在仰望天空。

赖安用手指弹了弹钟面说："闹钟启动的时候会有音乐，也不是什么很好听的音乐，因为录音是我从……好吧，反正——"他的手指沿着金属小鸟凉爽流畅的线条滑了下来，落到了我的手上，"你说过你不喜欢艾米利亚给你的那只闹钟，因为那声音听起来像……因为那声音太吵了。"

因为那声音听起来像是警笛。

"谢谢你。"我的目光沿着我们叠在一起的手指一直往上，看到他的胳膊，又顺着他肩膀部位衬衫上的褶皱往下，越过他的胸膛，又往上，看着他那轮廓分明的下巴、嘴唇、鼻梁和眼睛。"谢谢你。"我再次说道。因为看到他正在向我慢慢地贴过来，我的声音比刚才温柔了许多。我闭上了眼睛。

他的嘴唇沾了沾我的脸颊。

我就那样一动不动地待在那儿，他也一样。生怕突然动一下，就有什么东西会支离破碎；生怕他的嘴唇一碰到我的嘴唇——生怕我们要是不如此小心翼翼，就会——

就会有什么东西崩溃坍塌。

我不甘心这样小心翼翼，不甘心这样一动不动，也不甘心这样费尽心机地保持那一吻之距。不甘心那最后的一刹那，他的唇终究没有落在我的唇上。

我不愿去想艾迪，也不愿去想戴文。

只要一秒钟。

只要一小会儿。

只要这一刻——

但我身不由己。我的身体不仅仅属于我一个人。不管你觉得多么不公平。

事实就是这样。

"会没事的，伊娃。"赖安说。他说的每一个字，都在我的下巴边撩拨着。

他往后退了退，我立刻感到世界上重新有了空气。我们彼此凝视。之后，他的目光转向了我们当中那只金色的小鸟，它在我们的手指头下半隐半现。

他的手紧紧地握住了我的手。

我们的手。

5

一个月以前，在海滩上，杰克逊告诉过我和艾迪，双生人该如何应对一些状况，或者说某些状况。还有些事我们并没有谈到。比如，他没有告诉我，梦魇中见到诺南德医院的白墙该怎么办；也没有告诉我，有时我非常痛恨我们的父母竟然会允许这一切发生在我们身上，这样到底应不应该。

但是，杰克逊解释过，既然双生人的身体不完全属于某一个人，他们要怎样才能达到近似互不干扰的状态。他说，他们应该强迫自己消失，即其中一个灵魂应该进入无意识状态。

我很偶然地做到过一次，当时我和艾迪十三岁。但那次以后，这种事就再也没有发生过。艾迪和我有一个心照不宣的约定，就是我和她再也不分离。但是，我们都十五岁了，尽管一辈子离开艾迪是没法想象的，偶尔离开几分钟或几小时却应该完全另当别论了。一想到有可能享受自由，我的心里有点痒痒的。

要是你回不来了，那该怎么办？每次我一说到"潜隐"——这是杰克逊的叫法——艾迪就会这样说。

杰克逊说——

杰克逊说的不一定都对。

一周以前，我终于鼓起勇气问了苏菲："要是我让自己消失不见，我会不会再也回不来了？"

她觉得非常好笑，觉得我的这番话就像是在问要是我们把头伸出窗外会不会被闪电击中一样。

"你当然回得来啦，伊娃。难道你以前没有这样做过吗？"

"但是怎么控制自己离开多久呢？要是离开好几天，甚至好几周怎么办？"

她笑了，说："那你一定要把这件事告诉我，因为那就算是世界纪录了。"

"这么说，这种事从来没有发生过？"

她一定是感受到我们语气中的那种迫不及待了，说话变得温和起来："就我听说过的来看的话，离开时间最长的是半天，伊娃。要是你以前从来没有做到过，要控制自己离开的时间长短是真的有点难。你可能只能做到几分钟，或者一两个小时。但是一旦掌握窍门了，你就能学会控制时间长短。"

"怎么学会？"

"这——这不太好解释清楚。跟其他任何事比起来，这事更需要在实践中去掌握。坚持不懈去做，你和艾迪就会找到窍门了。"

但是，我和艾迪什么窍门都没找到，因为艾迪连试都不愿试一下。

这很正常的，对吧？我说，双生人都是这么做的。杰克逊跟我们说过，苏菲也说过，戴文和赖安，他们俩正在尝试。

你什么时候也开始在乎正常不正常了？

艾迪说得对。以前一直是艾迪渴望正常，但那不过是一种奢望，她只能想想而已。在我们的成长过程中，只要我还活着，"正常"这种状态就不可能存在。

现在，它就在那儿。我渴望得到它，胜过一切。

可不管怎么说，这个选择既关乎我，也关乎艾迪，我能感觉得到她有多痛苦。但赖安的嘴唇就顶着我们的下巴的那一幕，像个幽灵一样一直出现在我的脑海。我也能感受到，每当赖安离我们很近时，我们的肠胃就会隐隐翻腾——这当然不是我的痛苦。

我不能一辈子这样下去。

也许是艾米利亚说服了彼得让我们去参加碰头会的，但我总隐隐觉得最终是塞宾娜帮了我们的忙。詹森的话让大家都心神不定，连艾米利亚都坐立不安。当艾米利亚在房间里一边躁动不安地走动着，一边教我们"不要乱说话""一直往前走""尽量少引起别人的注意"的时候，赖安在艾米利亚的身后朝我们做出一副烦闷不堪的表情。

我们离开大楼的时候，外面一片漆黑，大街上只有昏黄的街灯和偶尔一两个车前灯的光柱。根据杰克逊说的，这个地段是游客们不会来的地方。没有多少人愿意住在这个地方，除了那些迫不得已、付不起房租的人，还有，我想，就是像我们这样需要东躲西藏的人。

通常情况下，只有少数几个人会被打电话叫去或是被选去彼得家里参加聚会。但今天晚上参加聚会的最少有三十个人，放眼望去，到处都是人，而且这些人几乎都是和我们一样的双生人，也和我们一样，过着深居简出的生活，在一个一心想要剿灭他们的国度里过着相对正常的生活。

这些人看起来和别人没什么两样，他们当中有位中年男子，可能曾经是个银行家；有一位年轻女子，浑身冒着汗，就好像她刚从健身房赶过来一样；还有一位年长一点的女士，她让我想起了我五年级时候的老师。我发现哈莉的目光也正掠过一张张脸庞，在人群中巡游。就连凯蒂都被准许来参加聚会了——反正总不能让她一个人待着吧。不过，也并非每个人都有份参与。至少，有两个人没来——莱安纳医生和杰米。

塞宾娜和杰克逊在那边。艾迪说。他们正在厨房里和另外两个人在一起，其中一个男孩，和杰克逊年龄差不多大，长着草莓般红色的头发，脸上长满了雀斑；还有一个女孩，头发是淡淡的金色，眉毛却颜色很深。塞宾娜看到了我们，朝我们笑了笑。艾迪也笑了笑回应她。除了凯蒂，我们就是这些人里年龄最小的了。

彼得站了起来，说话声立刻小了许多。从体形上看，彼得就很具有威慑力——身材高挑，肩膀宽厚，身体结实，但是脸上看起来却又很和蔼可亲的样子。不过，他非常严肃的时候，看起来跟他的妹妹——莱安纳医生很像，他们都长着浓粗的眉毛，有着敏锐的目光。

此时他正开口说话，表情和他的妹妹像极了。"我确信你们都听到今天早上马克·詹森说的那番话了。"他深深地、缓缓地吸了一口气，接着说，"但是你们有很多人并没有听说过汉斯研究所，我就从这个地方讲起吧。"

彼得说话的时候，大家都安静地听着。从诺南德医院暴动以前，他就一直在跟踪北方汉斯县的一个研究所。那里的冬天，环境特别恶劣，房子又老又破，孩子们穿着单薄，又无人照看。换句话说，一到下雪的时候，他们就会像苍蝇一样被冻死。

营救计划进展缓慢，高山地形又让事情更为不顺。所以大家决定营救计划必须在夏天进行，那时候条件最适宜。一名叫戴安娜的女子被派往那里卧底做护工——和诺南德一样，那些研究机构通常都不是由医生和护士看管的，而是由护工在管理。之前，彼得坐飞机就是为了去见她。

但是，戴安娜的身份被识破之后，一切计划都被打乱了。绝望之下，她偷偷将六个孩子带到她的车上准备逃走。

但他们没有逃出多远就出事了。

他们在蜿蜒曲折的山路上翻了车，戴安娜和两个孩子当场身亡，活下来的四个孩子从车身中爬出来，趁政府官员还没赶到，就先逃走了。

十小时以后，他们连滚带爬地来到了一个小镇，身上还穿着研究所发的制服，浑身恶臭，满身血污，精疲力竭。他们当中最大的也只有十二岁，最小的才十岁——刚过政府规定的最终年龄限制。

有人报了警，孩子们都被呼啸而来的警车带走了。很快，孩子们恐怖和痛苦的经历就成为人们茶余饭后的谈资，各种流言蜚语不断。

彼得低声咳了一下，样子非常严肃："我敢肯定，对镇上的人来说，这事就是个丑闻，星期天一大早就发生这样的事。"

对他人的痛苦，一般都是眼不见心不烦，可要是在自家门前看到了这些，就难免会觉得反胃。

在诺南德，我们都得穿蓝色的制服。

在汉斯，他们穿什么颜色的制服呢？

"但是这事就到此为止了。"塞宾娜说话声音不大，但人人都能听得清楚，"媒体是不会被允许报道这件事的。"

彼得摇了摇头说："一开始还不确定，但是，自从詹森今天早上那番话之后，媒体现在不可能报道了。这很可能就是他那番话的用意之所在。"

艾迪皱了皱眉，但是我听懂了彼得的话。只要说马上就快找到治疗双生人的方案了，汉斯研究所事件就会平息；再告诉人们说，双生人可能会报复，他们现在就有理由提升安保级别，还不必承认这是因为最近的暴动。

"戴安娜是个非常谨慎的人，"彼得接着说，"但是还是被人找到充分的证据，盯上了。我们不知道这些人是否会根据这些蛛丝马迹将这次事件和诺南德医院的暴动联系起来，或者他们会不会有什么证据通过她找出我们来。所以，大家要提高警惕，小心行事。我们必须得老老实实藏一段日子。"

"波瓦特那个新成立的研究所是怎么回事？"说话的又是塞宾娜，她一边说着话，一边把玩着她那些金色的纽扣，大拇指在纽扣光滑的边沿上不停地转着圈。

彼得转过身来看着她问道："什么怎么回事？"

"波瓦特离这里还不到一个半小时的路程。他们现在已经开始在主要城市的附近建研究所了，难道我们不得关注一下？"

"有话直说吧，塞宾娜。"彼得说。

塞宾娜正要说话，那个红头发的男孩子打断了她："她是想说，现在，凡是人口多的地方，就在附近建一个研究所，可是也没人在意，这不是有问题吗？现在人人都知道这些研究所，可是在过去，那些人也算是还有点良心，不愿意在自家后院关上百个要死的孩子，而现在呢，没人在乎了？"

他的声音听起来很耳熟——鲁莽、急切中夹杂着一丝愤怒。肯定是克里斯托弗，早上打电话的那个男孩。

"这个国家的人越来越没有同情心了，彼得。"克里斯托弗说，"政府越来越大胆。很快，他们甚至连想都不会去想一下，要不要去掩盖像汉斯研究所这类事情。他们在大街上就能把双生人孩子围住，把子弹打进他们的脑袋——"

"克里斯托弗！"彼得大声喝住了他。杰克逊用肩膀顶了顶克里斯托弗的肩膀，克里斯托弗没有再往下说，但他还是掩饰不住脸上不满的神色。"我们正在搜集更多的关于波瓦特研究所的情报。一旦我们掌握了我们需要了解的东西，就会——告诉大家的。"

突然，我有了一种很揪心的想法：他们当时，就是这么商议诺南德医院的事的吗？

彼得在决定实施营救计划之前，究竟花了多长时间来"搜集情报"呢？杰克逊第一次和我们谈话的时候，把我们拽到一个储藏室里，对我们说要我们"心存希望"，因为有人会来搭救我们，不过还得等一段时间。我们告诉他，我们没法再等一段时间了，哈莉和丽萨该动手术的最后期限已经到了。

要是杰克逊那天没有跟我们谈话，营救行动可能要在好几天甚至好几周以后才进行，哈莉和丽萨可能早就死了。

艾迪在我旁边喋喋不休地说话更加重了我的心理负担。你是不是觉得他们本可以再早点行动的，但他们没有这样做？她小心翼翼地说，你是不是觉得他们本可以救出艾利的？

这些都不得而知了。

接下来的讨论也没有商量出什么结果。当我设法把自己从纷乱的思绪中解脱出来，打算再次去关注别的事情的时候，房间里的人们早纷纷进入了私下交谈的状态。我没有注意到塞宾娜朝我们走了过来，直到她快到我们身边，我才发现她。

"嗨，又见面了。"她对我们和戴文说。她的话里有一种漫不经心的温和，就好像我们见过很多次了一样。"很高兴你们最终还是来参加聚会了。"

"是啊。"艾迪连装都懒得装一下，就快快不乐地回应了一句。

塞宾娜的眼神告诉我们，她能理解我们。哈莉打破了我们之间一言不发的尴尬，微笑着介绍了她自己。她们俩交谈的时候，我再次扫了一眼彼得。他仍然坐在餐桌旁，正和亨利以及艾米利亚谈得热火朝天。

"我们现在必须对诺南德医院其他孩子的事三缄其口，对吗？"我问。

汉斯研究所发生了这样的事，我怎么能够要求彼得马上采取营救行动呢？

可我还是控制不了自己的急切心情。每个我们不采取行动的日子，就是那些孩子必须要忍受的日子。我们是从诺南德熬出来的，我们了解那种感受。

彼得没有注意到我们偷偷扫过的目光，但是坐在他对面的亨利看到了我们在打量他们，他笑着点了点头示意。

早先杰克逊也给我们讲过亨利的故事，赖安和哈莉只是看起来像老外，而亨利却是个实实在在的老外。他既不是在美国出生的，也不是在美国长大的，甚至到二十多岁才开始学英语。

五年前，彼得第一次出国旅游的时候认识了亨利。亨利那时还是一个初出茅庐的记者，想了解一个闭关自守的国度的第一手资料，这个国家自从早年间的大战之后，几十年来很少有人能进得去，也鲜有人能出得来。两人在彼得返回美国之后还一直保持秘密通信。几个月以前，亨利亲自来到了这个地方。

我想象不出来，只身一人潜入到一个不欢迎他的国家，该是多么危险，尤其他那黝黑发亮的皮肤和说话时那奇怪的音调，会让他轻而易举地露出破绽。他的口音尤其有问题。在美国，和亨利长得很像的人并不少，事实上，比长得像赖安和丽萨那样的人要多得多了，但是他们说起话来和亨利不一样。亨利一说话就全露馅了。

亨利甚至连个双生人都不是。但他还是横跨大洋来到这里，想要帮助这里的人。我和艾迪见过他的文章手稿，洋洋数页，上面全是一些奇怪的字母，有的还带着一些奇怪的附加元素—— 一些看似标错了地方的符号。亨利告诉我们说那是法语，他还给我们读过几句，那种语言前后音节互相联结、彼此纠缠。

过去，美国也有些地方曾经是说法语的，尤其是遥远的北部地区。但是，在我和艾迪出生前，英语以外的其他语言就被官方禁止了。

"彼得的计划，有多少像这次一样失败了？"戴文突然问道。原来他也一直在朝餐桌那边看。

哈莉叹了口气说："戴文。"

"很少。"塞宾娜说，"他这人非常谨小慎微。"

"彼得清楚自己在干什么。"哈莉盯着塞宾娜的眼睛说，似乎是为了得到塞宾娜的肯定一样，"他都干了好多年了。"

"到现在差不多快五年了。"塞宾娜笑了笑，但笑容很快就消失了，"我就是他第一批营救出来的人员，我和克里斯托弗。"

"确实有很多年了。"戴文说。

过了很多年自由的日子，却并没有获得真正的自由。

塞宾娜和戴文像两尊雕像一样，面无表情地带着探询的目光彼此对视着。戴文个子要高那么一两英寸，但是塞宾娜却设法让自己看起来像是和他完全水平对视一样。

"是。"她最终说道。我听出来了，在这简短的一个字的后面，隐藏着这漫长的五年来每个令人心惊胆战的日子。

拯救波瓦特

6

那天晚上，我和艾迪久久不能入眠，心里一直想着汉斯研究所、诺南德医院和那些面对死亡的孩子们。这时，我们发现凯蒂做噩梦了。

起先，她只是四肢乱动，没有办法平静下来。后来，她哭喊了起来——不是大声地尖叫，而是小声地啜泣。她似乎很清楚，即便在梦里，她也得把自己隐藏起来。

我赶忙从床上起身。天太黑了，看不太清楚，但是能感觉到凯蒂在被子下蜷成了球状，她的呼吸飘忽不定。

"凯蒂。"我轻声叫道，"凯蒂，醒醒。"她猛地坐了起来，我赶忙扶住了她的肩膀。忽的一下，她的眼睛睁开了。

"嘘——嘘——没事。"

没有眼泪，也没有尖叫，她就那样睁着她那两只大大的、黑色的眼睛，五根僵硬的手指，指甲深深地掐进了我们手上的肉里。

"别怕。"我安慰着她，"别怕。"

她将脸靠在我们的肩膀上，像动物本能般地想要得到温暖和安慰。我伸出双手抱住了她。很久，我们谁都没有说话。有

拯救波瓦特

时候，看到凯蒂睡在旁边的床上，或者把她抱在我们的怀里时，我会蓦地想起另一间集体宿舍的情景。那里的床不是木头床，而是铁床，地板也没有一丝热气；那里的护士夜里每过一会儿就会来查房。

凯蒂先开了口，她的嗓子有点沙哑，她问道："伊娃，萨莉和维尔是不是死了？"

"什么?!"这句话一下子就蹦了出来，就像惊得从嘴里吐出了一块黑色石头一样。

凯蒂的手更加用力地抓住了我们的手腕，弄得我们手腕生疼。"萨莉和维尔是我们在诺南德医院的室友，我们和你们住之前一直和她们住在一起。他们说——他们说她俩回家了，和杰米一样。"

我挪了挪身子，想要看着凯蒂的脸，但凯蒂拒绝了。我们的衬衣捂住了她的声音，她的话有点模糊不清。"是你救了杰米、哈莉。你是不是觉得，要是萨莉和维尔也在诊所的话，你一定也可以救下她们的，对吗？"

我说不下去了，只能在心里一遍一遍念叨："上帝啊，我的上帝！"

凯蒂和妮娜已经不是第一回做噩梦。只是离开诺南德以后，就没有听她们提起过原来的室友。难道是今天晚上的聚会加深了她们对往事的回忆，还是她们一直就把这件事默默地藏在心里，只不过因为害怕而不敢打听而已？

我忘了，她们并不了解萨莉和维尔的命运。我也想象得出来，对凯蒂和妮娜而言，对那两个人的命运茫然无知意味着什么。

但是，我还是不想回答。

我想说，回去睡觉吧。

我想说，只不过一个梦而已。

但是，睡觉不能解决任何问题。而且，在诺南德医院经历的一切恐怖经历并非梦境。

可我们怎么能告诉一个十一岁的小姑娘，她们的朋友死了？

告诉她们，她们的朋友，无论怎么看，都是被人谋杀的？

告诉她们，至今没有人替她们做主申冤？

然而，凯蒂和妮娜在等待我们回答。

*告诉她们吧。*艾迪轻声说道。

我紧紧地抱着凯蒂，不知道告诉她们这件事到底是对是错，也不知道以这种方式告诉她们到底是对是错："是的，她们死了。"

她没有作声，但她的手紧紧地揪住了我们的衬衣。

*她之前好好的。*我无可奈何地说道，*昨天她还笑呵呵的。*

但是，凯蒂其实并没有那么好，跟我和艾迪、赖安、哈莉，或是杰米没什么两样。我们已经离开诺南德医院六个星期了，但有时候，我再也无法确定"好好的"究竟意味着什么。

"你们很安全。"我在凯蒂耳边坚定地说道，"我保证，你们再不会有事了。"

我在黑暗中陪着她待了差不多一小时，直到后来她摇摇晃晃地走回去睡觉去了。

三周前，我们刚搬到艾米利亚家里的时候，亨利给了我们一张世界地图。"难得你们这么喜欢它。"他拖着长长的颤音，带着浓重的口音说道。当他看到艾迪用粘胶大头针把它固定到我们的床头时，他忍不住笑了。地图是亨利从国外带来的，所以跟我和艾迪以前见过的地图都不一样。我们第一次在他的公寓里发现了这张被卷起来放在某个角落里的地图时，立刻就深深地喜欢上了它。

现在，天已破晓，阳光透过黄色的窗帘爬上了天花板。地图一点一点地出现在我们的眼前，标记得清清楚楚的各个国家，带着各自不同的颜色映入了我们的眼帘。

俄罗斯，开阔广袤，东部山脉连绵，蓝色的河流宽广密集。澳大利亚，孤零零地立在东南角上，一个国家就是一片大陆。澳大利亚是我考虑得最多的地方，尽管我们之间隔着千山万水，但是它的孤单零落让人有一种非常舒服的亲切感。

美国也是孤零零的。世界上其他的国家几乎个个都和别的国家同处一片大陆。只有少数几个国家和我们国家的北部一样大，但大多数的国家还不到我们国家的百分之一大小。住在那么小的国家真是太奇怪了，而且周围还密密麻麻地挤了那么多别的国家。整个地图的西半球都是美国的，上面是一条线连起来的两个大陆。

一阵熟悉的窸窸窣窣和咔嚓咔嚓的声音从妮娜那面传了过来，我转过身去面对着她。

"妮娜·霍林德。"我的语气尽量显得比较轻快，其实，我是在审视她，想看看她的表情里还有没有昨天晚上她压抑下去的痛苦留下的痕迹。妮娜向来比凯蒂善于掩饰痛苦。每次两人做了特别不好的噩梦之后，第二天早上都是妮娜出来唱主角。她总会高高兴兴起床，就好像从来没有做过什么噩梦。

"你还是找别人拍去吧。"

"没有别人可拍了。"妮娜咯咯笑着把摄像机的镜头对准了我们的脸部。我低哼了一声，拉过毯子来盖住了头。

"你睡觉的时候总乱动，你知道吗？"

"不知道。"毯子盖住了我的声音，"我也不需要录像记录来证明这一点，多谢您啦。"

妮娜的摄像机其实本来是艾米利亚的。几年前，艾米利亚不小心把摄像机弄坏了，妮娜在一间小阁楼里发现了它，赖安就又把它修好了。自那以后，许多个早晨，我和艾迪醒来的时候，都会发现有一个摄像头伸在我们的床头，拍摄着一部明显让人想入非非的电影——《睡梦中的伊娃和艾迪》。

摄像机又大又沉，可这也没有难倒妮娜。她和凯蒂已经拍了整整两大盒"速8"牌胶卷了。她们把这些胶卷放在我们梳妆台的抽屉里，希望哪天艾米利亚可以兑现自己的承诺，把这些胶卷冲洗出来。我不忍心告诉她，就算艾米利亚真的打算去冲洗这些胶卷，她可能先得花上几个月的时间去考虑做这件事是否安全。

"伊——娃——"妮娜拖长声音高声叫着我的名字，"起来嘛，起床啦——"看到我一动不动，她只好叹了一口气说，"好吧。我还是看艾迪的素描本好了。"

这下艾迪被惊得跳了出来掌控身体了："妮娜——"

妮娜从床头柜里拿出了素描本，固执地带着欢乐的情绪啪的一声打开了素描本。艾迪几年来一直是把她的画藏起来的，到现在还是不喜欢别人翻看她的画册。

"这是谁？"画册一打开就是一张小男孩的图片，浓密的头发，热情的双眼。

"是莱尔。"艾迪从我们的床上爬到了妮娜那边，这小女孩就自动地靠到了我们身上。

"他为什么穿成这样？"

我们的嘴角一弯笑了起来。艾迪从莱尔读的一本侦探冒险小说里面取了一个人物形象，把他画成了穿着军装的样子。"因为他总想去冒险，有一段时间，他觉得自己长大了肯定要去参军。他自学了摩尔斯电码和相关的知识。等到他又去学别的东西了，我才发现连我都学会这个电码了。"

"那你现在还记得那个吗？"

艾迪点了点头。点头可比说出哽在我们喉咙里的话要容易得多了。她拿起铅笔又把画册拿了过来，先在上面画了一条线和一个点，接着画了两个点，然后又画了另外一条线和一个点，最后画了一个点后面加一条线。

"N–I–N–A。"她一面念着，一面用铅笔把这几个字母画了出来。

妮娜弯腰盯着这几个字母，自己的手指也跟着慢慢画着。"你能教我们字母表吗？"

艾迪勉强笑了笑说："当然可以。我还可以教你们认数字。"

妮娜又敲了一次她自己的名字，速度比刚才快了些。"凯蒂怎么拼写？"

艾迪写了凯蒂的名字，也教她敲了一遍。太有意思了，我们将摩尔斯电码记得这么清楚，这远远超出了我的想象。

爸爸妈妈也学了几个字，晚上我们进了卧室，莱尔总会在父母以为我们睡着了的时候在我们和他的卧室之间的隔墙上给我们敲电码传递信息。要是艾迪不回应他，他就会一直敲。

艾迪合上了画册，从床上走了下来，拉着妮娜就走："来吧，你吃过早饭了没有？"

"没。我一直在等你们呢。想吃的话，我给你们做煎饼吧。"

"太好了。"艾迪笑着说。妮娜抓起摄像机朝厨房走去。

我们又最后朝天花板上的地图看了一眼。

在学校的时候，总有人说我们的世界地图太老了，是大战爆发之前或者之后不久的地图。亨利管大战叫第一次世界大战和第二次世界大战。

在我们的历史课堂上，世界大战被比作一记重拳，将世界其他地方击得粉碎，碎得不值得再把它们标注到地图上。老师告诉我们说国界线是个模糊的概念，各国之间争来抢去的，国界线也不过聊胜于无罢了。老师还说国界线经常变化，就像那些不可救药的人们攻击别人，然后又遭到别人的反击一样。

这是谎言，大大的谎言。

第一次世界大战和第二次世界大战一经比较，一目了然。

"战争可以彻底毁掉一个国家。"亨利说，"但也能再塑一个世界，推动世界前进。世界的某些地方被毁，而某些地方再塑，还有一些被推动着进步。"

"那些国家有哪些我们没有的东西？"我问，"他们有会飞的车？"

亨利笑了："没有，没什么会飞的车，但有跑得更快的车，还有移动电话和互联网。"

这些我们闻所未闻。他告诉我们说，那里的人都用外形小巧的无线电话，他们把电话揣到衣服口袋里到处跑，人人都在用那个，有线电话都快绝迹了。他还试着给我们讲一种连接计算机的信息网络，能够同步给别的计算机传送数据。亨利嘴里不时地冒出一些他自己也不会翻译的词语，这些新词弄得我和艾迪一头雾水，因为我俩坐在电脑前的次数可真说得上是屈指可数。

他还告诉我们说人类已经登上月球了。

我哈哈大笑说："你骗人吧。"

但他没有骗人。

他说，人类只登上过月球一次，发生在几十年前，在第二次世界大战之后。这显示了一个国家的实力，这个国家在战争中受到的损害最轻。尽管还有别的国家醉心于再次登月，但事实证明，这个计划耗资巨大，很难再来得起第二次尝试。

亨利还说，黑暗茫茫的太空之上，飘浮着一些卫星，围绕着我们星球的轨道在运行。他还给我们看了一个看似固定电话，实际却更像一个迷你计算机一样的设备，通过人造卫星，他用这个设备就可以和他在海外的总部打电话、发信息。

太空里有人造卫星在向四面八方散发消息。人类登上过月球。当我还对美国边界以外的地方的生活一无所知的时候，别人已经体验过我们这个星球以外的生活了。

从月球上看下来，人类该是多么无足轻重啊！包括我们之间的争执，我们之间的战争。

艾迪叹了口气，把毯子铺平，又把边角掖好。世界地图提醒我们，这世上还有别的所在，这让我们心里觉得安慰了不少。上面就有一些国家，在那些国家，我们这样的双生人不会受到中伤，不会心怀恐惧或遭人仇恨，也不会被监禁幽闭。

但有时候，那些光明敞亮、多姿多彩的国家用它们遥遥万里的距离默默地嘲讽着我们。

电话铃刺耳地响了起来。艾迪冲进客厅接起了电话："喂?"

"嗨。"一个声音说道，"我是塞宾娜。我是不是吵醒你们了?"

"我早就醒了。"艾迪说。妮娜带着明显的好奇看着我们，怀里抱着一个和面的碗。

"太好了。我本想晚点打电话的，但是我得去上班。你们想不想今晚和我还有另外两个朋友见个面？"

艾迪有点困惑地皱了皱眉："麻烦再说一遍？"

"我想介绍你认识一些人。"塞宾娜把嗓音放低了一些，"你能偷着溜出来的，对吧？我可以在你们街区正后方等你们。那里有家快餐店，到深夜两点才打烊。你一点半能来吗？要是你能把赖安叫出来，我们就能凑齐六个人。"

赖安会去吗？他昨天对塞宾娜和杰克逊可并没有多么热情。但一想到他这几周都快无聊透顶了，一小时一小时地干熬着，我立刻回答说："我叫他。"

我们真的要去吗？

几乎整整六周没有踏出过这栋大楼了，现在我们却在短短几天之内盘算着怎么第二次溜出去了。更何况昨晚我们还参加了被艾米利亚禁止的聚会。

去。我说。

要是被抓到了怎么办？

不会被抓到的。艾米利亚不会在半夜三更起来查房的。

我不是说艾米利亚。詹森不是说要加强安保措施吗？艾迪提醒我说。

现在是暑假。我们一大群人晚上出门，这有什么好怀疑的吗？

艾迪还是有点犹豫不决。

艾迪，我们必须得去。难道你想告诉她说，我们去不了因为我们害怕自己可能被逮到？

这种担心合情合理啊。

但是当塞宾娜一问："你们还在听吗？到底来不来？"艾迪

叹了口气说："好吧，我们来。"

哈莉和丽萨怎么办？我问。

"太好了。"艾迪还没来得及问塞宾娜这个问题，就听她说道，"那就定了，一点半带上赖安，咱们碰面。我得一路开跑了。"

"谁呀？"艾迪刚放下电话，妮娜就开口问道。她光着脚站在厨房里的排柜后面。

"就是塞宾娜。"艾迪一边说一边绕到了厨房门口，"没什么事。喂，你不是说要做煎饼的吗？"

妮娜皱了皱眉。有那么一会儿，我觉得她可能会继续追问下去。但后来，尽管她的眼睛一直在盯着我们看，她的脸色却放晴了。"做啊。可我没找到食用苏打。"

"你看过最上边那一层橱柜了吗？"艾迪走过妮娜身边去找。

我试着让自己不去想，妮娜其实是刻意展开了她的眉头。看那样子，她是强迫自己不要皱眉，也不要去好奇。似乎只有十一岁的妮娜已经明白，她的生活里会处处触碰到他人的秘密，有些秘密非常危险，有时还是不知道为好。

这也许是件好事，因为反正也没有更好的办法。我和艾迪是不是本应该在萨莉和维尔的事情上打个马虎眼，或者告诉凯蒂说我们也不清楚状况的？

我内心充满了恐惧，唯恐自己做错了事。我衷心地希望，在凯蒂和妮娜的生活里，她们无需为这类事情担忧。

7

赖安和哈莉刚过中午的时候就下楼来了。他们来得正好，可以帮我和凯蒂消灭早晨做煎饼时剩下的面糊。哈莉和凯蒂在厨房里嬉戏打闹，凯蒂用那台老摄像机给哈莉摄像的时候，哈莉就大笑着摆出各种姿势。我一边告诉赖安，塞宾娜打电话来约我们出去，一边用眼角的余光提防那两个小家伙听到。

"你答应要去了？"赖安声音小得像是在耳语一样，"那哈莉和丽萨怎么办？"

"她没说叫她俩。"我说着把煎饼糊浇到油锅里，又拿起勺子揉了揉，把面糊摊开，"我确信，她们也可以去的，她只不过是忘了邀请她们罢了。"

艾迪毫不掩饰她的疑心：她不是忘了。

她说她要带我们到镇上到处看看？

对啊。她还说要我们见见她的朋友。

赖安的眼睛虽然看着我们的脸，可是我明显感觉他目光散乱。他应该正在和戴文嘀咕什么，肯定是他们的谈话让他分心了。

自打我们从诺南德医院逃出来之后，我对赖安有了更多的了解——比如他起得特别早，牙齿不好不能吃糖。还有小时候他们住在乡下，他和他的妹妹们经常扮成当兵的打仗：有时候，妹妹们还会打赢，因为他和戴文总让着她们；而有的时候，妹妹们打赢，确实是因为她们真的很生猛。

但是我不了解赖安跟别人在一起时是什么样子——就是说除了我、凯蒂、他的妹妹们或者大人们以外的其他人。在诺南德医院我们没有多少交朋友的空间，在学校的时候我们也很少在一起玩。他会像我一样，对塞宾娜和她的朋友们充满好奇吗？

"你溜出来也不是什么难事。"我说。赖安和戴文睡在客厅里，亨利在那里给他们支了一张折叠沙发。哈莉和丽萨睡的是另一间卧室。"我不觉得——"

"我去，伊娃。"

我抬头看着他："真的？"

"真的。"他说，"因为你要去，所以我也去。我没有说我不去啊。"

"那就这么定了。"我笑了，把手放在了他的手上，而他也向我靠近过来，好像一切都很顺理成章的样子。

我感受得到，他想吻我。我几乎已经触到他的吻了——他的嘴贴在我的嘴上。但我不能听之任之，我不能让艾迪在旁边觉得浑身不自在。

赖安犹像的刹那，我立刻抓住机会。我看到他退缩了一下，努力控制着自己。

"伊娃。"他叫着。

"嗯？"我的声音小得像呼吸一样。

他笑了笑，目光转向了别处："你的煎饼烤焦了。"突然一阵热流传过全身，但这跟炉子一点关系都没有。我冲过去把煎饼铲了出来。

"你知道吗，当你说凯蒂的厨艺比你要好的时候，我还以为你在撒谎呢，不过——"

我大笑着推了他一把："闭嘴！是你分散了我的注意力，还不是因为我们谈话的内容太让人分神了。"

煎饼变得焦黑，但也还不是不可救药。尽管我百般掩饰，却还是抑制不住一抹莫名的微笑在脸上荡漾开来。这样也好。就这样和赖安相处——和他朝夕相处，却又不能有真正的肌肤之亲——这确实尴尬棘手让人发狂，暧昧不清让人错乱。但是事情就是这样子。这就是我的生活，我能理解，他也能理解。我们对此一笑而过，也仍然不失开心。这才是最重要的，难道不是吗？

"你们俩在那边干什么呢？"哈莉在客厅里朝我们喊道。

"当牛做马给你做饭啊。"赖安回敬说。他白了哈莉一眼，不过那狠劲儿很快就被融化了，伸手不打笑脸人嘛。

"好了，我至亲至爱的哥哥，饭总得有人做吧。"哈莉和凯蒂正弓着背看着摄像机，两人抢着要摄像，"艾米利亚不会真的去把这些胶卷洗出来吧？"

凯蒂从她的手中一把抢过摄像机，镜头还没转向我们，就先按下了录制键："她答应过要去洗的。"

"上帝亲亲啊！"哈莉叹道，朝我挤了挤眼，"那么，我今儿就启动我的参政计划吧。"

我再次爆发出一阵大笑。我的开心感染了艾迪，她没有那么伤心了，心情也越来越轻松。不过，内疚感冷不丁地用它冰冷的手拍了一下我们的心脏——塞宾娜没有邀请哈莉和丽萨去参加今晚的聚会。

下次她就能和我们一起去了。我说，我们提一提哈莉的名字，下次他们就会邀请她了。

你怎么知道还会有下次？

我当然不知道。但是，当我转身回到炉子前的时候，突然意识到自己已经在盼着有下一次了。

虽然已经快深夜两点了，安绰特的街上还是有不少的人。不过，当赖安和艾迪从我们住的公寓楼里溜出去的时候，大街小巷在这个温暖的夏夜还算得上寂静无声。

市中心可能人更多吧，那里的店铺很晚才关门的。我想象着音乐从灯光晦暗的酒吧流淌出来的情景，想象着人们大笑着跌跌撞撞地一场一场赶着聚会的样子。艾米利亚的邻里四周没什么跳舞俱乐部，这个地方更出名的是它扒手众多，偶尔还会有帮派火拼。

"是那个地方吗？"我们快到那个快餐店门口的时候，赖安问道。快餐店在黑暗中闪烁着黄色和红色的霓虹灯。

艾迪犹豫不决地说："我想应该是吧。"

我们透过窗户朝里张望。要不是吧台后面的那个收银台和坐在一张廉价的塑料桌旁边的四个人，这个小餐馆看起来就像是没人管的废弃地。一个金发女孩和她旁边的红头发男孩背对着我们坐着，但是塞宾娜和杰克逊是面朝着我们的。他俩最先看到了我们，脸上立刻浮现出笑容来。

"你们来了。"看到艾迪走了进去，塞宾娜大声喊道。杰克逊拽过来一把空椅子，椅子腿蹭过油毡布的地面，发出刺耳的声音。

赖安选了我们左边的座位，旁边是塞宾娜，也有可能是乔希，和塞宾娜共用一个身躯的另一个灵魂。我们对她俩都不熟

拯救波瓦特

悉，所以说不清楚。

"我是塞宾娜。"女孩说道，像是一眼看穿了我的想法。她笑了笑，然后指了指那个红头发的男孩说："你和克里斯托弗在电话里说过话的。那边的那位——""那位"转了转眼珠子。她淡金色的头发顺着她脸的形状弯下来，她的眉毛没有染，所以颜色很深，在头发的映衬下显得格外醒目。"那是科迪莉亚。"

"我是杰克逊。"塞宾娜还没来得及说出口，杰克逊就先介绍自己了。他露出攀谈式的笑容："希望你们还没有忘记我。"

塞宾娜笑了："记住你还真是不容易。"

"我们每个星期四都让他重新介绍一遍自己。"科迪莉亚说着，一只胳膊伸过去勾住了杰克逊的脖子，这个动作让她的话显得缓和了不少。她一边把杰克逊往身边揽，一边大笑着。

艾迪笑了笑，偷偷看了一眼赖安。但此时坐在我们左边的这个人并非赖安，而是戴文了。戴文打量了一圈桌上的人，那神情似乎是在研究一个复杂的拼图游戏。

你觉得这些人用的是真名吗？艾迪问道。

我甚至一点都没有疑心他们可能没有用真名。

不管怎样，杰克逊、塞宾娜和克里斯托弗用的是真名。我说，他们私下里也是用的这个名字。

要不然就是他们已经非常习惯扮作别人了。他们不是一直在用假名嘛。

有些事，我真不想去仔细琢磨。塞宾娜是在五年前被救出来的，要是再过五年，我和艾迪就二十岁了。到那时我们是不是还在东躲西藏？是不是也会披着别人的外衣生活，用着别人的名字，可说出名字时，就像说我们自己的名字一样顺口？

"我是——"艾迪张嘴说话时又迟疑了一下。尽管餐馆里除了吧台后面那个在看书的人以外，没有别人会听到，我们也不能随随便便在公共场合报出我们俩任何一个的名字。艾米利亚给我们伪造了一个身份，但是那个名字卡在我们的喉咙里，说不出来，我们不想用别人的名字来介绍自己。

"没关系。"塞宾娜说，"我们知道你们是谁。"

他们可能是知道我们的名字，但他们又怎么辨别此刻是艾迪还是我在控制我们的身体呢？又怎能辨别坐在我们旁边的是戴文还是赖安呢？

"杰克逊说你们已经去过海滩了？"科迪莉亚一边问，一边放开了杰克逊。杰克逊朝她瞪了瞪眼珠子，用手指理了理他那乱糟糟的头发，想要重新把它梳理整齐。

艾迪耸了耸肩说："就去了一次。"

"但不是在夜里吧。"

"不是。"

科迪莉亚伸出了胳膊，那神情像是要抓住黑暗中海洋景色，然后好好描绘一番："那景色真是太美了，我们应该现在就去看看。"

"走路去有点远。"塞宾娜说，她一把抓住了科迪莉亚就要掉下桌子的饮料瓶，"坐公交车又太晚，没车了。"

科迪莉亚大笑着说："好吧，好吧。理性之声强势出击！那我们就直接去店里吧。"

"店里？"艾迪问道。

"塞宾娜和我刚开了一家照相馆。从这里下去走几条街就到了。我们有时候会到那里去玩。"

她们居然有一家照相馆？艾迪问道。

话说到这儿，我认为不管是塞宾娜还是科迪莉亚都没有超过二十岁。但这就是假身份的好处。也许她们说服了艾米利亚胡乱编了个生日，一下子让她们多出了好几年根本就不存在的日子。

"走之前你们要不要点点儿什么东西喝？"当大家收拾桌子，拿好东西准备离开的时候，塞宾娜问道，"他家的——"她猛地意识到戴文和我都没有钱，怎么点呢？"过来。"她轻轻地抓着艾迪的胳膊带着我们朝吧台走去，"你们一定要尝尝他家的奶昔。"

"没关系的。"艾迪抗拒着说，"我不——"

看到我们走过来，坐在吧台后面的那个人站起身来，把书放到了边上。

"别跟我争了，好吗？"塞宾娜笑着说，"你们刚来安绰特，我还没有好好表示欢迎呢。请给我们两杯奶昔。"她对收银员说着，一边转过身来问艾迪："什么口味的？你知道你男朋友喜欢什么口味的吗？"

艾迪立刻缩回到我身边："他不是我男朋友。"我们的声音比耳语大不了多少，但是那个收银员终究听到了，但他想装作没有听到。

塞宾娜满脸尴尬，就像是穿了件不合适的衣裳一样。"对不起。"她故作轻松地说。我能感到艾迪也假装对此毫不在意的样子。我们可不能引起别人的注意。

"巧克力味的吧。"艾迪说，"两杯一样。"

收银员点了点头，然后朝厨房里的什么人大喊了一声。

"不好意思啊。"等到那个人离得远了点，听不到的时候，塞宾娜又低声道了一次歉，"我不该乱猜的。"

"没关系。"艾迪说。艾迪虽然说得轻松，可我断定，她还是觉得很有关系的。

两人都一言不发，一直等到那个收银员端来了奶昔。塞宾娜付了款，摆了摆手示意艾迪不必感谢。

"要是有什么需要就告诉我一声，好吗？"我们往出口走的时候，塞宾娜说。其他人都已经走到外面了，戴文站在离其他人稍远一点的地方。

奶昔又甜又腻，喝起来冰冰的，刚一出门，我们禁不住打了个寒战。不过艾迪还是笑着说："好的。"

戴文一言不发地接过了饮料，不过他还是朝塞宾娜点了点头，可以认为他这是用他的方式在表达谢意。当我们走在大街上的时候，杰克逊溜到了我们中间，问："你们来这里的时候有没有碰到什么麻烦？"

"没有。"这是戴文整晚说的第一句话，"你们都住在这个区吗？"

天呐！艾迪感叹道，戴文也开始聊天了？

我大笑。戴文才不是在聊天呢，他是在调查、质疑、研究。我很熟悉他眼中的那种光芒。赖安在检查艾米利亚那台摄像机什么地方坏了的时候，就是这个表情。

我不知道该如何描述我对戴文的感觉，或者说他对我是什么感觉。有时，他的存在让人恼恨。当我本可以全身心享受赖安满脸的微笑、讶异不已的大笑，以及他波澜不惊的笑话时，戴文那城墙般的沉默和不可捉摸的眼神真让人倒胃口。

但有的时候，我会对戴文有一种强烈的、不可压抑的感情。这跟我对赖安的感觉不同，也和我对其他任何人的感情不一样。

"塞宾娜和科迪莉亚两人住的公寓离这里只有十五分钟的路程。"杰克逊说,"我和克里斯托弗住得要稍微远一点。"

听到有人说自己的名字,克里斯托弗转过来看了一眼。塞宾娜和科迪莉亚已经把我们这些人甩到后面了,这会儿正站在那里等我们跟上去。我捕捉到塞宾娜脸上有变化,刚才还轻松自在地笑着的脸上,此刻绷得紧紧的,眼睛盯着我们后面什么东西——什么人,一直看着。一柱光从后面照了过来。

"喂,你们这伙儿——等等。"

艾迪惊得转过身来。一个穿着整齐制服的警察正拿着一个手电照着我们。

我们的心提到了嗓子眼。一阵热浪传遍了全身,血液立刻像汽油一样,一点就着。

糟了,戴文!我脑海里一闪。

戴文就站在我们旁边,和我们一样,一动也不敢动。戴文,他比我们任何人更见不得人。他没有做错事,没有犯法,也没有给别人带来麻烦,法律上也没有说外国人犯法,更别说只是长得像外国人罢了。身为警察应该比普通人更清楚这一点。可是……

有人搂住了我们的肩膀,是杰克逊。

"出什么事了?"杰克逊问警察。他一派轻松的口吻,推着我们朝那人跟前走了几步。我在心里大声尖叫着提醒自己应该朝完全相反的方向走。

警察把手电往下压了压,这样就不会照得我们眼睛看不见了。不过,我们还是觉得眼冒金星。

他看着我和艾迪皱了皱眉说:"这时候到处瞎逛,有点晚了吧?"

我们的嘴僵住了，说不出话来。杰克逊的手将我们的肩膀抓得更紧了，嘴里却笑着说："她没事，她跟我们在一起呢。"

"你们知道宵禁吧?"

"要到星期一才开始吧。"科迪莉亚说。我丝毫没有发觉，她和塞宾娜已经站到了我们的身边。她咧嘴笑了笑说："我们要趁还可以撒野的时候疯跑一下。"

警察的目光扫过她那浅金色的短发和大红的嘴唇："好吧，别野得太过了。已经深夜两点了。小心点。"

"我们正准备回家呢。"塞宾娜的头朝我们手里的奶昔摆了摆说，"只不过出来吃点东西。"

笑一笑! 我小声说道，艾迪照做了。

我们偷偷看了一眼戴文，这家伙一脸一本正经的样子。我们的笑容也随之变得更加自然起来。

"今天是我的生日。"艾迪说。我们的声音显得很平静，甚至有点羞怯的感觉。我们说话的样子不像我们自己，而是像凯蒂，这让我们的脸因为有点羞愧而更红了。一阵热流涌上我们的脖子，爬上了我们脸庞，弄得我们两颊绯红。

值得一提的是，居然没有一个人露出讶异的表情。

"好吧。"警察终于说，"那么，祝你们晚安。"

直到那人走远了，看不见了，我们还在那儿站着，一动不动。后来，科迪莉亚放肆地咯咯大笑起来。杰克逊想要让她安静下来，但是在她的笑声感染下，他也忍不住大笑起来。只有克里斯托弗和戴文两人一脸严肃。塞宾娜催促大家继续往前走。

8

"刚才我们人人参与，演了一出好戏。"我们在大街上急急忙忙赶路的时候，科迪莉亚说。

"刚才应该也算是生死攸关了。"杰克逊纠正了她的话。不过他的语气听不出真心实意的警告，而是带着一种逗乐式的兴高采烈。

"没那么悬吧。"科迪莉亚先跑到我们的前面，接着转过身来面对着我和艾迪，边倒着走边说，"他只是有点担心我们会把你们这才十五岁大的脑瓜子带坏了。他们肯定还以为是帮派入会呢。"

"今天不是你的生日吧?"赛宾娜问道。艾迪摇了摇我们的头。"那真是表现不错。差点连我都被骗了。"

"今天是我生日。"科迪莉亚学着我们的声音说着，她还学得真像，只不过声音大得多，底气足得多。艾迪弄了个大红脸，科迪莉亚哈哈大笑："亲爱的，你的声音听起来真像天使的声音，让人永远都不会怀疑你。"

照相馆只有一扇很不起眼的门，上面挂了一个木质的牌子，用漂亮的黑色字体写着"静物"两个字。墙上有一片很长

拯救波瓦特

的展览橱窗，不过，我只来得及看了一些相框和几张黑白相片，科迪莉亚就过来把门打开了。

我们进去的时候，门口的风铃叮咚作响。小店里并不宽敞的墙壁上挤满了各种照片。一个银色的相框里，照片上的小男孩把自己的脸紧紧贴在一排细细的白色楼梯栏杆上；旁边的相框里，一个体型健硕、虎背熊腰的男子跟一只和他一样粗壮、长着南瓜色皮毛的猫坐在一起。

科迪莉亚带着我们去店后面的一个仓库，大家都挤进了一堆空相框和布满了灰尘的硬纸盒中间。这个店的天花板高得离奇，连杰克逊那么高的个子都得站在一张板凳上才能够得着房门上面吊着的那根绳子。

"过去绳子长一些。"他解释说，"用了半年就断了一截，那我们就只好用板凳了。"

"再绑一根呗。"戴文说。

杰克逊笑了笑，用手一拉，活板门吱呀一声开了。"用凳子更有意思一些，而且绳子太长的话，门就容易被人发现。"他说着从凳子上下来，手却一直操着门，门里一架梯子叽里咣啷地垂了下来。"而这个地方，"他一边说着，一边用力把梯子抻开，"可是个秘密。"

艾迪不由自主地往后退了一步。

曾经，在我和艾迪还小的时候，我们还住在城里，妈妈的一个老朋友办了个聚会，邀请我们全家去参加。那家人搬到了郊区，房子很大，有游泳池，还有烧烤。那是个夏天，很热。大人们都在外面忙活，我们的父母也很忙，他们一边要跟人交流，一边还要照顾当时才两岁大的莱尔和纳撒尼尔。

我不记得那天去了多少人。在当时只有七岁的我看来，起码有一百多号人。来了最少有十个孩子。我只记得这么多了。大家玩捉迷藏。一个穿黄色裙子的小女孩当找人的"鬼"。

我让艾迪跟着别人进到房子里面去。有两个男孩要上阁楼，其中一个在楼梯半路招手等着，叫我们跟上去。艾迪有点迟疑，但是我说：去吧。

因为他招手了，因为他选了我们跟他们一起去，我心里满怀希望。

阁楼里热得难受，闷热闷热的，像是空气都被蒸发没了一样。那里有一个装饰华丽的旧箱子，也可能不止一个吧。我模模糊糊地记得好像还有盒子之类的东西，但那个最大的箱子，我记得最清楚，因为那个男孩子说："到那里面，就没人找得到了。"

于是，我和艾迪爬了进去，蜷成一团待在那个黑暗的箱子里。

他盖上了沉重的箱子盖，他的朋友就在后面看着他。

他悄悄地把箱子锁上了，动作轻得我们根本没有听到。

"快来呀。"杰克逊指着楼梯喊道，"你们先上，客人优先，大家一起来。"

不会有事的。在诺南德医院，我们去做检查的时候，就曾被逼着爬进一个小得让人受不了的仪器，我就这样安慰自己和艾迪。那时我心里其实也没底。但是，一个小阁楼应该不在话下吧，要是阁楼里有窗户，空间又不是过于逼仄的话，就更没有什么可怕的了。我们只需要放松点就好了。

艾迪嘴唇紧闭向前走着，每走一步，楼梯——确切地说是伸缩梯——就在脚下颤动着发出吱吱呀呀的声音。

我们来到了阁楼上，里面那种闷热的环境我们并不陌生。

黑色的原木屋顶斜斜地压下来，和同样也是原木的地板几乎连起来了。有人在阁楼里钉了一圈大钉子，在上面挂了一圈小彩灯，彩灯穿电线的一头紧挨着伸缩梯的梯顶。艾迪弯下腰来插上了插头。

顿时，整个阁楼布满了柔和的灯光。两张凹凸不平、破旧褪色的沙发椅子面对面支着，绿色的那张沙发露出了里面的黄色填充物。起先，我很好奇这两把椅子到底是怎么被抬到这上面来的，后来，我发现椅子架子上有一些螺丝，原来椅子是可以拆卸的。角落里放着一盏落地灯，灯的对面是一扇朝着大街的窗户。隔着帘子，我们看不清楚下面的景况。

大家陆陆续续都上来了。科迪莉亚打开了房灯，阁楼里更加明亮了。这里没有我想象的那么可怕。阁楼上虽然只有一间房，但是装下我们六个人还是绰绰有余的。里面闷热的空气让人觉得黏腻，但是呼吸也还算畅快。

"好吧。"我们刚安顿下来，塞宾娜就开口说话了。她穿着黑灰色的打底裤和褪了色的T恤衫，双腿交叉坐在那张绿色的沙发椅上，比平时看起来更像一个舞蹈演员了。她的目光先落在了戴文身上，然后又转向我和艾迪："你们谁先开始，给我们讲讲你们自己的事吧。"

戴文当然是一言不发了。艾迪摇了摇手中的奶昔说："我们都是从鲁普赛德来的。我——"

"鲁普赛德?"科迪莉亚半坐在地上，半靠着塞宾娜，她脸上的笑容显得漫不经心，眼神却非常锋利，"你不是也在那个地方住过一段时间吗，克里斯托弗?"

克里斯托弗点了点头说："上小学的时候在那里住了两年。"

这么说，是在我和艾迪搬到那里之前。那时我们还住在老房子里，正开始意识到一件非常奇怪又非常可怕的事情——我们的灵魂并没有安定下来。

"你去过那里的历史博物馆吗？"艾迪问道。

克里斯托弗不愁眉苦脸的时候，其实长得还是很漂亮的。他骨头架子小，脸上还长着淡淡的雀斑，这使他看起来比实际年龄要小。他虽然不再躁动不安地四处走动，但还是像一颗随时都可能被点着的炸弹一样。

"每年都去。他们是不是还挂着那张丑得吓人的海报？我估计那是一九几几年的古董真迹，上面画的是个变了形的双生人。"他拧巴着脸部，两只手做成爪子的样子举起来，惹得科迪莉亚哈哈大笑。

我记得那张海报。克里斯托弗对海报的印象确实不能说是大肆夸张。那个博物馆就是为了纪念双生人和非双生人之间的斗争而建造的。里面的内容从当年单灵人刚被运到美洲大陆的时候被迫服劳役开始，讲到后来的大革命，一直到世界大战爆发以前在美国这片土地上发生的多年鏖战。

艾迪告诉大家，我们最后一次参观博物馆的时候，因为漏水和着火，博物馆的一部分地方已经被毁坏了。她犹豫了一下，还是给大家讲了，事故的发生要怪一个双生人男子。她还描述了一下那个人被抓时的情景，说当时旁边站了一大堆的人围观，他们互相推挤着，踩踏着，尖叫着，像是在观看一场血腥的战斗。

"你们知道吗，我一直想去东海岸看看。"科迪莉亚说，"想去那儿看看那个地方的海水。"

塞宾娜转了转眼珠子，任性地说："我确信，海洋跟海洋没什么大不同。"

"不一样，我觉得不一样。"科迪莉亚说，"一样吗？艾迪？"

"我不知道。"艾迪老老实实回答说，"鲁普赛德不在海岸线上，我没有去看过大海。"

"总有一天我会去的。等我攒够了坐飞机的钱就去。"科迪莉亚看了一眼杰克逊说，"也许我可以让彼得送我去，反正他送你去过诺南德医院的。"

"他送我到诺南德是去工作的。"杰克逊说。

科迪莉亚没精打采地耸了耸肩说："知道啦。在东海岸肯定还有别的研究所，总有一天，不管通过什么方式，我都会去那里的。"

"你难道不想去看看那个——我说不好，叫什么印度洋的地方？"杰克逊问道，"或者是亚得里亚海？"看到科迪莉亚扬了扬眉毛，他笑了，"亚得里亚海。我在亨利的某张地图上见过这个地方。在欧洲。我喜欢这个名字。"

科迪莉亚耸了耸肩说："就好像我还有什么机会出国似的。"

戴文的脸上一片阴云密布的样子，他连掩饰都不掩饰一下。我猜得出他心里在想什么。

他们说起这些事的时候太轻率了。艾迪说。

我想起在诺南德的时候，杰克逊把我们拽到储藏室里，喋喋不休地给我们讲彼得和秘密计划的事，告诉我们要"心存希望"。当时我们都被惊到了，他那张笑脸和那副吊儿郎当的样子让我们觉得相当反感。但是，他并不轻率，真的不轻率。

我还想起了在昨晚的聚会上，彼得讲完汉斯研究所的事情之后，房间里人人悲痛着，沉默着。克里斯托弗抑制不住满腔的愤怒，杰克逊不得不拦着他。

塞宾娜和克里斯托弗来安绰特已经五年了，不知道科迪莉亚和杰克逊来了几年了。

也许一年一年过去，你对待事情的态度就变成这样了。我轻声说道，装作满不在乎的样子。

"下一次在彼得家碰面是什么时候？"克里斯托弗问道。他坐在离落地灯最远的地方，昏暗的灯光让他的轮廓显得柔和了不少。

塞宾娜耸了耸肩说："他会和一些人一对一见面的。我估计他近期内不会召集大范围聚会的，除非有什么大事发生。"

克里斯托弗鼻子里"哼"了一声，抬头看着天花板说："大事都已经发生了。"

"这不我们就集体碰了一次面吗？"塞宾娜说，"等到下次再有大事，我们就——"

克里斯托弗的嗓门突然变粗了起来："等到地老天荒，等到海枯石烂，等到彼得制订好计划，等到他重改计划，等到——"

"等到他再重改计划。"塞宾娜替他把话说了出来。她朝克里斯托弗笑了笑，克里斯托弗虽然并没有回应她的微笑，但却一下子安静下来。塞宾娜的目光转向了我和艾迪，然后又看向戴文："我们并不是不感激彼得所做的一切。我们很感激他。我们之所以能在这里，全都得益于他的谋划。但也不能否认，彼得行动缓慢。对，他是很周密；对，他也很谨慎，这些都没错，可就是行动太慢了。他认为要充分利用时间，可是——"

"有时候我们没有那么多的时间。"艾迪插嘴道。

塞宾娜点了点头。

"你在聚会上提到的那家研究所，"戴文慢吞吞地问道，

"就是波瓦特，那是什么时候成立的？"

阁楼里陷入了暂时的沉默。塞宾娜在椅子里挪了挪身子说："那里现在还没有开业。我想，他们正在筹备。波瓦特研究所是奔着寻找新的治疗双生症的方法去的。他们打算测试一种—— 一种新的仪器，能够让手术更加精确一些。"

"手术"这个词立刻将我们的思绪带回了诺南德医院的地下室。我们感受到了那冰冷的手术刀，听到了杰米的含混不清的喊叫声从门后面，透过昏黄的门廊传了过来。

"有一个家伙，"塞宾娜说，"叫霍根·纳勒斯。他是下面的政府官员。下周五的时候会到兰开斯特广场来，他要表达这里的人应该为波瓦特研究所建到这里而骄傲自豪之类的意思，类似开动员大会一样的。很可能到时会搭个台子，装饰一些气球什么的，估计能来两百人左右。"

"一大群人，高声尖叫着，"克里斯托弗接着说，"表示鼎力支持政府各部门齐心协力为切除儿童脑叶的行为欢呼。"

塞宾娜苦笑了一下："我觉得这和切除脑叶还不是一回事。要是我们不采取任何措施……在这里坐着不动，让波瓦特研究所在两个月内开了张，那我们和那些人还有什么区别！"

"想说什么就直说吧，塞宾娜。"科迪莉亚模仿着彼得的声音插了一句话。她小声咯咯笑着趴到了塞宾娜的肩上，塞宾娜用一只胳膊亲昵地抱住了她。

但是塞宾娜开口说话的时候，口气却是相当的严肃："我们一定要想办法让波瓦特研究所开不了张。"

就好像这事易如反掌，就好像只要塞宾娜一声令下，事情立刻就办成了。

"怎么阻止？"戴文问道。

"我还没有一个全面的计划。我还需要更多的信息，不过我知道怎样去获取信息，这就好开头了。"塞宾娜说话的时候，眼睛一直盯着戴文，不过，要是她想要揣摩戴文的心思的话，戴文可没有给她这个机会。"去年我在纳勒斯手下干过几个月，那时我和科迪莉亚还没有开这间店。我帮他做一些发发文件、安排约见之类的事情。"她的嘴角朝上弯了弯，说，"这事别让彼得知道。他对和政府打交道管得很严的。随他去吧，反正纳勒斯能接触到情报。他知道波瓦特计划的一切细节，非常具体——研究所什么时候开张，什么时候装仪器，孩子们什么时候过来，甚至连那些孩子的姓名都有可能知道。"

我知道，这种可能性微乎其微，但我还是忍不住想到某张我熟悉的脸庞可能会被关进波瓦特。要是艾利和卡尔也会被动手术，那可怎么好？诺南德医院的那些医生已经在他们身上试验了很多药物，一再尝试想要消除这个八岁男孩身上那个不该存在的灵魂。我们可是领教过那些药的副作用的。不过，根本没有人会在意这些。既然如此，就没什么能阻止他们让艾利和卡尔去做手术了。

"兰开斯特广场离纳勒斯工作的市政大厅只有一个街区远。他的资料都存在电脑里，我知道他的办公室。我把过去的工作证偷偷藏起来了，这个可以帮我们逃过初级警备。"

"你所说的'我们'应该也包括我吧。"戴文说。

塞宾娜小心翼翼地看着他，说："我听说你精通电脑。"

戴文点了点头。他皱着眉头，不过，他的眉头是因为定神想事而皱起来的，并不是因为担忧。

"你能侵入他的账号？"塞宾娜问道，"不会被反追踪？"

戴文曾经侵入过我们学校的档案系统，我只知道这个。他了解到了我和艾迪到了年纪很大才"解决",加上他平时观察出我们很多的蛛丝马迹,促使他和哈莉最终下定决心向我们吐露他们的秘密。

"也许吧。"他说,"应该可以。"

"那你去吗?"塞宾娜问道。无论是谁,潜入政府大楼,又去侵入他们的计算机系统,这自然是要冒不可估量的风险的,而对戴文和赖安来说,他们的风险又是常人的十倍。

"等等。"戴文还没来得及回答,艾迪就急忙插话了,"你这是让他光天化日之下,在人人上班的日子里,大摇大摆地进到那人的办公室去侵入他的电脑?"

"是开动员大会那天。"塞宾娜胸有成竹,"要是我们选择在动员演讲那天去做这件事,那么纳勒斯和他的下属们都会在兰开斯特广场。要是我们碰巧还在动员大会上弄出点什么事来……足以分散市政委员会那些人的注意力的话——"

"比如往广场中间扔个手榴弹什么的?"克里斯托弗做出扔手榴弹的架势,杰克逊哈哈大笑着给他配音,用嘴模仿炸弹爆炸的声音。

塞宾娜带着责备的神情看了他们一眼,却还是抑制不住地露出了笑容:"就是小打小闹,不死人,不血肉横飞的那种。"

克里斯托弗回身往沙发背上靠了靠:"我不反对来点血肉横飞的感觉。"

"他就是信口胡说。"杰克逊马上接口说道。

"我可非常认真的啊。"克里斯托弗说。

塞宾娜懒得理他们俩。"我们只需要弄点那种能让人人都会去关注的事,那种把大家的注意力,还有安保人员都从市政委员会那边引到广场上去的事。再说了,来点能警示一下大家的东西也没什么坏处。"

"警示大家什么呀？"艾迪问道。

"警示大家，那些研究机构和他们的治疗方案，已经使几千人死于非命，不，是上万人，甚至还要多。"在阁楼柔和的灯光下，塞宾娜就像一座雕像一样。我之前并没有觉得她有多么美丽动人，但此时此刻，她身上的确有某种东西深深地打动了我。塞宾娜接着说道："我想到的是烟花，就是在悼念日上放的那种，这个可以看成是我们自己的悼念日，和警示。"

也是表达尊重的一种方式。

此时，阁楼的气氛发生了变化，是塞宾娜改变了气氛。她的一句话，一个想法，带来了一份希望。

"艾迪会画画。"杰克逊突然说。艾迪吃了一惊，看向他。他赶紧解释："要是我们想要给大家一个警示，我们可以画海报，是不是？海报上把一些已经逝去的孩子的相貌画出来，并写上他们的名字。"

"好主意。"塞宾娜的刘海齐刷刷地垂在她的眉毛上，使得她那坚定的眼神吸引了更多的关注。我发现自己虽感到一丝丝不安，却没法挪开自己的目光——就好像自己被人审视，却又不能，不能被人窥破心思。"当然，我们得找个空地来放烟花。那里有两栋大楼，可以上到屋顶，我们可以从屋顶往下扔海报，将它们撒向人群。细节问题我们还要商量，但是不能有人受伤。"

可是我们会不会被抓住？我很想问问，可这时身体还在艾迪的掌控下，而艾迪此时正纠结在某种情绪里，说不出话来。

"传单加烟花。"克里斯托弗嘴里念叨着，就好像他正在反复玩味这个想法，觉得它确实有那么点意思似的。

塞宾娜点了点头，看向戴文："不过，最终这事还要看你能不能从纳勒斯的电脑里把资料弄出来。"

戴文没有说话。他的脸上没有一丝表情，身子也纹丝不动。过了一会儿，就听他说："我可以做到。"

塞宾娜的肩膀松懈了下来，就那么一点点。她环视房里的其他的人，问道："你们怎么说？"

"我加入。"科迪莉亚说。

杰克逊挂上他那一贯话痨的笑容说："一样。"

克里斯托弗尽管刚才还气呼呼的，却也很快点头同意了。

艾迪？我喊道。

她犹豫了一下说：我不知道。

我会发布一条消息。我试探地说，告诉大家这个国家的双生人不会放任别人随意对待他们，而这就意味着他们会让波瓦特研究所根本开不了张。

我厌倦一动不动地坐在这里，厌倦了困在公寓里在楼梯里上上下下，却不知能去哪里。

艾迪——

我不知道，伊娃。她的声音变得尖厉。我感到她变得更加混乱，恼恨自己下不了决心。你选吧。你总是想做决定，不是吗？

她很快脱离了身体的樊笼，控制权重重地落在了我的身上，我被它压得差点喘不过气来。

她说得对。一直以来，我都梦想自己能够掌控。现在，我能够掌控了，就该做出自己的决定，不能依赖艾迪，不能依赖任何人。

我呼了一口气，然后飞快地说出了自己的想法。我要在想得过多之前说出来，要在说服自己退出之前说出来。

"我准备开始做点事了。"

9

尽管塞宾娜宣布计划的时候显得有点冲动，实际上她的计划是经过深思熟虑的。阁楼从俱乐部变成了临时会议室，塞宾娜在那里和我们商讨一切事务。整整十天之后，霍根·纳勒斯就要在市中心的兰开斯特广场发表演说了。那里附近会有交通管制，自然也会有安保措施，不过具体细节还不得而知。演说大概进行二十分钟，整个活动持续大约一小时。

"我们共有六个人。"塞宾娜一边说，一边比画着，"我和戴文去办公楼。我想安排最少一个人到动员大会上去，进入现场或者就近观察，并且用对讲机给我们汇报现场情况。我们必须掌握现场的一切状况。剩下的三个去放烟花。"

"要是哈莉帮忙的话……"话刚出口，我就赶紧闭嘴了。还是不要让哈莉和丽萨卷进来吧，也许她们也不想参与。但我也不想对她们有所保留。让她们自己来决定是否加入应该更好吧。

"要是哈莉也加入进来，"我说，"那我们就有四个人呢。"

戴文瞪了我们一眼，但什么也没说。

塞宾娜犹豫了一会儿说："你觉得她会加入吗？"

"也许。"我还没来得及张嘴，戴文就抢着回答了。

像是这两个字给这件事下了定论一样，这个话题再也没有人提起。

"我们这样做，"我小心翼翼地说道，"难道不是正好会让市政大厅加强安保措施吗?"

塞宾娜摇了摇头说："重要人物都在动员大会上。即使市政大厅里的人提高了警惕，他们也只会顾忌会不会有暴力行动、游行示威这类行为。相信我，不会有事的。我很熟悉大楼的通道。"

我们从照相馆离开的时候，都快凌晨四点了。整个晚上，艾迪都是同时既在和乔希又在和塞宾娜说话，既在和杰克逊又在和文森说话。科迪莉亚也提到了卡蒂，尽管没有人发现卡蒂是否真的在某个时刻掌控过她们的身体。不过，一整晚，都没有人提起过透过克里斯托弗的眼神映出的那个人。我很想知道我们什么时候才能见见他，我觉得自己非常想见到他。

回到公寓，戴文一声不响地用眼神示意我们晚安，就上楼去了。我蹑手蹑脚地打开了艾米利亚家的房门。

公寓里一片安静沉寂，跟我们几小时前离开的时候没什么不同。我走过黑洞洞的客厅，摸索着穿过过道，溜进了房间。凯蒂蜷成一团在被子下酣睡。我们换了睡衣倒在床上，脸颊贴在冰凉的枕头上。

也就是在这个时候，那些我自己承诺过的事情带来的纠结击倒了我。一记重击。我深深地吸了一口气。艾迪一定是感觉到我突然的战栗，探过身来紧紧抱住了我。

我选对了吗? 我几乎忍不住问了出来。但我最终还是没问。我不需要再问。艾迪一个字都不用说，就让我知道，无论我做出了怎样的选择，我们都会一起面对。

我们轻声地谈论对未来的设想，就这样渐渐入眠。在此以前，我们根本就没有什么"未来"。

第二天早上，艾迪和我睡得很沉，直到一阵敲门声把我们唤醒。我们穿着淘来的二手睡衣，头上顶着一团睡得乱蓬蓬半卷着的头发。艾迪打着哈欠从猫眼上往外看，可能像我一样以为来的是哈莉或者赖安。

"天哪，我们可是蓬头垢面的。"当发现是杰克逊之后，艾迪叹道。

我不是懒虫，但是，我们两个当中，艾迪更喜欢衣服穿得清清爽爽，头发梳得整整齐齐，把房间弄得干净整洁。她偶尔也会忘事，把东西放错地方，但她总喜欢凡事整齐有序。

我们去换衣服，让凯蒂去开门。我建议道。

那样会让他觉得我们有点小题大做，就会——她叹了口气，算了，没什么大不了的。

她一只手慌慌张张去开门，另一只手急急忙忙理头发，门开的刹那，手快速放了下来。

"嗨！"她说道。

杰克逊盯着我们看了一会儿，我真想告诉他别看了，你不觉得自己让艾迪更难堪了吗？但是他还是那样一直盯着，只是笑了笑："起晚了？"

艾迪挥挥手示意他进门。我看出来她想说点什么，却没有出声，只是满脸涨得通红。杰克逊环顾房间，问道："凯蒂和艾米利亚呢？"

"凯蒂和我们一个房间。"艾迪说，"艾米利亚去彼得家了。"

"啊！"杰克逊说。

"啊什么啊？"

他笑着坐到了一张餐椅上，说："没什么，她不在真是太好了。我来看看你们怎么样了。你们懂的，昨晚谈完之后。"

艾迪也坐了下来："我们的心意没变，要是你是这个意思的话。"

"事实上，我不记得你给了什么回复。"杰克逊说，"伊娃说她要开始做点事了，那你呢？"

"我没想过我们还得分开表态。"

杰克逊那双淡蓝色的眼睛一直盯着我们，一秒都没有离开过。这双眼睛泄露了他的心意——尽管他的行动显得大大咧咧的，笑容有点游离——他有点紧张。"我想听听你是怎么想的。"

艾迪一声不吭，用手拨弄着睡裤。

"艾迪？"

"我加入。"她说道。

杰克逊的身子探了过来，艾迪没有躲闪。我感到我们的肌肉紧绷，竭力地维持着我们的坐姿。他靠得太近了，近到艾迪有点承受不住。"好，那戴文的妹妹，哈莉呢？你觉得她能接受这件事？"

艾迪点了点头。

"你们在进诺南德医院之前就认识很久了吗？"杰克逊问，"你、戴文和哈莉？"

"不太久。"艾迪说，耸了耸肩，"一个月左右吧。"

我等着艾迪向杰克逊解释，其实大部分事情她都没有参与，其实戴文在任何情况下都不是一个容易被人看透的人，不管跟他认识了多久。可她什么也没有说。

她反而问道："和克里斯托弗共生的那个是谁?"杰克逊立刻僵住了。艾迪却步步紧逼："我想要认识每个人,这样就能分清谁是谁,哪儿跟哪儿,但我却连他的名字都不知道,而且——"

"只有克里斯托弗。"杰克逊说道。

艾迪顿了一下,说:"什么?"

"只有克里斯托弗。"杰克逊又重复了一遍,话里听不出什么情绪,"你不用多想。"

这些话刺透我们的皮肤,我们感觉像是血液里被注入了冰水,身体先是寒冷似冰,继而又热得发烫。"你是说——可是,杰米——"

可是杰米是做过手术后唯一活下来的一个呀。

杰克逊这才搞清了状况,眼睛瞪得老大,说:"不,我不是那个意思。事情不是你们想的那样。他叫马森,不过我们没人跟他交谈过,也没见过他掌控身体。塞宾娜说,她在他们那个研究所认识克里斯托弗的时候,马森就不说话了。话说回来——"他犹豫了一下,说,"你看,每个人对痛苦的反应是不一样的。马森,他也许还在和克里斯托弗说话,但他已经不愿跟其他任何人交流了。"

艾迪咽下了要说的话,点了点头。

"好吧。"杰克逊试着笑了笑,"你们还不错。"

"什么意思?"

"从诺南德出来后。"此刻,他的笑容是发自内心的,"我不知道你们进入医院之前是什么样子的,但是,在医院的时候,你们好像——哎,我也说不清,不一样,反正跟现在不一样。"

让我吃惊的是,艾迪居然平静地笑了。除非感觉特别好,她一般很少在别人面前笑。"你知道吗，我第一次见到你的时候，讨厌死你了。那时我刚到诺南德，你手里拿着科尼温特先生的包裹还是什么，眼睛却一直盯着我看，我——"

我也记得这件事。那时我觉得杰克逊的眼睛像玩具娃娃的眼睛，淡淡的蓝色，淡到让人都觉察不出来那一丝蓝色。

"我当时想，你是不是觉得我像个马戏团的怪物。"艾迪接着说，她又笑了笑，这回声音响亮了不少，"现在看来，我们是怪物同类啊。"

杰克逊笑了，假装做了个举杯的样子，说："为怪物们干杯。"

10

杰克逊留下来和我们聊了好一会儿，但是他和克里斯托弗约好了一起吃午饭的。走的时候，他笑着问我们："你们确定不一起去？"这个邀请很有诱惑力。而且最近两天频繁出门不仅没有降低我们对新鲜空气的渴望，反而使我们变得更想出门了。但是艾米利亚没有去上班，而是和彼得待在一起，随时都有可能回家，而我们不能被发现出门了。因此，杰克逊只好一个人去了。

他走了以后，艾迪沉默了很长时间，洗澡、穿衣的动作格外缓慢。热水释放出的水蒸气弄得我们昏昏沉沉的，瞌睡又来了。

就在我们从浴室出来的当口，艾迪突然说道：伊娃，我想潜隐一下试试。

我大吃一惊：现在？

嗯。

我极力压制自己的兴奋之情，至少，在艾迪面前不能表露出来。我不敢问是什么促使她像我一样改变了想法，也许她终于准备勇往直前，去追求新的正常的生活了。

你说真的？

艾迪将枕头靠在床头的挡板上，身子倚靠在上面，湿漉漉的头发粘在脖子上，一股冷气穿过我们的胸膛。

真的。她说话的时候，声音很小，还露出点犹豫不决的样子。我意识到她是有点害怕，差点马上就说：别，别这样，艾迪，要是你很害怕，就别这样做。我最不愿看到的事情就是艾迪感到害怕。我们的上齿狠狠地咬住下唇。当艾迪再开口的时候，她的语气坚定了不少：你还记得我们十三岁的时候，你是怎么做到的吗？

十三岁那年？那时我怒火中烧，根本不知道自己在干什么，我只是不想留在我待的任何一个地方。莱尔的病就是在那一年得上的。艾迪和我吵了架，我觉得什么都不顺心。我下定决心什么都不去感受，希望自己离开这个世界，像阳光下的一团雾气一样消散。

当我还在费劲儿地解释着的时候，艾迪让我来掌控我们的身体。我们的胸膛剧烈地起伏着，我尽力保持着稳定的呼吸。

很可能根本做不到。我这样想着，让自己平静下来。

做不到也没什么，重要的是，艾迪都已经同意试一试了。这次可能什么都做不成，但是艾迪都同意试一试了，以后迟早还有机会，她同——

我们的体内响起像气球爆炸一样的声音。

艾迪不见了。

我没有呼唤她的名字。

这是我早料到自己应有的反应，也是我引导自己不要去表现出来的反应——那种想要大声呼喊的冲动，还有想要去抓住她的冲动，想要爬向艾迪所处的混沌世界，到它的边上去寻找，在黑暗中到处摸索她的冲动。

我的思绪猛地回到了放学后在穆兰家接受治疗的那些日子。那时，艾迪服用乐复康进入睡眠，我在学习恢复行动能力。乐复康是一种能压抑强势灵魂的药物。哈莉从她妈妈的医院里偷了一些回来，艾迪喝了下去，好让我重新恢复力气。但这次不同，艾迪是用自己的意志隐身的，没有借助药物，没有借助冥想，什么都没有借助。

第一口呼吸带来了第一眼光亮。紧接着，第二次，第三次。艾迪走了，而我还在这里，坐在床上。

独自一人。

这个词在我空荡荡的大脑里回响。

只有我自己听得见。

我将手指弯起来握成一个拳头，用力，再用力，直到指甲在手掌上掐出了一道生疼的深痕。我久久凝视着深嵌在皮肤上的一排红红的小月牙。

静默充斥四周。房间里是静默，大脑里也是静默。就好像马上，一种巨大的、不可触摸的空茫和一些令人窒息的、介乎生死之间的东西就会随时冲破那扇将我与外面的世界隔开的大门。

我站在那里，双腿挺立。双腿当然能够挺立，几周来我一直在不停地行走，丝毫没有问题。但是我现在踏出的步伐似乎更加值得纪念。

我走了十四步，就为了在房间里四处看看。

艾米利亚的客房不大，家具挤得房间里没有多少多余的空间。除了两张床外，房间里还有配套的床头柜，上面摆放着两盏不配套的台灯。梳妆台是我们和凯蒂她们共用的。梳妆台上面是房间里最漂亮的一件东西—— 一面镶在华丽的木头架子里大大的、长方形的镜子。

我站在镜前，看到镜中那个影子回望着我，这就是穷我一生都会在镜中回望我的那个人。我伸出手去，抚摸着我的脸颊。

艾迪不在，这张脸就是我的了吧？

镜中的女孩皱了皱眉。

我又回到了床上，突然觉得无法呼吸。世界这么大，却又这么小。

这就是独自一人的感觉吧。

妈妈，爸爸，莱尔，学校里其他女孩子们，老师们，大街上的人们——他们就是这样度过人生的每一秒钟的吧。他们的脑海里就是这样，只有静默与孤独回应着他们的思想吧。

我自己不能动的时候，感觉是不同的。那时，我基本是被困住的。但现在……我什么都可以去做。什么都可以去做，而且只有我自己知道自己要做什么。

五分多钟以后，艾迪回来了。

她一出现在清醒的世界里，我立刻一把抓住她，紧紧地抓住。

什么感觉？我问。

艾迪看着电视屏幕，眼神空洞。凯蒂叫我们去客厅和她一起看一部电影，我们去了，但是我和艾迪都没法集中精力看电影。

像做梦一样。艾迪说，但是又比做梦要沉。我说不清楚。……有点像吃了乐复康以后的感觉，但是没有乐复康那种药效缓慢消失的感觉。吃了乐复康，就算艾迪醒过来了，药效还会拖延几分钟，总让她头脑昏沉，脚底打滑。

在鲁普赛德的时候，艾迪问过哈莉乐复康的其他副作用。

得知这种药除了会降低我们小时候一直吃的那种想让我们安定下来的药的药效，并没有什么严重的其他副作用。

不过，哈莉有一天下午还是小声地对艾迪表达了歉意。"我没有告诉你，"她说，"只是因为，我不能确定你会不会吃这个药。而我想的是，哪怕伊娃有那么一次能够体会到活动自如的感觉，她……"

艾迪只是扭头看向了别处，点了点头。那时，她们还算不上好朋友。也没有什么理由一定要成为好朋友。

后来，事情的变化颇有点意思。

艾迪心不在焉地抚弄着凯蒂的头发。锁孔里传来钥匙转动的声音，我们的手立刻僵住。

"嗨!"苏菲一边高兴地打着招呼，一边推门进来，"你们吃过饭了没有?"

"还没有。"凯蒂笑了笑说，似乎霎时一点看电影的兴致都没有了，"你能不能从上次那个店里给我们带点吃的回来?"

"哪个店?"苏菲把包挂好，脱掉高跟鞋整齐地放在鞋架上，"还有几分钟就要开会，我没时间去太远的地方。"

"又和彼得开会?"艾迪跳起来跟着苏菲进了厨房。今天是星期六，苏菲说的肯定不是工作上的事情。"为什么现在开?"

苏菲耸了耸肩，从橱柜里拿出一盒饼干来："晚点瑞贝卡还有点事，还有——"

"莱安纳医生来了?"艾迪问，"她带杰米来了没有?"

"我想她没有带。"苏菲的眼睛审视着我们。那种害怕我们会反抗的表情再次出现。这种表情在艾米利亚的脸上更常见，不过苏菲也难免对我们担心过度了。"我觉得她可能不想带他到城里来，因为——好吧，你们懂的。"

81

拯救波瓦特

"她已经到彼得的公寓了吗？"

"事实上，我们今天在亨利家碰面。"

艾迪毫不掩饰地松懈了下来。要是在彼得家开会，我们又得因为是否能离开公寓和苏菲吵起来。而且我敢肯定她绝不会让步。"什么时候开始？"

"再有十分钟左右吧。"苏菲说着，很快加了一句，"这次不是全体会议，你们——"

"我们只不过想和她说说话而已。"话没说完，我们人已走到去楼道的半路了。

"等等，和我一起上去。"苏菲追出来喊道，"她可能还没到呢。"

"她应该来了。"艾迪说，"她总是赶早不赶晚的。"

苏菲勉强笑了笑。有那么一刹那，她脸上的担忧消失不见了，取而代之的是一种我们说不出来的情绪："听你们的话好像你们很了解她一样。"

我想起了莱安纳医生看着杰米躺在轮床上时的眼神；想起了她在黑暗中安慰着杰米；想起了她告诉我们地下室大门的密码；想起了她到病房探望凯蒂，拉着她的手；想起她和我们站在彼得的公寓外面的逃生楼梯上，看着下面来来往往的车辆。

"足够了解。"艾迪说。

艾迪猜得基本正确。莱安纳医生的确还没有到亨利的公寓，不过我们才爬了几个台阶，突然听到一阵急促的高跟鞋的声音在楼下响起。说我们通过脚步声就能知道莱安纳医生来了似乎有点不可思议，但我们还是本能地停下来在楼道里等着。

慢慢地，她进入了我们的视野。她那浅棕色的头发比在诺南德的时候长了不少，可能是因为安卓特比较潮湿的缘故，不过她的头发也没有原来那么直了。她将头发在肩膀上面高一点的地方绾了个髻，脸上散落着几缕头发。

她瘦了，精致的脸形显得下巴更尖了，双腿跟鸟的腿一样纤细。我们知道她比彼得要小两岁，最多就是二十八九岁的样子，但是她沿着楼梯往上爬的样子比彼得要苍老多了。

莱安纳医生在我们逃出诺南德的时候帮过我们的忙。她其实曾试图去帮助营救那里所有的孩子。为了这件事，她几乎放弃了一切。艾米利亚费了很大的劲儿才造了一个假履历，让她在一个诊所找了份工作，但我记得那就是个打打杂的工作，莱安纳医生的能力可比这份工作高多了。

不过，也许她很享受这份工作。

有可能她不喜欢这份工作，后悔自己所做的一切。

"嗨!"艾迪小声地打着招呼。

莱安纳医生猛地抬起头来。好一会儿，她都没有作声，眼睛一直上下打量着我们，我们也一直打量着她。难道我们这几周也变化很大吗? 还是她想起了更早以前的我们，那个乘坐一辆锃亮的黑色轿车到达诺南德，身上还穿着校服，和父母做着最后的拥抱，身上依然稚气未脱的女孩子?

"嗨。"莱安纳医生说道，她走向前来，缩短了我们之间的距离，"你们去哪儿?"

莱安纳医生长相并不柔和，她棱角分明，也很少笑。尽管她在找到自己的住处之前和艾米利亚一起生活过一段时间，可她和艾米利亚却一直相处不来。不过，我倒觉得她身上有让人觉得特别舒服的地方。这也许就像艾迪对艾米利亚说的那样——我们了解瑞贝卡·莱安纳。我们亲眼见过她在诺南德的生活支离破碎，世界在她的眼前分崩离析，而她只能选择将世界重新拼凑。我们也亲眼见过她是怎样做出决定，最后来到了这里，和她的哥哥建立的双生人反抗组织有了联系。

要是有人见证过你人生的最低谷，你们之间就必然有了那么点关系。有关系也好，没关系也罢，是莱安纳医生曾经告诉我们，政府准备要关掉诺南德的，而詹森却在演讲中对这事只字未提。

我们声音很小地对她说："关于诺南德，你想错了。"

莱安纳医生的眼神里透着明显的警告意味。她从我们身边走了过去："我们不能在楼道里谈这件事。"

"你说他们会关掉医院。"艾迪用小得听不见的声音说着，跟上了莱安纳医生的步伐，"你说他们认为那是个巨大的错误。"

"我说错了，这也很正常。"

"正常？"

楼上有人砰的一声关上了门，我们都不由自主地往后退了一步。喊叫声传了出来，里面的人不知道在愤怒地争执着什么。莱安纳医生目光锐利地扫了我们一眼。

"他还安全吗？"艾迪不用说出名字，大家都心知肚明说的是谁。听到这句话，莱安纳医生最终没有继续往上走。过了一会儿，楼道里又安静了下来。

莱安纳医生转过头来看着我们说："我尽力保护他的安全。"

我们应该相信她吗？她有过失败的经历，她曾让杰米失望，这些还可能会继续。

说出这样的话也许有点残忍。但是，此情此景，残忍一点是否也可以原谅？也许，当处境残酷时，无情一点也没什么错。政府不惜一切代价要找回杰米，因为还没有第二个像他这样的人——一个通过手术切除了第二个灵魂的人。这个十三岁的男孩，被外科医生切开大脑，并通过将大脑重新设计，使他变成了和其他人一样的人。

但是，最终我们还是做不到那么漠不关心。

"他还好吗？"艾迪继续问道。

在我们从诺南德逃离，到他搬走之间的那段日子，杰米某些方面变得更好了，某些方面却越来越差。好的时候，他就和凯蒂一起看电视，帮我们做三明治，笑个不停，就好像笑声本身就是一种语言——并没有离他而去。不好的时候，他非常恼火自己说不出来到底要干什么，总弄得自己怒火冲天的。最不好的日子里，他当我们不存在一样，看也不看我们，话也懒得和我们说，甚至连动都不想动一下。

"他会好起来的。"艾迪和我那时总是相互鼓励，"今天不过是个坏日子，比上次也没有坏到哪里去。明天就好了。"

我们甚至不愿去想另一种可能——杰米可能好不起来了。诺南德那些医生们在他身上所做的一切，后果还没有完全展现出来，杰米的状况很可能会恶化。

"他很想念你们和其他人。"莱安纳医生说道，"当然，总的来说，他还不错。"

我希望我们可以听到杰米亲口告诉我们这些。他失去的已经太多了。我不想大家都忘了，他还是个人，他不仅仅是那场可怕的手术的受害者，也不仅仅是那个所谓的治疗方案的幸存者，不仅仅是一份责任，或者一件需要去保护的物体。

多年来，我一直被简化为那个退隐的灵魂，那个不愿意安定的坏女孩。我知道那种只被人当成是某个类型的存在是什么心情，我也清楚没有发言权是怎样的感受。

艾迪和莱安纳医生继续往楼上走去。就在我们快要到达亨利家门口的时候，艾迪又提了最后一个问题："这次开会——要是他们想要隐瞒什么的话，你会告诉我们的，对吧？"

莱安纳皱了皱眉头说："你说的'他们'是谁呀？"

"彼得。"艾迪说。

"彼得为什么要对你们有所隐瞒呢？"

我们并不认为彼得有意要对我们隐瞒什么，但是彼得只告诉我们一些他认为我们需要知道的事情。而在彼得看来，我们不需要知道得太多。他对我们连提都没有提过纳勒斯要在兰开斯特广场做演讲的事，而这事他不可能不知道。

那彼得还有没有别的事瞒着我们呢？

莱安纳医生叹了一口气说："彼得并没有要隐瞒什么，有些事，参与决定的人越少越好，否则——"

"否则怎样？"

"否则人人都横插一杠子参与决定，这样事情就永远决定不下来了。"

"那你们要是不听完所有的人的观点，怎么知道你们是不是听到了最重要的观点呢？"艾迪提出了要求，"彼得没有对我们和盘托出，我知道他没有。也许他不能这样做，好吧，我能理解。但是，凡是——凡是真正重要的事情，凡是和我们以及杰米——和我们切身相关的事情，你得让我们知道，行吗？"

莱安纳医生盯着我们看了一会儿，浅棕的眼睛眨都没有眨一下。接着，她弯了弯腰，让自己的视线变得和我们一样高，然后平静地说道："我们要讨论一个怎么保证你们安全的计划，我们还会谈到波瓦特研究所。就这些。没有什么不能告诉你们的，艾迪。"说着她抽回身去，"这样总可以了吧？"

艾迪迟疑了一下，最终点了点头。

11

不知道出于什么原因，虽然还没有和艾迪认真讨论过，可我突然觉得我应该把塞宾娜的计划告诉哈莉和丽萨。很快，这个机会就来了。艾米利亚刚离开家去亨利家不久，赖安和哈莉就上楼来了。

"我们都被踢出来了。"哈莉扬着眉毛说道。

我光忙着偷偷看赖安的脸色，没有来得及立刻回应她。但他一定是看出我们的想法了，因为他轻轻地点了一下头。

"我们有事和你谈谈，哈莉。"我说。哈莉笑了，她似乎觉得我们要跟她分享愉快的秘密，就好像我们现在还有什么愉快的秘密似的。

"好吧，是什么呀?"我一关上卧室门，哈莉马上问道。尽管她的笑变得有点勉勉强强，不过她还是笑着的。要是换了丽萨，笑容肯定马上就跑得不见踪影了。

我看了看赖安，他也看着我。于是，我深吸了一口气，将一切和盘托出。

哈莉并没有表现出高兴的样子。凯蒂就在客厅，所以她也没有办法表现出大惊小怪的样子，不过，她脸上的表情说明了一切。

"你加不加入？"赖安问道。电视的声音掩盖了我们的声音，他拔高了声音好让大家都听清楚。

哈莉张了张嘴，又合上了。她摇了摇头，一字一顿慢慢说道："你们真的决定要去？"

"是。"赖安答道。

"难道因为我们现在需要的，"哈莉斥责道，"就是我们当中的一个——或者大家一起再被抓到？"

我没有说话。穆兰兄妹很少吵架，至少没有急赤白脸地吵过。但是长达一个多月的时间和同一群人圈在一起，人人都会发疯。艾迪和我很快决定冷眼旁观。

但我忍不住总想：要是在两个月前，哈莉是不是会在要不要加入这个计划上犹豫不决呢？过去她是个大大咧咧的人，总是劝说她哥哥和艾迪多交往。难道是诺南德医院偷走了她的直率真诚、她的奋发向上、她那满腔的热情和她的无畏无惧？

"哈莉，"赖安小声地说道，"我们到底有多大的概率，在大街上就真的能被人认出来？我们现在离诺南德有几千英里了，就算是离鲁普赛德，也是够远的了。你不会真的认为，全国这么多的城市，他们真的能发现我们在这里？"

哈莉瞪了他一眼说："要是你们在政府发起的集会上制造混乱，他们很快就会发现我们。赖安，我们不是六岁的小孩子了。这事可比不得在院子里玩打仗游戏。那些人——他们把你们往最危险的地方送。要是出了什么事……要是你们被困在大楼里了……"

"还记得我们为什么要玩那些游戏吗？"赖安小声问道。哈莉转头看向别处，过了一会儿，又转过来与她的哥哥目光相接。有那么一会儿，他们沉浸在共同的回忆里。"我们就是想将来有一天能做点什么，能改变点什么。"他的声音沉静而有力，平静的语气下蕴含着雷霆风暴，"在诺南德的时候，他们带走了你……他们说要在你的脑袋上开刀——我却什么也做不了，哈莉。那时候我什么也做不了，但是现在我有了这个能力，我很乐意去做点什么，我也必须去做点什么。"

电视机里传出的声音填补了我们的沉寂。艾迪一声不吭，也就代表我一声不吭。

"行吧。"哈莉终于低声说道，"行吧。"

我们又一次天黑以后溜了出去。其他人在街上等我们，会合后领我们一起去照相馆。这次我很确信自己记住了去那里的路，把经过的每个街道的名字都记下来了。

大家立刻欢迎哈莉和丽萨加入组织。哈莉也像以前那样，硬是设法挤出一丝微笑回应大家。但是我看到了她笑容中的牵强，看到了她偶尔流露出的担忧，甚至是恐惧。

"先拣重要的说啊。"我们刚在阁楼上坐下，乔希就开口说话了。柔和的灯光映衬着她光泽闪亮的头发。

我想要像记住路一样去记住塞宾娜和乔希的不同之处。乔希的行为有点不一样。她更迅速，更敏锐。如果说塞宾娜像舞者那样游刃有余，乔希则是像鸟儿一样俯冲翱翔。塞宾娜的笑脸就像缓缓的暖流，带着恒久的余烬之温。而乔希的笑就像是油锅里突然冒起的火花。我看得出来，她和文森关系不一般。

"要是我们想做成这件事，"乔希说，"那我们就不能总在深更半夜碰头。宵禁就表示任何人没有特别通行证就不能出现在大街上。考虑到我们还有很多其他事情要做，我们不能冒这个风险。你们看看，如果我们在傍晚碰面行不行得通？或者在下午晚点的时间见面？"

赖安点了点头说："亨利已经习惯我和哈莉经常往艾米利亚家跑了，他从来也不查岗。而艾米利亚整天都要上班。"

"那凯蒂和妮娜怎么办？"我问道。

乔希犹豫了一下说："你可以跟她们直说。告诉她们你要出去见几个人，让她们保证一句话都不要对艾米利亚提起。她们会听你的话的，伊娃。"

没准她们真的会。艾迪说。

不是没准。我很肯定，要是艾迪和我要求凯蒂和妮娜对什么事情保密，她们一定能够做到。她们非常信任我们。

可这件事会不会破坏这种信任呢？我可真没有把握。

接下来的几个星期，我们发现，说服凯蒂和妮娜对我们离开公寓外出的事情守口如瓶简直太容易了。当我们向她解释说，艾迪和我，加上赖安和哈莉，我们打算出门去见塞宾娜和她的朋友们，她只是安静地听着。我们对她讲我们如何制订计划，要去帮助别的孩子，但我们也告诉她，这些都只能保密，行吗？

她点着头："好的。"我们脸上一定是愁云密布，因为凯蒂笑了笑，说："我明白怎么回事了，伊娃。没事的。你们是准备要帮助像萨莉和维尔那样的人。"

"没错。"我低声说道。

没过多久，我们每天下午都会去小阁楼。那段路并不长，可是我和艾迪每次走过它时都会呼吸急促。当那条路上出现关于兰开斯特演讲的海报时，我们感觉更加紧张了。刚出门，我们就在从公寓去照相馆的路上看到了两张海报，底色是明亮的黄色和蓝色，上面印着黑色的加粗字体。

艾迪每次在我们见到一张海报的时候就会低下头来，而当我掌控身体的时候，虽然每次我也想转移视线，可我就是做不到。这些海报就像车祸一样让我难以忽视。但是，大多数路过的人都只会盯着海报看一会儿，只有很少的几个人会停下来去看。

有一天，一个男子——二十多岁的样子——从那里路过，手插在口袋里。他经过海报的时候，伸出手一把将它撕了下来。

我大吃一惊，不由得停下了脚步。那人四处看了看，我们目光相接。他脸上有那么一会儿不自在，马上又抬起下巴，像是示威一样。很快，他就走到一个拐角不见了。海报被揉成一团扔在了水沟里。后来我再也没有见过他。

第二天，另一张海报又出现在同一个地方。

我想起了那个年轻男子和他示威时的样子。

我想，也许，也许安绰特也没有那么糟糕。也许他们当中的一些人，只要推动一下，或者小小地鼓励一下，就会支持我们的观点。目前，我们的计划就是阻止波瓦特研究所开张。但我们也不能就此作罢，对吧。总有一天，所有的研究所都要关门。要想美国整个国家发生变化，这种变化就得从像安绰特这样的某个地方开始，星星之火可以燎原。

我们躲在阁楼里学会了造土鞭炮。尽管安绰特有些店里可以买到拿在手里放的烟花之类的东西，却没有卖鞭炮的。不过也没关系，事实证明，做鞭炮不过是弄些乒乓球，搞点火药，贴点胶布，再来点引线就够了。材料是塞宾娜和杰克逊弄来的，没有人问他们是怎么弄到的。

卡蒂不厌其烦地教我们怎么把火药塞到乒乓球里，再用胶带粘好。因为卡蒂总是叽叽喳喳的像只喜鹊，我很快就能区分她和科迪莉亚。她和科迪莉亚两人性格迥异，我不相信她们的顾客们竟然没有发现这两个女孩行为举止大相径庭，她们共用身体的方式真是独一无二。科迪莉亚精力充沛，而卡蒂简直是在店里搞乾坤大挪移，淡金色的头发在脑后甩成了棉花糖一样。

"我哥哥过去经常用火药和纸管造鞭炮。"她解释说，"我们住在某地中部地区的一个农场里。他们无聊的时候就炸鞭炮玩。我爸妈每次都会被惹火。"

"你有个兄弟是不是有一次差点把手炸掉了？"杰克逊问道。

"我记得那不是某人的最终计划吗？"卡蒂用脚指了指克里斯托弗，"他不是说什么要来点血肉横飞的吗？"

"我想，克里斯托弗和我们一样，并不喜欢缺胳膊少腿的。"塞宾娜说着，一脸轻松的笑容。大家都在笑，连哈莉都笑了，她很快就融入了集体。她本来也是很容易融入群体的人，她一直非常渴望朋友，为了能跟我和艾迪建立友谊，她不惜冒各种风险。

阁楼里，黄昏的阳光伴着彩色的灯光，我们谈论着时间安排和交通安排，讨论谁该在什么时间到哪儿，要做什么。我们查看市中心的路线图，尤其是兰开斯特广场附近的路线。我们还理了理思路，想了想出现问题以后该怎么办：比如，要是被保安拦下，鞭炮不响，和队友失去了联系，或者被人发现等。塞宾娜给我们详细地讲解了市政大楼里的路线。

无论在讨论前后，还是在讨论的过程中，我们听到了杰克逊尝试过的各个不同的工种的故事，也零星地了解了一些克里斯托弗的过去。科迪莉亚和卡蒂给我们模仿她们碰到的各种奇葩顾客，弄得我们笑得上气不接下气，笑得肚子疼眼睛花，笑得连阁楼的墙都在震动。

艾迪和我利用不去阁楼的时间掌握了更多潜隐的技巧。我们偶尔能够暂时脱离这个世界。

一个星期天的早上，我平生第二次潜隐起来。我曾经以为，这样对艾迪更好，因为我消失肯定没有让她本人消失那么让她害怕。但是，我还是感受到了她的恐惧，如此真切，就好像有什么有形的东西要把我绑在原地一样，于是，我明白了，我的想法并不对。

准备好了吗？我轻声说道，既是问艾迪，也是问自己。

她点了点头，转身对着镜子，就好像这样就能在我离开的那一刹那把我抓回来一样，就好像镜子能照出我们分离的样子似的。

我慢慢地将自己缩起来，我们大脑里的混沌世界越变越小。我忍不住在心里想，十岁那时的我，要是知道自己这样做，会怎么想呢？她会狂乱地挣扎吧，因为那时她只想活着，只想要一个机会。

此刻，我不能去想这件事，我什么也不能去想。我全神贯注地解脱自己，让自己放手，就像一叶小舟，终于张开了自由的风帆。

艾迪没有闭眼睛，所以我也没有闭眼睛。但是，镜子里的女孩不是我。我一边念叨着这句话，一边尽力摆脱将我绑在我们的四肢、手指和脚趾上的各种束缚。

镜子里的女孩不是我。

金色的头发，咖色的眼睛，脸上的雀斑，凸显的锁骨，胳膊的线条。

镜子里的女孩不是我。

慢慢地，世界只剩下我们的呼吸声，然后是我们的心跳声，最终所有的声音都消失殆尽。

出于本能，艾迪寻觅着我。回来！离开的那一刹那，我觉得自己听见她在喊。

那是她的声音。

回来！

我陷了下去，很快消失。

纳撒尼尔

三岁

五个黏黏的手指头

一张黏糊糊的小嘴

微笑着。喊着我的名字

伊娃，看。

我从小到大生活的公寓

桌子下的叉子

天黑后的闪光灯

公园，我在爬树

跌下

湖

我们在野营

莱尔和纳撒尼尔还没有出生

只有艾迪

和我

爸爸

妈妈

帐篷里轻微的呼吸

他们的体温

我们的指甲划过睡袋的声音

伊娃。

我们的指甲划过床罩的声音

伊娃？

我醒来。

看不见，听不到，没有嗅觉，不能说话，没有感觉——却看到了艾迪。

接着，有了思维，世界似乎自觉地回到了我的身边。

我来了。我回来了。

我们还是坐在床上，膝盖顶着胸口。手指甲深深地陷进了蓝白相间的被套。

艾迪盯着镜中的女孩，镜中人也盯着她。我努力让自己再度适应。一切都那么清晰，那么真实，却又不是真的。我因某种记忆而受伤，某种记忆，是什么记忆呢？

我不能确定。那么多的记忆，掺杂着梦境，真实包裹着虚幻，希望夹杂着幻想。

是纳撒尼尔。我梦到了纳撒尼尔。很快，他的脸又浮现在我的眼前，还是他和莱尔婴儿时期的样子。他们出生的时候，我和艾迪四岁多了。我们会踮着脚尖去看躺在摇篮里的他们，他们头发又稀又黄，就像小光头似的。

多长时间？

十二分钟。艾迪的声音听起来很平静，但我能感受到这是她费了很大的劲儿才做到这一点的。

十二分钟。我的生命经受了十二分钟的考验。从某个角度来讲，这跟晚上睡觉，或者白天打盹没什么区别。不过，我很想知道，当我一潜几小时的时候，我是否还会这么想。

你——

我一直在这儿没动。艾迪拽了拽被子，问，你梦到什么了？

纳撒尼尔。他的样子逐渐消失，只剩下一张模糊的脸，这张脸可能是任何一个小孩的。我觉得，有点，有点想不起来了。

就是这样的。艾迪嘴里念叨着说，醒来就记不得了。

你没事吧？我想起了哈莉和戴文给我们吃了药以后，我自己第一次独自一人时候的情形；也想起了十三岁的艾迪，在第一次独自一人的时候，恐惧在胸口炙热地膨胀的样子。

艾迪换了个姿势，将身子靠在床头挡板上。挡板的木头让我们的肩膀觉得凉凉的。嗯，我没事。

我用了一个月才适应独自掌控我们的身体，但是几天前艾迪却是三年来第一次尝试潜隐。

真有意思，我还有比艾迪更有经验的时候。我，这颗应该退化的灵魂。

真的？

真的。我会——会适应的。

嘴里虽然这么说，可不管是应对我去潜隐，还是应对她自己去潜隐，艾迪身上的问题其实比我要多一些。有的时候，她不能顺利地潜隐，而是时而蒙眬时而清醒，她在我身边飞快地一会儿拖一会儿拽，弄得我觉得直犯恶心。还有的时候，我们坐在那里半小时，却怎么也做不到。

但有的时候，当我不再指望了，却又突然感到身子一晃，她走了。身体猛地一空，就像她那一半世界被卸下了一样。这种感觉会保持一段时间。

第三次的时候，我像前两次一样，一动不动地坐在那里。同样，我还是非常清醒地感受到了一切。每一次的呼吸，衣服在皮肤上摩擦，几缕发丝掠过脸颊。

我吸了吸鼻子，那个时候，它是我一个人的鼻子。

前几次的失败让我对这次没抱太高的指望。艾迪弄成功确实让我傻了眼。

突然，我突然心痒难耐，迫不及待地想要到处走动。我在这里一秒钟都待不下去了。我站起身来，在房间里踱着步子。卧室的门跟平时一样，是关着的。妮娜看电视的声音透了过来。她看电视声音都开得不大。

我怔怔地看着那扇门。

我走了过去，转动门把手，拉开门。我以前从来都没有——没有装在自己的皮囊里走出过卧室。

妮娜蜷在沙发上，正从艾米利亚留在咖啡桌上的碗里拿巧克力吃，脚边有一小堆鲜艳的锡箔糖纸。看到我走过去，她抬了抬头，很快朝我笑了笑。我也报以微笑。她又转过去看电视了，没有疑问，没有评价，也没有怀疑。

想不到。她根本想不到。

她怎么能想得到呢？

想到这里，我感到有点不舒服，觉得很委屈。我就在这里，没有艾迪，却没有人认识我。怎么能没有人认识我呢？这难道不像印在我的额头上一样明显吗？难道没有从我的目光中流露出来吗？

我突然特别想吃一块艾米利亚的巧克力，想尝尝看，艾迪不在的时候，巧克力还是不是那个味。糖还是那么甜吗，或者更甜？不过我还是让自己继续往前走去。每走一步，一种新的感觉就会逐渐掩盖刚才的委屈，压住刚才胃部的不适。一种全新的，让人眼花缭乱、头晕目眩的感觉——就像站在浪尖上看着远处的海岸越靠越近。我快快走过大厅，飞一般跑上楼梯，一路跌跌绊绊。

我在亨利的门上一顿乱敲。门开了。我反应还是不够快，差点一拳打在赖安胸膛上，他这时一把抓住了我的手腕。

"伊娃？"他叫道。

我伸过头去，一下子吻住了他，嘴唇有力地压住了他的嘴唇。我一用力，将还握在他手里的手腕拉回了身边。他伸出另一只手扶着门框站稳身子。除了我自己怦怦的心跳声，我什么也听不到。我忘记了自己身处何地，身为何人。我忘记了自己的脚踩在地上，我忘乎所以，只能感受到赖安充满渴望的双唇压着我的双唇，他的手指梳过我的发梢，落在我的脖子上。他松开了我的手腕，手指滑过我的臂膀，撸起了我的衣袖。他更紧地抱住了我，背靠在门框上，支撑着两个人的重量。

我不得不停下来吸口气，抓住这点空当，赖安问道："艾迪呢？"

"不在。"我说，"戴文呢?"

他喉咙里发出一声轻笑:"也不在。"

于是，我再次吻了他。因为我想吻他，而且我也能吻着他。那种头晕目眩的感觉又来了，这次更加强烈。我笑出了声。赖安松开了我，俯下头看着我。

"怎么啦?"他笑着问。

历时漫长的等待、渴望、思念、希冀和梦想齐齐向我袭来。接着，他也大笑了起来，摇着头，一只手支着额头。一个下楼的女人有点不好意思地看了我们一眼，我们俩赶紧又分开了一点。

我喜欢这种感觉:大笑，微笑，亲吻赖安。

此时此刻，我觉得，以后的日子要是都能大笑，微笑，亲吻赖安，此生足矣。

就在我身体滑倒在地的刹那，艾迪恢复了意识。那时，我正笑得喘不上气来。

12

那天晚上，我和妮娜正在厨房里，两个人都在看冰箱里有没有吃的，这时，门铃响了。妮娜往回退了退，我走过去从猫眼里看是谁。

是彼得？艾迪说，他来干什么？

我邀请他进来，他只是淡淡地笑了笑，就那样站在门口的垫子上，脚都没有挪一下。安绰特的夜晚通常会刮风，很冷，但艾米利亚的公寓一直很暖和。可彼得还是连外套都没有脱，

"艾米利亚在吗？"他问道。

"不在。"妮娜在鞋架旁，这个小女孩光着脚丫子在艾米利亚那一排排的细高跟鞋和镶有各种饰物的平底鞋前晃悠着。"我们还以为她跟你在一起呢。"

我和艾迪已经有一段时间没有这样私下里见过彼得了——他此时只是单纯地站在房子里，而不是要指挥一屋子的人。他穿着一件不太合身的衬衣，袖子高高地挽起，领带松垮垮地吊在脖子上。他一边说话，一边整理着领带。

"我们有事要办，说好了我先到这里来找她的。她可能下班迟了。"

我往回退了一步，希望彼得能明白我是在暗示他不必站在门口。他从脚垫上挪了几步。

"你们俩怎么样？晚饭吃的什么？"

"我们对付着吃了点。"我说。

他点了点头，目光瞟到了餐桌上赖安做的一个小摆设上。我们跟他住在一起的时候，他也总是这样，有点心不在焉。当然，他也并非总是如此。彼得每到一处，总是非常、非常引人注目。只要他在，满屋子就只见他一个人了。聚会的时候，他各种精彩的表现，使得每个人的眼里都只有他，所有的人都支着耳朵听他说话。但是，每当屋子里没什么人让他指挥和支配、没有什么问题要他解决、也没有什么计划让他制订的时候，他总是沉浸在自己的思绪里。

要不是杰克逊告诉我们，我都不知道他的第二个灵魂名字叫瓦伦。瓦伦和彼得·戴格南德。很多年前，他们从他们所在的那个研究所逃离出来的时候用了个假的姓。

不过，杰克逊也没有教我们怎么辨别瓦伦和彼得。在会上，人人都叫他彼得，而当我和艾迪叫他彼得时，他也从来没有纠正过。事实上，我甚至从来不记得有人提起过瓦伦这个名字。

也许，站在我面前这个更安静、更含蓄的人就是瓦伦，而那个人前的领导者才是彼得？我手头掌握的信息太少了，这事不太好确定。

我只知道，彼得和莱安纳医生出生在大富之家。他到十四岁的时候才被关进研究所。不是因为瓦伦没有被人发现，而是因为他的家人花了好多钱来解决这个问题。不过也只是暂时的。金钱和地位的作用也是有限的。政府长袖一挥，就将他从有着金碧辉煌的大厅和镶着大理石地板的豪宅里拖到了空空如也、只有一张铁床的水泥屋里。我有时想，不知他那种轻易掌控一切的能力是不是因为他做了十四年的豪门长子。不过，也许跟这个毫不相干。也许恰恰是后来的那些历练，将以前的那个小男孩造就成了一个真汉子。

"你要不要喝点什么？"我怯怯地问道。彼得像是觉得有点好笑似的，面色柔和了不少。我觉得自己一下子脸红了。我在这里把自己弄得像个主人似的，他当然觉得好笑了，我还没来的时候，他早就是艾米利亚家的常客了。

他点了点头："当然，来点水就好了。"

妮娜对彼得的长相和我们的对话已经没什么兴趣了。她没有跟着我们去厨房，在走到前厅的时候就找不见人了。

我递给他一杯水。"事实上，我还真有点事跟你和艾迪说。"彼得靠在排柜上，微微笑了一下说。

但愿他说的是关于诺南德的事。艾迪说。

但愿，他告诉我们说，他找到了那个经常出现在我们梦里的孩子了。那个孩子那张布满了死亡般恐惧的面孔，已经像蜡一样，融在了我们的梦里。

彼得喝了口水。一阵漫长的等待。终于，谢天谢地，他放下了杯子："伊娃，安绰特目前并不是最安全的地方。波瓦特离得这么近，这里没法安全。安保措施已经加强了，以后这里会比以前任何时候都受人关注，尤其是和双生人相关的一切。"

艾迪和我已经注意到大街上巡逻的警察和警车了。我们也听塞宾娜说过宵禁连累了商业区的很多生意，而事态还在进一步扩大。我们从住所周围路过的时候，也听到有人在抱怨。

"你们该找个更长久的栖身之地了。"彼得说，"找个更安全的地方。"

不行。艾迪说。声音铿锵有力，在我的脑海里回响，震荡着我全身的每个器官。不行，伊娃。

找个更长久的栖身之地，就意味着我们要被分散在全国各地，以后再没有机会见面，也不允许彼此联系。

"不行。"我喊道，声音大得有点吓人。

彼得伸出手来，想要拍拍我们的肩膀，但是我往后避了一下。他的手垂了下来："伊娃，你们和其他人都不能留在这里。"他又恢复了那种"彼得说了算"的气势。可我们也壮足了胆子。

"那塞宾娜呢？杰克逊，克里斯托弗，还有——还有科迪莉亚他们呢？他们不也待在这里吗？"

他叹了口气："他们出来好几年了，伊娃。他们现在不那么容易被认出来了。而且，这几个，他们比你们都大。你们才十四岁。"

"我们也十五了。"我说，"那你逃出来的时候又有多大？"

他的目光扫过我们的眼睛，落在了橱柜的台面上。我觉得我看到他忍住了笑意。

"十六岁。"他的声音听起来很温和。不知道为什么，这种温和比和我一样怒气冲冲的语气更让我不安。"你知道当年我怎么做吗？我就是给自己找了个安全的窝，保证了后来几年的安全。"

"杰克逊也只比我们大两岁。"我竭力控制自己不要大喊大叫。我们的声音会畅通无阻地从厨房传到客厅再传到前厅。我不想让妮娜听到。"而且他刚到这里的时候比我们都要小，不是吗？他们那时都比我们要小，我敢肯定。我——"

"以前是以前，"彼得说，"现在是现在。伊娃，我可以找一个愿意接纳你们的家庭。他们会说你们是他们的外甥女或者收养的孩子什么的。你们可以在这个家里待到能自立的年龄。你们可以继续回学校，还可以去上大学……"

"我也可以就在这个地方上学，不是吗?"我们的手指捏住了烧水壶的把手，我需要一个地方来发泄我的不满，"这能有什么不同，不管在哪儿，不就是伪装吗?"

"这里现在越来越危险了。"彼得说，"要是这里的警戒升级，离波瓦特研究所又那么近，人们的疑心就会变得越来越重。他们就会开始复核所有的证件。他们不仅不会放过你们证件上任何一点的不符和错误，而且，他们马上就会怀疑，就会提一堆问题。接下来的某天，就会有人来敲你的门，告诉你说是警察来调查了。"他俯下身来，眼睛搜寻着我们的目光，"那样，你们就不只是把自己置身于危险当中了，伊娃。艾米利亚——艾米利亚很喜欢跟你们和凯蒂待在一起，但是她的工作非常重要，明白吗? 要是她被发现了，谁来帮我们解救更多的孩子? 她冒不起这个险，伊娃。"

"那么，我们也不是非上学不可。"我说。毕竟，中学，大学，在此时此刻显得那么无足轻重。要是政府随时都能把我关起来，学会微积分又能怎样? 要是历史书上说假话，我又为什么要学历史?"艾迪和我可以帮你们。我们也不一定要和艾米利亚住在一起。"

我们可以和塞宾娜一起住，她说过的。我们也不会长期住在那里，只要待到我们找到个工作，待到我们能自己付得起房租。

彼得叹了一口气："伊娃——"

我打断了他的话："我再也不想躲躲藏藏的了。我长这么大，一直都在躲躲藏藏的，彼得。"

我再也不想还要离开更多的人了：赖安和戴文，丽萨和哈莉，凯蒂和妮娜，还有杰克逊和文森，以及所有我们刚认识的朋友。我已经离开了父母，离开了弟弟，我再也受不了离开任何人了。

门上传来钥匙转动的声音，彼得和我都抬起头来。彼得还是看着我们的眼睛说："我明白，"他说，"我理解你的感受，伊娃。但这次你一定要相信我。这事我们下次再谈。倒也不是随时就会发生的事。还有很多的事情要考虑。"

当然还有很多事情要考虑。

总是有很多的事情要考虑。

艾迪和我目送彼得穿过餐厅，看见他的脸上又有了笑容，当艾米利亚从前厅走过来的时候，他迎了上去，拉着艾米利亚的胳膊。我们突然觉得头疼得厉害。

我们不能让这种事发生。我说，绝不能。

我们不再是小孩子了，不能让人随便就给打发到别的地方去。

这事没什么大不了的。我坚定地告诉艾迪和我自己。这事没什么大不了的，因为波瓦特永远开不了张。塞宾娜自有安排。

艾迪环抱着我，这是个幽灵般的、触不到的拥抱。但是，我还是可以感觉到她在瑟瑟发抖。

13

举办演讲的日子到了。

我们比平时稍稍早点离开了公寓。但是，其他的一切都和平时没什么不同。凯蒂和妮娜对我们离开已经没什么反应了，只是在我们走过的时候点了点头，就又回到沙发上看电视去了，头深深地靠在艾米利亚的抱枕里。

我在门厅里站了一小会儿，看了看妮娜。要是今天遇着什么事……好多事都可能会出错，尽管我们和塞宾娜还有其他的人都仔细考虑了一遍，但还有很多我们根本想不到的事情可能会发生。

戴文和丽萨站在门口等我们。大家都不说话。我们绷得僵硬的肩膀说明了一切。

乔希在车里等我们，科迪莉亚坐在旁边的副驾驶座上。杰克逊和克里斯托弗坐公交车去了，他们会在广场附近等我们。

"都准备好了？"我们推挤着上车的时候，乔希问道。这辆车看起来很旧，我们上车那扇门下边，银色的油漆剐掉了一大片，门把手也松垮得有点不像样。车子里面，破旧的内饰上散发着微微的霉味。

"我可以把车窗摇下来吗?"我问道。

"当然可以。"乔希挂上倒档,一脚油门退出了停车位,"随你便。"

乔希的车低得恨不得挨着地了,这使得我们边上每辆车都显得很巨大,公交车看起来像座山一样。我不知道安绰特的高峰期在什么时候,可此刻的大街上,交通就非常拥挤繁忙,每过一个街区,都像是爬着过去的一样。

终于,我们到了杜先大道,这是兰开斯特旁边的一条街道,艾迪和我记得乔希给我们看过市区地图。可是地图上并没有告诉我们,今天街道两旁的人行道上会有这么多的人。转了几个圈都找不到停车位,最终,乔希在离广场几个街区远的地方强行挤进了一个车位。

"人一直这么多吗?"戴文走下车,砰的一声将车门关上。

"看情况了。"科迪莉亚说,但她的语气明显是在说"不是,平常没这么热闹"。这些人都是来听演讲的。

克里斯托弗和文森在汽车站,稳稳地守在他们应该在的位置上。我们彼此保持距离,这样就不用挤成一团穿过一大堆人了。但我们保持着目光交流,最后在离广场一个街区远的一条街的后巷子里会合。

乔希看了看她的腕表:"到他们介绍纳勒斯出场,总共还有二十分钟。大家都很清楚自己的任务吧?"她的目光在我们的脸上巡视,好像是在判断:谁是真的准备好了,谁其实心里还没底;谁真的能完成任务,而谁又有可能失败。

我们不会失败。

我也不会失败。

我偷偷看了一眼戴文。今天来的人个个都在冒险,但是他冒的风险最大，他不可能不清楚这一点，但是，他的目光虽然没有像往常那样流露出无所谓的神情，可也没有泄露出半分害怕和犹豫。

乔希对着他点了点头，说："好吧，你和我得去市政大楼了。你们其他的人也可以在周围再转转，或者早点去准备。但是要保证一定不能被发现。记住，事情结束后，我们在罗本斯通会合。"

罗本斯通路有一英里多到两英里远。我们真心希望，这段距离足够我们逃离自己制造的混乱现场，并和其他人重新会合。可眼前这一刻，我根本顾不得去想之后那么远的事。

"大家会一切顺利的。"我说着，与其说是为了安慰艾迪，倒不如说是为了安慰我自己。我满以为她会说我们倒真的应该考虑考虑我们自己是否会顺利。可她一句话都没有说。看来，我并非独自一人在承受那种啃噬内心的担忧。

克里斯托弗待在离人群很近的地方，他负责判断实地情况。他本想负责引爆器的，为这还和乔希争论了半天，但没能争得过她。科迪莉亚和丽萨朝广场不远处的通道走去，她们俩的挎包里都背着鞭炮。

文森和我的位置在离演讲台最近的地方，我们就在高出讲台两三层楼的地方，分别站在广场周围的两个不同的屋顶上。广场坐落在很多楼房的中间，由此产生的回声和颤动会让那些想知道鞭炮声到底是从哪里发出来的人很难判断。同时，文森和我撒下去的海报应该可以让场面更加混乱。

艾迪和我浑身颤抖着。我们的手在抖，我们的腿也在抖。我之前因为车里太闷，把头发扎起来了，现在这样扎着容易暴露我的面孔，我就把头发又散开了。

戴文和乔希从一条小巷子走了。乔希没有回头，戴文先是瞥了一眼他妹妹，接着又瞥了一眼我和艾迪。飞快的一瞥，我根本来不及看清他在想什么。看着他离去的背影，我们的胃一阵痉挛。我想和他一起进入那栋大楼，也想在他坐在电脑前面时替他把风。戴文和赖安精力集中的时候，对周围的一切都视而不见。一定得有人保证他们的安全。虽然到时塞宾娜会在他身边，但我希望在他身边的是我。我谁都信不过。

可我不能跟他们走，我还有自己的事要做。

我们剩下的几个人躁动不安地在小巷里又拖延了几分钟。但是，没有一个人能静静地站在那里。最终，大家脸上挂着严肃的笑容，分头从不同的巷子离去。

"你害怕不？"文森悄声问道。就剩我们俩走一路了，周围并没有一个人多看我们一眼。那群穿着明艳的夏装的姑娘们没有；那个牵着个不到十岁的孩子的母亲没有；那个拿着报纸的老头没有；那个戴墨镜的小伙也没有；其他人也没有。

"不害怕。"我撒了个谎。

这些人就是将会看到我们散布消息的人，只不过他们还不知道罢了。

最终，文森也和我们分别了。我们要去的那栋楼比他的稍微远一点，上楼还非得爬一段每一步都会咔嗒作响的金属楼梯。我们刚爬到一半的时候，突然听到一阵欢呼声从下面传来。

我停下脚步。站在这个距离和高度，我们只能看到一小群人，周围楼太多，把广场挡住了。但我们可以清楚地听到人群发出的声音，高亢而清晰，人人显得兴高采烈，像是在看橄榄球赛或者听音乐会似的。

冷汗浸湿了衬衫，我们贴在楼梯上，注视着眼前的人群，想象着整个盛大的场面。有多少人来到这里，是因为他们对詹森嘴里说出来的每一个字坚信不疑？又有多少人来到这里，是因为他们想要的就是一个治疗方案，而他们深感自豪的波瓦特研究所在这方面能有所建树？

就在我们的下方，聚集着成百上千憎恨我们的人，而他们甚至连我们是谁都不知道。

继续往上爬。艾迪说道。

我逼着自己不停地往上爬呀爬，终于来到了屋顶边上。风更大了，或者说，楼顶的风比下面更大一点。我们再次俯视了一眼兰开斯特广场上那色彩缤纷的人群。

然后我摸到了挎包里的那捆纸。文森在那边的屋顶上也在做着同样的事情。我不用再看那些海报，那是我和艾迪帮着科迪莉亚设计的。一共有六捆，我拿了三捆，文森拿了三捆。六捆海报，每一捆上面都画着一个孩子的面孔，三个男孩，三个女孩。他们在艾迪的笔下复活。

每一个都是和我们这个群体里的某个人一起被关在某处的孩子，是在彼得带来温暖的自由之前，被死神偷走了的孩子。

三个女孩和三个男孩。他们的名字和年龄被写在了他们的画像下面。

科特·F，十四岁。

菲娥娜·R，十二岁。

安娜·H，十五岁。

布莱斯·R，十六岁。

肯多 F，十岁。

麦克斯·K，十四岁。

我曾想过把凯蒂的室友萨莉和维尔画出来，放到这些画像里面去。艾迪甚至已经根据凯蒂对她的描述，为她准备好了一幅素描。但是最终，我们还是觉得这样太危险。诺南德医院里的双生人并不多，逃出来的更少。无论是谁，只要是循着萨莉的画像这条线索，就能猜得出来这件事是哪些人干的了。

风吹动着我们的头发，手中的画像也在随风飘舞。第一张画像是安娜·H的：十五岁，留着黑色的短发，淡褐色的眼睛，脸上的笑容像是要把世界掀个底朝天一样。科迪莉亚和卡蒂是这样跟艾迪描述她的。她们一直盯着艾迪一张一张地画。

"差不多了。"终于有一天科迪莉亚说，"天呐，时间太久了，我真希望自己当时有个相机。要是我有个相机，我就仍然能清楚地记得她的样子。"

很快，几十张安娜的画像就会在风中飘散，落向下面大街上的人群。

我从包里掏出对讲机放到耳朵边上听着，里面还没有声音。我把鞭炮放在屋顶的正中央。鞭炮很小，只有我们的拳头那么大。我啪的一声点着了打火机，眼睛盯着跳动的火苗。

"好了。"丽萨屏住气息的声音从对讲机里传了过来。

一阵静默。

"好了。"先是文森，接着是科迪莉亚。

"好了。"我对着对讲机轻声说道。

下面的人群里又传来一阵欢呼，听在我们耳里像磨砂纸一样刺耳。

我把打火机紧紧地抓在手里。一阵风吹过来，火苗舔到了我们的皮肤，我感到了一阵灼痛。

对讲机发出没有频率时的咔咔声，很快，乔希的声音传了出来："放！"

风吹得我们的眼睛发痛。我跪下来，点着了引线，跑到了屋顶边上，解开了海报，将它们撒向空中。

鞭炮炸开。

接着，广场的另一头，又传来爆炸声。

一声，又一声。

回响，回响，再回响。

尖叫声再次从人群中传来。这声音跟前面的声音大相径庭。

天空中飘满了纸做的翅膀。画像的脸上写着逝去的孩子们的名字和一句话："有多少孩子因这种治疗死于非命？"

14

我知道鞭炮爆炸会产生震动，只不过低估了爆炸的威力。完全没有想到四个鞭炮在封闭的广场上互相呼应时，威力相当于十几个鞭炮同时爆炸。

我以前也听过放鞭炮的声音。每年七月四日的晚上，在那个炎热的夏日夜晚。不过这几个鞭炮响声大不一样。这些鞭炮爆炸前没有那响亮的"咻——"的一声警示，爆炸的时候发出的也不是那种深沉的轰鸣。它们的声音尖厉急促，响一会儿歇一会儿。

"砰——砰——砰——砰——"

像枪声。

我们双膝一软，大脑还没有反应过来的时候，就已经弯下身来，双臂抱住了头。

当我再次站起身，半弯着身子看过去的时候，人群已经乱成一团。看着那一大波受了惊吓尖叫着的人群，我吓傻了，腿像是被钉在了地上，动弹不得。

快跑！艾迪喊道。

我们跳起来朝楼梯跑去，双手扶住护栏，往下跑啊，跑啊，跑。

人群还在大声尖叫。我们这栋楼下的住户也高声大叫起来。糟了，楼下的住户！

一个男子将头伸出窗外，一转头看见我们，双眼就直愣愣地瞪着我们看。我们也瞪着他。这人三四十岁的样子，留着短发，蓄着金色的胡须。他的脸上有着长过粉刺后留下的旧疤痕，双唇干涩，大大的、溜圆的眼睛盯着我们，一动不动。

他嘴里含混不清地念叨着，声音里夹杂着震惊、恐惧和愤怒。

他知道是我们干的了。我完完全全可以肯定，他一定知道是我们干的了。

一时间，我感觉自己像被打了一记闷棍似的。不过，这不是真的，只不过是我们脑海里、意识里的一种想法而已。这时，艾迪飞快地把握了掌控地位，操控着我们的四肢，将手指从护栏上松开，这样就好纵身跳到地上去。

我们再也听不到人群的嘈杂声。不，也许我们能听到那嘈杂声，只不过我们分不清哪些是远处传来的声音，哪些是从我们附近的地方发出来的。楼下的通道暂时还没有人过来，但是喊叫声越来越近，越来越大。

脚终于踩到了地面。艾迪从楼梯纵身跃向旁边的小巷，我们慌不择路，只是闷头往前跑着。

警笛响彻云霄。

身后传来一阵脚步声。我们不由得一边加快脚步，一边回头看去。是科迪莉亚！她看见我们，立刻两眼发光，她嘴里大喊着什么，手用力挥舞着，催着我们继续往前跑。丽萨在哪儿？文森又在哪儿？

跑到巷子的尽头，我们一个急转弯向右拐去，差点就碰到了一个商店的橱窗上，一抬头，看到了一张海报。

一张贴着杰米照片的海报。

我一时怔住，屏住呼吸，混乱的大脑有点转不过弯来，想着："我们没有给杰米画像啊？"

画像上的杰米穿着诺南德医院的蓝色病号服，僵硬的衣领，短短的袖子，满头浓郁的卷发，还没有因为要做手术而被剃掉一部分。这是他做手术之前拍的照片。

拍这张照片的时候，是谁在掌控他们的身体呢？是杰米，还是那个消失了的灵魂？

他不是消失了，而是被谋杀了，是被残暴的手术刀把他从他自己的身体上血淋淋地割了下来。

我好不容易才看清了海报上的字。这跟艾迪画的海报根本不是一回事。这张海报上写的是要求将杰米交还给政府。我们想都没想，就把海报从橱窗上撕下来，塞进了口袋。

一股逃跑过来的人群一下子淹没了我们。科迪莉亚过来抓起我们的胳膊就把我们拖到了人群更密集的地方。我们想要跟她说：别，别，我们不能这样，别拽我们走，我们不能这样——但是，我们说不出话来，而她也不愿意听我们说话。

警笛声越来越密集。一个手肘捣在我们的脸上，颧骨顿时疼得要裂开似的。我们挣开了科迪莉亚的手。人群霎时将我们分开。科迪莉亚转动着身子，在人群中挣扎着想要走回到我们的身边。

我们的脚根本不能着地，眼睛也只能看到前面的状况。我们感觉像是又回到了贝斯米尔的大街上，正冒着被踩成一摊沥青的危险。我们又变成了七岁的孩子，被锁在一个大箱子里，感受着无边的黑暗和炎热，哭干了眼泪等待着自己的伙伴。

我们连滚带爬地走到了人行道上，耳中充斥着尖厉的警笛声，刚一转身，就发现科迪莉亚正大步穿过马路走来。她可能对我们刚才的行为气愤不已，想不通我们到底怎么回事，想不通我们为什么不能随着人群一直往前走，为什么不按我们事先商量好的那样做好自己的本分。

一辆警车从一个角落冲了出来——

——撞向了她。

她被撞了。警车来了一脚急刹车，可还是撞到了科迪莉亚。她一下子飞到引擎盖上滚落下来，跌落在了水泥路面上。她静静地在地上躺了好一会儿，胳膊盖在脸上，浅色的头发在漆黑的路面上披散开来。紧接着，她挣扎着站起身，一瘸一拐地，朝着她刚才跑来的方向，继续往前跑去。

一名警察从车里冲了出来，追着她大声叫嚷着，但是人群很快将她完全淹没了。突然，警察转过身来，嘴里还在骂骂咧咧的，就那样忽地和我们打了个照面——正对着我们的脸啊，正对着我们的脸！

就差那么几码，他的车撞上的可能就是我们。不过，此时此刻，在他看来，我们只不过是有一张被吓傻了、吓呆了、吓蒙了的脸，并不值得他劳心费神地记住。他又冲回了车里，对着对讲机叽里咕噜地讲了一番什么话。

我们一路跌跌撞撞、连滚带爬地往罗本斯通赶去。记好的路线此时在头脑里成了小碎片。我们挣扎着把这些碎片拼接起来，一条街道一条街道地走着，尽量躲避着不要与别人视线相接，警察路过时就低下脑袋。

只不过放了几个鞭炮而已。我真想说。

科迪莉业去哪儿了？我们的脑海里一遍一遍回放着她刚才被车撞了的样子。

她都站起来了。艾迪说，她还能继续跑，就应该没事。

她应该没事。

那戴文和乔希也没事吧？丽萨呢？文森呢？克里斯托弗呢？

我们在混乱中丢掉了对讲机，现在没有办法跟他们取得联系。

眼前出现了一个路牌，上面写着罗本斯通路。一阵放松。我们的双手颤抖，血冲脑门。大家约好在公交车站会合。我们不能确定到底在哪个方向，但是我们选择了和广场背道而驰的那个方向。

在那儿呢！艾迪突然喊道。

我们一眼就看到了克里斯托弗的红头发，看到了他那白白的脸上的雀斑，也看到了他见到我们时明显一亮的眼神。接着，赖安转过身来，他先是走了几步，又跑了几步，然后又换成走着，向我们这边过来了。我也强忍着让自己不要跑过去——我们不能引起别人的注意。

他的胳膊一揽，就抱住了我们。我将头抵在他的肩上，与外面的世界隔离开来，说："好了，我没事。乔希呢？科迪莉亚呢？她——"

"她没事。"赖安的声音轻轻地在耳边响起，"乔希和丽萨找到了她，她们开车回她们的公寓了。顺便把丽萨也送回家去。你们去哪儿了？"

"我迷路了。"这是我唯一能做出的解释。我抬头从赖安的肩上看过去，发现文森，不，是杰克逊正在看着我们。"到手了吗？"我轻声问赖安。

拯救波瓦特

"你是说相关资料?"他点了点头。

我们还没来得及深谈,克里斯托弗就打断了我们:"该走了。"他的话干脆利落,但是目光却在我们身上上下打量着,看到我们的腮帮子时皱了皱眉。我们脸上还像针扎般地疼痛。我用冰冷的手指抚摸着火辣辣的脸颊。"我们得走了,马上。要赶在彼得他们那帮人听说这件事之前回去,省得有人发现你们没有待在你们该待的地方。"

我们一起等公交车,但是公交车一直不来。过了好久,我们才拦到了一辆出租车,又过了更久,我们才回到艾米利亚家里。这里,一切一如我离开时那样,平静无波。

"编个理由解释一下你脸上弄青了的那个地方。"我和赖安下车的时候,杰克逊说道。我答应了一声。出租车继续往前开去。

赖安和我跑着上了四层楼。我跌跌撞撞地去开艾米利亚家的门。我们刚扑进门,就看到丽萨早就在那里等着了,她正在客厅里来回踱着步子。妮娜坐在沙发上,满脸紧张的神色。

"谢天谢地!"丽萨说着匆匆向我们跑来。马上,她就问道:"你的脸—— 怎么回事?"

等亨利下楼来到我们这里的时候,我和艾迪满脸严肃,肩膀端得稳稳地对他解释说:"我刚才一不小心脚底打滑,撞到了一把椅子,一个眼珠子都差点撞出来了。我还真是有点笨手笨脚的,对吧。我都做不到——,亨利,出什么事了?"

……

"没有,我们一上午都没有看电视。"

……

"兰开斯特广场? 出什么事了? 来,给我们讲讲。求你给我们讲讲呗。"

拯救波瓦特

15

亨利一直和我们待在一起，直到艾米利亚回来之后，他才和艾米利亚以及彼得回自己的住处去了，又留下我们孤零零地观看晚间新闻关于那件事的后续报道。

他们一走，我立刻往科迪莉亚的住处打了个电话。接电话的是乔希，声音显得轻快随意。当她听出来是我们打的电话后，立刻卸下了一切伪装。科迪莉亚的身体承受了很多的痛苦，但是还没有到无法忍受的地步。她不愿意去医院。她小的时候还摔断过肋骨，当时那些人也没有对她有过多少照顾。

"我给她吃了很多的止疼药。"乔希说，"不过我觉得她说得对。就算她摔断了肋骨，这也是无可奈何的事情。"

"你怎么知道情况是不是比我们想的要严重？"我说，"要是有内出血怎么办？"

"你瞧，我们现在去不起医院。"乔希平静地说道，"我们没钱去医院，也不想冒着风险——不管这个风险多小——最后让什么人把前前后后的事情联系起来想到点什么。我保证科迪莉亚眼前还挺得过去。如果有什么变化，哪怕再小，我也会送她去医院的。"

我犹豫了一下说："算了，要是有什么事的话，还是给莱安纳医生打电话吧。"

"好的。"乔希说，"你说得对，好主意。嗯，是伊娃吧？我很抱歉今天弄出这么大动静。我知道你们一定没想到事情会变成这样。"

我回过头，看到丽萨蜷在沙发里，两眼紧紧盯着电视，妮娜满脸紧张地坐在她的旁边。只有赖安回头看着我。

"谢谢你能够保持头脑清醒。"乔希说。

我眼前浮现出自己稀里糊涂往罗本斯通路走的样子，该要爬楼梯时却在楼梯上迈不动步子的样子，在人群里被吓得木呆呆、挤得头昏眼花的样子。

"头脑清醒。"我说道，"嗯。还行吧。"

"我是说真的。"她说道，"有些人一遇到困难就崩溃了。有些人连继续往前走的勇气都没有了。"

我咬了咬唇，问："你们要的东西拿到了没有？"

"拿到了。"她说，"具体还是问戴文吧。有些事……电话里不好说。我还得去看看杰克逊和克里斯托弗。我想你应该清楚，我们不能让彼得起任何疑心，对吧？"

我告诉她我不会告诉彼得的。她答应很快再跟我们联系。我回到客厅坐在赖安的旁边，捏了捏他的手，点点头告诉他，一切顺利。他对着我很快地笑了笑，一脸的紧张。

妮娜没有问我们到底去哪里了。但是她看着我们时，目光里那一闪即过的狡黠告诉我们，她猜得出来是怎么回事，而她嘴角那条紧绷的弧线却又告诉我们，她并不想打听。

彼得在兰开斯特广场事件发生之后并没有召集聚会。苏菲解释说，这样更好，人人都按部就班，各就各位，不要采取任何会引起猜疑的行动。大规模的聚会，即便是在彼得家里这种看似私密的地方，也会引起别人注意。

穆兰兄妹、艾迪和我，我们趁着凯蒂看电视的时候，在我们的卧室秘密碰了个头。戴文给我们讲了他们怎么用一张经过翻新的过期出入证混进市政大楼，他说这些的时候完全是一副漫不经心的样子。他们没费什么工夫就找到了霍根·纳勒斯的办公室。

"塞宾娜会撬锁。"戴文说。听不出他有多么吃惊，戴文从来也不会大惊小怪。不过，从他的话里的确听得出来，他没有平时那么无精打采。

"我并不觉得吃惊。"哈莉说。

戴文耸了耸肩说："我们也应该学学。要是当初在诺南德我们会撬锁的话……"他没有再往下说，只是抬头跟我们目光交汇，"这个技能不错。"

"也许对罪犯来说不错。"哈莉回道。做哥哥的没有和她争辩，不过那神情却完全不像是赞同她的观点的样子。

兰开斯特广场鞭炮爆炸的消息很快就传到了市政大楼，戴文和塞宾娜正要在纳勒斯办公室的电脑上做手脚的时候，听到了外面的嘈杂声，但并没有人想到要来查看一下这间办公室。他们溜出来的时候也没有人发现。

"这么说，你们找到了，"艾迪说，"就是塞宾娜要的那些信息，有关波瓦特的规划的文件。"我和艾迪坐在床上，双腿紧紧压在身下。哈莉和戴文坐在地上，哈莉靠着床头柜，戴文背靠着床架。戴文点了点头。

"那又怎样？"哈莉问道。她双手在胸前交叉，头发披散着垂在肩膀上，遮住了她的脸庞。往日的开朗化成了尖锐，从她微微下撇的嘴角上挂着的不悦，我可以明显地看出她的情绪。

"我没来得及看仔细。"戴文扫了一眼哈莉说，"只看了一个时间安排表。几周之内那些仪器会被送到，并且进行安装。他们会派好几拨官员来考察这个地方，孩子们搬进去之前要在那里搞个接待日活动。塞宾娜把这些都存在磁盘里了。"

哈莉皱了皱眉问道："她有电脑？"

"她用的是大学城那边的一台电脑。"戴文说，"很显然，她已经混进大学校园好些年了。甚至还参加过几次大型讲座，没有人发现她。"

"你们找到名单没有？"艾迪问道，"哪些孩子会被送到这里来？"

戴文摇了摇头。我想起了我们逃离现场的时候撕下来的那张杰米的海报，上面写着："杰米·科塔，十三岁，棕色头发，棕色眼球，身高五英尺，体重八十五磅。"

这让我想到了杰米在诺南德的病历。那张海报被叠好了放在床垫下。我们既不忍心将它丢弃，也不忍心再去看它。

在全国直播的电视节目上听到詹森宣布要到处搜查杰米已经够焦心了，可那好歹不过是在电视屏幕上见见，隔着一定的距离，人不由得就会产生一种信念，认为在这个地域广袤的国家里，要找这么个小男孩好比大海捞针，危险离他还有十万八千里呢。但是，在这座城市里看到那个小男孩的画像，就好像突然看到了魔爪猛地伸出，尖利地划过我们的脸颊一样。

"好吧。"艾迪说道，一字一叹，"现在怎么办呢？"

没有人回应她。我们彼此相对无言。坐在具有艾米利亚柔和风格的卧室里，觉得今天刚刚发生的那一幕简直是疯狂透顶。那时我们正穿过大街，满怀恐惧，担心被人逮住扔进监狱甚至发生更糟糕的情况。

我记起了那被惊吓得四处逃窜的人群，记起了回荡在广场周围像枪声一样的爆炸声。那时——那时我并没有意识到这些，没有想过这些。每回忆一次，就像那尖叫着的、乱奔着的人群会在我们的内脏上踩出一个洞来，让我们觉得想吐。

我们做了那件事，还真的做成了。只不过用了四个鞭炮，在一间隐蔽的、亮着彩灯的小阁楼里谈笑着制订了几个计划，就有成百上千的人被我们吓到了。有力量的感觉让人觉得害怕。这就是人会发生变化的原因吧？这种感觉就好比站在悬崖边上，想要飞，却又担心自己掉下去。

"塞宾娜应该有计划的吧。"戴文说道。

哈莉眼睛盯着墙说："我，本人，再也不想和塞宾娜的计划扯上任何关系了。"

后来，晚上我们看电视的时候，就一直只关注当地新闻。我们看到一群又一群的主持人、记者、目击者，还有警察轮番出场，最后，终于轮到政府官员们也粉墨登场。

"我们知道可能有双生人对我们不怀好意。"他们说，"我们采取了预防措施。今天下午的状况很快就得到了有效的控制，没有发生伤亡。对肇事者的调查也已经全面展开。"

"我们决不允许这种暴力行为阻碍我们的正义事业。"

"我们决不退缩。"

暴力行为？"哪来的什么暴力！"我真想反驳。我们只不过发了一些传单，放了几个鞭炮罢了，仅此而已。但是，根本没有人提起"鞭炮"这个词，他们管那叫作"爆炸"，用的是"炸弹"这个词。

没有人提起有人突破了市政大楼的安全，也没有人提起我们从屋顶上撒下的那些海报以及那六个名字。

科特·F，十四岁。

菲娥娜·R，十二岁。

安娜·H，十五岁。

布莱斯·R，十六岁。

肯多·F，十岁。

麦克斯·K，十四岁。

但是接下来的几天，这些名字总算传开了。艾米利亚在安静而又紧张的晚餐时间告诉了我们这些。唯一比恐惧泛滥得更快的，就是人们的好奇。很快，人人都想知道这些画像背后的故事。海报在人们手里交相传递。一份小报勇敢地报道了这背后的故事，虽然很快被压了下来，但却为时已晚。

短短几天过后，全城都在谈论科特、菲娥娜、安娜、布莱斯、肯多和麦克斯。六个失去了生命，却完全被人忽略的双生人孩子。

我们的生活又恢复了以往的样子，基本上每天都无所事事。赖安和戴文继续沉迷于他们那些敲敲打打做小物件的活计。丽萨和哈莉每天从沙发挪到餐桌，再挪到地毯，她们读书、看杂志和凯蒂玩牌打发时光。她们拒绝谈论兰开斯特广场事件，只要有人想要提起这件事，她们立刻就翻脸，所以没有人敢提。

"彼得知道那事是谁干的吗？"有天晚上，艾迪突然鼓起勇气问苏菲。她等着问苏菲，而不是艾米利亚，是因为苏菲比艾米利亚更平和一点。每次我们突然提问的时候，艾米利亚总是显得烦躁不安。"我是说，那个，那个兰开斯特广场那件事。"

苏菲正在擦桌子，突然停了下来，她手里的一叠泡沫塑料饭盒突然倒了下来。艾迪赶忙跑过去抓住了从上面掉下来的一个叉子。

"他不知道。怎么了？"

艾迪手里把玩着那把塑料叉子说："大家都说是一个双生人干的。"

"好吧，我不敢说我们认识安绰特所有的双生人，"苏菲说，"但也不是说，新闻想要我们认为是双生人干的，就真的是双生人干的。"

"你的意思是说，有人在演讲那天引起混乱，有可能是为了引起大家对双生人的不满？"

苏菲皱了皱眉头，把泡沫塑料饭盒放回了餐桌上，一心一意和我们说话。"这是有可能的。不过，我的意思是说，有些不是双生人的人，也会做出这样的事情来，因为他们是我们这边的。亨利就帮我们，对吧？他就不是双生人。"她微微歪着头，眼睛探究着我们的目光。她那副担心的神情，和我们的妈妈脸上的表情简直如出一辙，我们的喉咙不觉一紧。

艾迪移开目光看向别处。"来吧，我来弄这个。"她轻声说道，拿起那一摞饭盒往厨房走去。

乔希一直过了两周才来看我们。其间她并没有完全和我们失去联系，她打过两次电话来，告诉我们科迪莉亚和卡蒂恢复得不错，也问我们的情况怎样。自从前段时间那些让人极度兴奋的日子在兰开斯特广场事件之后戛然而止，我们就感觉好像一条生命线被剪断了一样。公寓楼似乎显得比以前更小了，那种感觉令人窒息，就好像一间加厚了的屋子想要保护我们的安全，却违背了我们的意愿。

乔希是一大早来的，几乎是艾米利亚刚出门上班，她立刻就进来了，快得让我怀疑她是不是早就在外面盯着，等这一刻。凯蒂还在吃早餐呢，见到乔希就两眼一眨不眨地盯着她看。乔希对着她笑了笑，然后就跟我和艾迪坐到了沙发上。

再次见到她，听她讲外面发生的事情，让人觉得很是轻松愉快。两周过去了，这件事基本已经被媒体遗忘了。在鲁普赛德，博物馆被淹事件可是一直在各大报纸上循环登了好几周呢。

我说起这个的时候，乔希勉强笑了笑说："鲁普赛德是个小地方，对吧。大城市可不一样。在贝斯米尔事件中，他们非常清楚要抓谁，这样他们大张旗鼓也没事。故意拉长战线，这样最后包袱抖出来以后，效果非常强烈。但是，这次事件，政府并不想大肆张扬，这就表示他们根本不知道是谁干的。"

"可要是他们随便抓个什么人该怎么办?"艾迪问着，我大声重复了一遍她的问题。

"不会的。"乔希斩钉截铁地说，一边说着，一边从兜里掏出来一支笔在手掌上写着什么，"要是抓错了人，那些本该对这事负责的人就会弄点别的事出来，这样会显得他们很傻。"

"嗯。这倒是个不错的主意。"我说着挺起了胸膛。我早就知道，兰开斯特广场事件只不过是一个大计划的第一步。不过，这么久没有见到乔希，我都起了点疑心，怀疑她是不是被吓着了。

很显然，她没有被吓着。

凯蒂一直在凝神听我们说话，所以我们不得不小心措辞。谈论兰开斯特广场事件再正常不过了，甚至正中她的下怀。但我们不能在言辞之中透露我们当时在场，更不能泄露我们跟这事有什么关系。

乔希将手掌转过来对着我们。我盯着那一行写得细小整齐的黑色字母看了看。

"星期三下午，五点集合"。

她面带微笑等着我们的回答。我咽了咽唾沫，脑海中瞬间闪过拥挤混乱的人群，穿透我们大脑的尖叫声，以及贴在商店橱窗上杰米的画像。

我也想起了过去两周里，我们缩在艾米利亚的公寓里，像躲在护栏后面的孩子，期望被世人遗忘。

我还想起了彼得的话，说他要送我们离开。这事迟早会来的。要是波瓦特开张，这事就会来得更早。接下来怎样呢？我和艾迪就会不知身在何处，混迹于一群陌生人中间，上学，做作业，装成正常人的样子。和别人没什么两样。绝望无助，什么也改变不了。

塞宾娜和乔希花了五年的时间才达到今天的程度，能够真正用实际行动去改变现实。我等不了另一个五年，我也要改变现状，现在就要。

我直视着乔希的目光。

没有征求艾迪的意见。

我就那样点了点头。

16

哈莉在她的房间里来回踱着步子，但是目光却死死地盯着我们："你们还想再去那里？"

我对她和戴文讲了乔希来访的事，戴文和平时一样，对这件事没有表现出太大的反应。哈莉的抗拒早在我的意料之中，过去两周里，她已经明确声明兰开斯特广场事件她并没有申请加入。我理解她，真的。但是她那种疑心重重的态度还是刺痛了我。

艾迪也没有帮我。自从我对乔希点了头，答应下次我还会去小阁楼参加聚会的那一刻起，她就静静地缩到一旁默不作声。我猜不透她的心思。

我强忍着没有像之前想好的那样去解释。我本想说，我们策划兰开斯特广场事件可能是错的，但这并不代表我们就要全盘放弃。我还是会相信塞宾娜的计划。还有一个不能抗争的事实，就是我们决不能让波瓦特研究所开张。

我换了个话题，说："我要去看科迪莉亚。"这并不完全是假话。不过听起来非常像假话，很滑头的假话。"我当时就在场，她受伤的时候我就在场。这是我的错，我要去再看看她。"

"不是你的错。"哈莉马上反驳说。不过,她也没有多说别的什么,只是皱着眉头,手捏成拳头放在嘴边。她抬头看了看戴文,戴文耸了耸肩。

"好吧。"她最终说道,胳膊交叉放在身上比较靠下的位置,她这样子不是在生气,而是像要保护自己。丽萨和哈莉穿衣风格现在变了。我记得她们在家里的时候,衣柜里挂的衣服样式开放,色彩明丽。今天,她穿着白色的长裤和黑色的衬衣,长发松散地向脑后梳着,耳朵上没有戴耳环,样子看起来有点古板、严肃。

"你和我们一起去吗?"我问。

哈莉看着我们的眼睛,摇了摇头。

我咬了咬唇说:"好吧。"

"我去。"戴文说。

去照相馆的路上,艾迪和我一直都非常紧张,一见有人走近就赶紧避开,听到后边有人喊,就赶紧缩到一边。一辆警车路过,其实跟平常没什么不一样,但我们的腿立刻就僵住,走不动了。我都不知道目光该往哪里看。

走到照相馆门口的时候,我真是吃惊不小,发现它的门口居然挂着"营业中"的牌子,而科迪莉亚就站在柜台后边上班。不过,我们一进门,她就把"营业中"的牌子换成了"休息中"。

我上下打量着她,想要发现她身上的伤痕。她的太阳穴附近有一块细小的、基本愈合了的伤痕。不过,就只有这个我能看到而已,其他的伤痕和瘀伤已经愈合,或者被她的衣服遮盖了。她淡金色的头发扎了一个短短的马尾辫梳在脑后。

我试着笑了笑,说:"塞宾娜说你已经康复了,但是我没想到你都可以上班了。"

科迪莉亚耸了耸肩，没有直视我们，也没有像平常那样伸手来拉我们的胳膊。科迪莉亚一直渴求身体接触，但现在她却开始和人保持距离了。"我得拉住一些老顾客，不幸得很，还没有找到那个我躺倒了也能给我钱花的人。"

我们应该道歉。我心里说道。但是却不知道该用什么话，怎么说出来才好。

我是该说，对不起，都是因为我吓坏了，害得你不能抛下我们？还是该说，对不起，我该早点告诉你，我特别害怕人多？

对不起，害你差点被抓住，甚至差点丢了命，这都是我的错。

"别多想了。"科迪莉亚说，像是看透了我的心思一样，此刻她终于看着我们的眼睛了，"我没事。以前还有过更糟糕的经历呢。"

"对不起——"我开口说道，但是她虚弱地笑着打断了我的话。

"真的，伊娃，没事。只不过浑身青紫了一段时间。我想，塞宾娜可能在让我恢复神志的时候，享受了那么点虐待我的乐趣。不过，我现在已经完全好了。"

我几乎以为跟我们交谈的这个是卡蒂，因为她没有科迪莉亚那么热情洋溢。但是，卡蒂走路说话的时候，就好像是满脑子里云山雾罩的，而眼前这个领着我和戴文往储藏室走的人非常靠谱而专注——只不过注意力不在我们身上罢了。

"你们来了。"见我们爬上阁楼，塞宾娜说道。至少，她的表情和行为跟平时并没有什么不同。她这种恒定的表现让人觉得安慰。文森和克里斯托弗早就斜倚在沙发上等着了。

戴文的眼神空洞，看起来很奇怪。他发现我在看他，就立刻收敛了他的心思。这已经不是第一次了，我很想知道，赖安和他到底在说些什么。

"你们把我们叫到这里来，有什么事吗？"戴文问道。他的声音不大，但却让其他人都安静了下来。大家彼此看着，目光掠过周围的每一个人，最终都看向了塞宾娜。

"你妹妹没来。"她说。她的语气是在陈述一个事实，而不是在提问，所以戴文没有回答。塞宾娜本也没有指望得到回答，只是自顾自点了点头。

他们一定有事瞒着我们。艾迪说。

一开始，我并不理解她说的是什么意思。接着，我注意到了阁楼里令人窒息的紧张气氛，以及其他人看向我们时那带着审视的目光。只有戴文还在看着塞宾娜，眉头悄悄地皱了起来。

这应该是事前的酝酿了。他们在等待着，等待着塞宾娜告诉我们和戴文那件其他人都已经知道了的事情。

"我仔细看了一遍我们从纳勒斯的电脑里弄出来的那些资料。"塞宾娜说着，把一缕头发别到耳朵后边，"关于波瓦特的所有信息全在里面。一切我要采取行动所需要的信息都在里面。"

"到底是什么呢？"戴文问道。

文森的笑容像刀锋一样冷利："我们要炸掉那个该死的地方。"

17

艾迪和我同时想要开口说话。不过，话没有能够说出来，只是在喉咙深处发出了一种像是被半勒住了一样的声响。我们喉咙里的第二次声音可以看成是一种笑声，带着质疑，像是岩石碰撞着岩石那样的笑声。

"你要炸掉它。"戴文说道，"然后呢？"

"然后它就没了。"克里斯托弗说。

"之后呢？"戴文的话里透着一股不屑一顾的冷峻，"这样大家就突然恢复理智了？意识到我们做了多伟大的一件事了？他们已经够恨我们的了，他们已经认为我们神志不定，这样做只不过是火上浇油罢了。"

克里斯托弗身子往前倾了倾，满脸通红，平时苍白的脸色染上了异样的色彩。他的双手在身旁握紧了拳头，"我们才不要他们喜欢我们呢，没人会给双生人一个机会来证明我们是一些值得喜欢的人——"

"战争和革命，"文森说，"从来都不是靠着别人的喜欢取胜的。"

战争和革命。

这就是他们要说的吗？战争？革命？

我打了个冷战。战争不属于这个时代，不属于我们的家园。战争属于历史，属于大洋对面遥远的其他国度。我们所了解的唯一一次革命就是美国建国的那次。两百年前，非双生人从双生人手里夺回了自由。战争和革命意味着死亡和不可言喻的恐惧。学校就是这样教育我们的。

艾迪摇了摇我们的头。在此之前，我们俩一直均衡地掌控我们的身体，谁也没有特别用劲儿。但是，就在刚才摇头的刹那，艾迪立刻掌控了我们的身体。我们的手垂了下来，担忧地摆弄着我们薄薄的裙摆。

"戴文说得对。"艾迪说，"所有在兰开斯特广场的那些人，你真的认为他们现在比以前好了，愿意帮助我们了吗？"

戴文扫了我们一眼。他似乎并不感激艾迪的支持，甚至也没有感到吃惊，脸上还是那种不可捉摸的神情，心事密不透风。

"兰开斯特广场事件告诉大家，"塞宾娜说道，"并非所有的人都支持治疗方案。而弄掉波瓦特，会告诉他们，我们是认真的，我们愿意应战。就算是没有达到这个效果，那最起码也有一个研究所会消失，它的那些手术设备会消失。"

大家都没有说话。塞宾娜只好再次打破沉默，提出了一个问题。她眼睛看着我和艾迪，问道："你们知道这里有多少双生人吗？我是说在美国全国。"

"我……我不知道。"艾迪说。

"我也不知道。"塞宾娜说，"彼得也不知道，甚至政府可能也不知道——因为很多的双生人都隐藏起来了。我觉得，我们虽然人数不多，但是也并不像他们告诉我们的那样少。艾迪，想想看，要是每五百个人里就有一个双生人，那就是说美国全国就有一百万双生人。他们让我们觉得自己孤立无援，这就是很多人最终放弃对抗的原因，知道吗？因为这种事不是靠单打独斗就能成功的。这事太大了——政府那么大，那么强悍，因此所有的父母、孩子，他们不敢对任何人谈论这些事，他们也不了解别人是不是也和他们有相似的经历。因此，他们就放弃了，因为他们觉得自己太弱小，什么也做不了。"塞宾娜说话的时候，谁也不看，而是把目光聚焦在阁楼那堵斜墙上某个空洞的地方，就好像要说出这番话，需要耗尽她所有的关注力一样，"一旦决定战斗，你就只能奋勇向前，直到取得胜利，或者没有办法继续战斗。我们不想成为下一则新闻故事里又一批被吓倒了的双生人。"

塞宾娜的话在阁楼里扩散开来，充斥着整个阁楼，占据了所有的空间，压迫着我们。我想，大家都没法呼吸了，更别说用他们的话去填充剩余的空间了。

"在那样的研究所里度过四年的光阴之后，"塞宾娜静静地说道，"你就会梦想能把它炸掉，你就会沉溺于这样的幻想当中。"

在研究所里度过了四年，彼得救出她后又过了四年，一共八年了。再过八年，我和艾迪就二十三岁了，莱尔也就十九岁了，成了一名大一新生了。八年，差那么一点就是十年的光阴。这可不止一生的十分之一。

要是事情没什么转机——要是我们不迫使事情出现转机，那么，直到弟弟长大成人，我们是再也见不到他了。要是——

"但这也不是我们需要这样做的理由。"塞宾娜继续说道，"因为最终我们并不能把每个研究所都炸掉。就算我们不停地炸，他们也会不停地建。艾迪，我只不过想给其他的双生人一个战斗的理由。我想让他们知道，并不只有政府是强大的，并不只有他们的邻居是强大的，我们也是强大的。"

她的目光一如既往地坚定。她没有笑，她的嗓音和表情里也没有一丝一毫的敌意，有的只是一种平和安定的温暖，"不过，这只是目前的想法。作为一个群体，我们应该一起做出决定。我们考虑大家的意见。"

她转过身对着戴文说："无论如何，要想事情进一步开展，我们还是需要你的帮助。"

戴文没有任何反应。

"好吧。"塞宾娜的目光绕房间一周看了过来，当她注视着我和艾迪的时候，她的目光是温和的，可是我感到那背后的力量，"我们花点时间来决定这件事吧。"

"艾迪！"

塞宾娜和其他人都已经下楼了。文森喊了一声艾迪，戴文也跟着转过身来。他和我们目光相遇，可是他眼中看到的一切告诉他，他不能停下往下走的步伐。阁楼里只剩下了艾迪和文森。

"怎么了，杰克逊？"艾迪从活动门退了出来，身子靠着墙问道，用指甲掐了一下我们的背部。

是杰克逊？我问道。但是艾迪没有理我。

也可能她说对了，因为那男孩并没有纠正她。他用手指将头发从脸上拨开。看起来他不太知道怎么继续他的话题。"艾迪，你怎么了？"

还问怎么了？他自己——或者说文森——刚刚抖出来一件大事，说他们想要炸掉一座政府大楼，现在，他却来问我们怎么了！

行了，伊娃。艾迪有点懊恼地说，你安静一点，我——我都没法思考了。我们的手抚上了额头，手指头在太阳穴上一个劲揉着。

她放大了声音，说道："你看是这样，杰克逊……我——我得想想这事。"

杰克逊走到我们身边，温柔地把我们的手从额头上移下来，握在他的手里。我没有想到他的手居然有点粗糙，手掌上还有老茧。"行了，还有什么好想的呢？"

艾迪笑了："炸大楼这样的事？说真的，这种事还真需要点时间来考虑考虑，杰克逊。"

"我们这也不是一时兴起。"他的眼睛瞪得很大，表情非常真诚，他的手仍然紧紧地握着我们的手，让我感觉像是被顶在墙上一样。我等着艾迪把他推开，但是艾迪并没有这样做。"艾迪，我们又不是打算在人多的操场上去搞爆炸，我们要炸的是一个研究所，一个没人住的双生人研究所。我们这样做，就是要确保以后也没有人会住进去。"

艾迪盯着他的目光飘向了远处墙上的彩灯。

"兰开斯特广场上的那些人……"她嘴里咕哝着。也许是声音太小了，杰克逊有点听不清，因为他正皱着眉头，一脸困惑。艾迪咬了咬嘴唇，提高了声音："我知道他们和你想要的是什么，杰克逊。我也知道，我也想要，但是——"

"但是什么，艾迪？"杰克逊问道，见艾迪还在犹豫，他叹了口气看着远处，"波瓦特的事和兰开斯特广场的事不是一回事。那栋楼是空的，没有人。那里没有拥挤的人群，只是一栋楼，里面有很多空床等待着它的囚徒入住。这是个研究所，艾迪——"

"我知道。"我们的声音尖锐了起来，"伊娃和我住过这种地方。我们了解那是怎么回事。"

杰克逊的笑容里没有一丝温度："不，艾迪，你并不太了解。诺南德不是研究所，是家医院。我知道，里面当然也很可怕，我不是说你们在五星级酒店住了一周，但是，艾迪，你只在那里住了一周，他们给你吃得好，穿得好，而且……"他犹豫了一下，松了松握着我们的手，"而且那里还有窗户。"

艾迪将手缩回来，放回了我们身边。但是杰克逊的手和我们的手仍然十指相交，所以也跟着一起挪了过来。"在那里，也发生过杰米还被关在地下室这样的事，甚至还有孩子在手术台上送命——"

"那么，这些都是将来会切切实实在波瓦特发生的事。"杰克逊的嗓音有点沙哑，像是在耳语一般，"这个研究所有诺南德医院的两个那么大，只接纳双生人，每一寸空间都是为他们准备的。你觉得他们能往里面塞多少孩子呢？你能想象一下吗？"

我们呼吸变得急促，觉得心里情绪难以宣泄。到底是杰克逊把我逼成这样，还是让我想象的那些画面把我逼成这样？

"艾迪，那些被选出来做手术的还算是幸运的了。其他人就——"他突然顿住了，咽了咽唾沫，喉头突突地跳着，"你知道有多少双生人孩子死在装他们的箱子里吗？在那些研究所里，境况就是如此。他们把我们装在箱子里，一直关到我们死那天。他们在我们身上想怎么试验就怎么试验，就是不用子弹射穿我们的脑袋，不让我们死得痛快点。他们把我们关起来，塞进屋子里面，能塞多少人就塞多少人。我们不知身在何处，身边也没有别人，只有躺在你旁边床上不知什么原因就要死不

137

拯救波瓦特

活的孩子，而那些该死的看护根本不理你。"

杰克逊说话的时候，艾迪一直看着他，一会儿看看他的嘴，一会儿看看他的鼻子，一会儿看看他的腮帮子，或者看看他的左耳朵。但是，听到这话，她终于看向了他的眼睛。

"我十二岁就进了研究所。"杰克逊平静地说道，"整整三年里，一步都没有离开过那里。"

他很平静，平静得不像是杰克逊式的平静。

"要心存希望。"在诺南德，他这样对我们说。他就是这样心存了三年的希望？这怎么可能！

现在换成艾迪握着杰克逊的手，而不是杰克逊握着艾迪的手了。但是这只持续了不大一会儿。然后，她就将手从他的手中抽了出来，并轻轻地推开了他。他往后退了退，看着我们离去。

"我会好好想想的，杰克逊。"艾迪柔声说道，然后静静地站在那里等着他回应。杰克逊点了点头。艾迪下楼的时候，扭过头去看着杰克逊，就好像她再也没法将目光从这个长着淡蓝色眼珠、身材瘦削的男孩身上移开，就好像她再也没法不去想象这个男孩曾经躺在一张金属的床上，梦想着见到阳光的样子。

18

我们确实认真地考虑了这件事情。

吃晚饭的时候，妮娜和艾米利亚一边吃饭一边挤眉弄眼地说笑，而我们却一直在想着这件事。妮娜拍了拍我们的胳膊，打断了我们的白日神游，问道："喜欢吗？"

我们过了好一阵才弄明白，她是在问我们塑料饭盒里的饭菜怎么样。好像是一道什么鱼，我们基本上没有碰，不过还是笑着点了点头。如果说是妮娜和艾米利亚注意到我们有点不对劲儿，那么她俩却也没有点破我们。

我们刷牙的时候想着这件事，冲澡的时候想着这件事，换睡衣睡觉的时候想着这件事，熄了灯，和妮娜道了晚安之后，还在想着这件事。

伊娃，我们不能这样。艾迪说，这太疯狂了，我们应该告诉……

告诉彼得？这会儿，我们双手交叠在胸前；刚才，我们的双手放在身边两侧；再之前，我们的双手枕在脖子下。可是怎么弄都不舒服。然后呢？

什么然后啊？然后他保证会让他们无法进行这个疯狂的计

划，这样——

这样他们会恨我们一辈子。我说，不过也没关系，因为两个月后，彼得已经把我们送到鬼才知道的什么地方去了。那时就只剩下我们形单影只了。

伊娃，我们不能让这种事情发生。

我翻身侧卧，将脸埋在枕头里。可要怎样才办得到？要是我们在这事上打退堂鼓，我们好像就没法跟塞宾娜他们再待在一起了。

这不是打退堂鼓。话虽这么说，可是我和艾迪都心知肚明，我们已经和塞宾娜他们之间有着千丝万缕的联系，要是不加入，这就算是打退堂鼓了。还有，就算我们真的参与，你觉得彼得会让我们留在这里吗？伊娃，这座城市很快会陷入混乱，情况会比兰开斯特广场事件之后糟糕一百倍。

我抑制不住声音高亢了起来：彼得又没有权力去选哪些人有资格能进入他们那些人的家门。艾迪没有出声，我缓和了一下语气，继续说道，艾迪，要是我们最终只能离开，你不想在我们走之前做出点什么事情来？你不觉得我们应该试着让事情有点改观？

也许吧。艾迪回答道，然后再也没有说话。

我翻身回来，看着妮娜躺在另一张床上的沉沉睡姿，心里想，最起码，她今天晚上可以睡得很安宁。

第二天早上，我两步一个台阶上楼找赖安的时候，艾米利亚正在精心地煮着她的咖啡。多年以来，除了艾迪，我没法和任何其他人交流。在我再次恢复说话能力之后，赖安就成了最早和我交谈的人之一。他总会耐心地倾听我的话，等着我将自己混乱的思绪整理成恰当的语言。

我很想听听他对这件事的想法，戴文的话是不是也是他的心声？还是说戴文将自己的心思凌驾在了赖安的意志之上？也许赖安也只不过是还没有确定，他也需要更多的时间来好好考虑一下。

敲门之后，来开门的是亨利，而不是赖安。我进门的时候，他小声地说："他们还在睡觉。"亨利通常只有在关好门之后才敢说话，他的口音决定了这样对他来说更安全。他朝沙发的方向扭了扭头。我要找的那个人正四仰八叉地躺在沙发上，一只胳膊蜷缩放在头边，毯子掉到了地毯上。

公寓其他的地方都黑沉沉的，只有餐桌顶上的灯还亮着。但是我们还是能看清楚他的脸部轮廓、嘴巴的曲线和他睫毛下的阴影。为什么男孩子的睫毛总长得不像话呢？

是赖安还是戴文？艾迪问道。

赖安。我不假思索地说。这个问题我再也不需要多加考虑就能答对。

你怎么知道？你觉得他们睡觉的姿势不一样？

艾迪这话听起来有点荒唐，但是我的看法却并没有动摇。我不知道，但是我很确定这是赖安。你不是也看出来了吗？

没错。她顿了一顿之后说道，我是看出来了。

"伊娃？"亨利笑着叫了我一声，吓了我一跳。

"对不起。"我说着已经退回到门边了，"我晚点再来吧。"

"别，你等等。"亨利的手飞快地摸了摸他那理得很短的黑发，又指了指餐桌，说，"跟我说说话吧。我们小声点就行。"

我犹豫了一下，还是点了点头。艾迪和我刚认识亨利的时候，都紧张得不敢跟他说话。他那时候经常来彼得家，我们总是在远处偷偷打量他，被他看到，总是弄个大红脸。除了彼得，我们没有见过别的到处游走，还出过美国边界的人。而亨利可不仅仅是到处游走，他一直都是生活在国外。有好多的问题，以前我们做梦都想不到自己会有机会问出来，可是我们无论问什么，他都能给我们一一解答。双生人到底怎么生活的？他们真的会像医院的宣传册上说的那样疯掉吗？到处都有双生人和单灵人混杂在一起的生活，是怎样的状态？人们之间真的可以这么幸福吗？

亨利耐心地给我讲他的家乡，一个中非小国家。他回顾了他从中东到欧洲，后来在欧洲为一家报社工作的旅程经历。他说自己一直非常喜欢旅行。他一直非常渴望见见世面，了解世界各地的人民。他渐渐发现，无论走到哪里，世界各地的人们都能够接受各式各样所谓"正常"的事物。

亨利的公寓别的地方都很整洁，唯独餐桌上总是堆满了文件，上面胡乱堆放着各式法律文档夹和马尼拉文件夹。看到这些，总是让我想起我在诺南德医院见到的那些人。他们把我们这些病人简化为一张照片、一张化验单，或者一条笔迹潦草的字条。他们把我们简化成"有进展"或者"失败"这样的评语，把我们当成试验品。

"彼得告诉我说兰开斯特广场事件的风波平息下来了。"亨利说着，"但是他们还没有找出是谁干的。"

我看着他的目光："你觉得他们能不能找出来？我是说，找出来谁干的？"

"我不知道。"他说，他一定是误会我的担心了，因为他紧接着说了一句，"伊娃，你不必担心这事。"

乔希怎么说的来着？政府不会随便抓几个人就算了的，因

拯救波瓦特

为抓错了人会让他们显得很愚蠢。这话有道理。可是抓不到人照样会显得他们很愚蠢，因此，他们的解决办法就是要找出那些始作俑者。

那就是抓住我们。

他们可不能抓到我们啊。因为只要想想他们有可能抓到我们，就觉得这事真是太可怕了。

"在国外，"我说，"他们不是已经找到登上月球的办法了吗？那他们有没有找到治疗双生症的办法？就是那种不需要杀掉大部分双生人的办法？"

亨利迟疑了。他一边花了好长时间想着该怎么回答，一边细心地将袖子从手肘处抹了下来。天还这么早，赖安都还没有睡醒呢，可亨利却衣着整齐得好像要去参加一顿丰盛的晚宴似的。尽管他都很少离开公寓，可他总是穿得有条不紊。"还没有。现在没多少人在研究这个。有的人说我们应该多研究这个，另一些人又觉得我们要停止这方面的研究。还有的人呢，他们觉得我们根本不应该把精力放在双生人身上，而是要把精力放在那些非双生人身上，要想办法拯救那些在十几岁之前就会死去的孩子。"

那些隐性灵魂。那些没有我这样幸运的人。

"也许不知道会更好。"我说，"那些太复杂，谁该活下去，谁不该活下去……为什么有的人是双生人，有的人又不是……也许我们就不该知道这些。"

亨利顿了一下，认真地打量着我，我竭力控制自己不要显得坐立不安。"你为什么这样说？"他问道。

我想到了艾利和卡尔，想到了说话结结巴巴的杰米和他失去的另一半。

"知识多了就会做出可怕的事情来。"我说。

良久，亨利没有说话。他的眼睛一动不动地盯着我们的脸看着。我们的嘴唇紧抿着。

"做事可怕的是人。"亨利低声说道，"知识只不过是知识而已。"他迟疑了一下说，"要是他们能找到一种真正的治疗方案，不是杀死另一个灵魂了事，而是……转化它呢？"

转化它？艾迪重复了一遍这话。

我皱了皱眉："你是说把我从身体里分离出来，然后放到另外一个肉体里？这是不可能的。你又能从哪里弄一个……一个躯体来呢？"

"我只是设想一下。"亨利说，"不过，躯体可以造出来。"

"造出来？"

"是啊。克隆。这已经在动物身上试验成功了。在人身上应该也能做到。"

我除了瞪眼还是瞪眼。

他们说可以给我造出另一具躯体。我对艾迪重复着这句话。

艾迪没有回应。我隐约觉得她是在我面前隐瞒她的情绪。不过，我自己的感情——我自己的想法——也是一片纷繁杂乱，我没法集中精神注意她的情绪。

凭空造出一具躯体来……你们做得到吗？你们真的能造出一个功能俱全的人类，不管怎样都能运作自如，都能思想自如、感觉自如、梦想自如？

那你们又怎样转化我呢？我的思想，我的记忆，要是在转化过程中遗失了一些东西怎么办？到了另一具躯体里，我还是我吗？第二具躯体能和原来的躯体一模一样吗？我手上还会有小时候倒咖啡烫伤时留下的那个疤吗？

换了肾的莱尔还是莱尔。就是把他全身的器官全部换完了，莱尔还是莱尔。对此我坚信不疑。

但是，这件事是不是有点不一样？我还是我吗？

没有艾迪和我分享一个心脏，我还是我吗？

"你应该清楚，这——这样的事，现在还是办不到的，对吧？"亨利快快地说道，"近五年，十年甚至，我想，二十年，甚至三十年都办不到。我不是科学家，我只是好奇而已。要是有可能找到这样的治疗方式，你希望他们去研究吗？就算有的人会用知识去做坏事。"

我只是瞪着他，不知道该怎么回答。

最终还是艾迪在我耳旁说道：这不是什么治疗方案，伊娃。什么都治不好双魂共生，因为双魂共生并不是一种病。

当然，她说的没错。亨利刚才说的这些东西，并不适合我们，不能解决我们的问题，他们只不过把我们变成和现在不一样罢了，他们只会改变我们。

我想要这样的改变吗？我不能确定。也许想吧。毕竟多一种选择也是好的。即使艾迪和我最终觉得这事并不适合我们自己，即使我们自己并不想改变，可没准其他双魂共生的人愿意呢。

亨利勉强挤出一个微笑，其实就是嘴巴往上牵了牵："别担心了，伊娃，我刚才把你留下来，本来不是想跟你们说这事的。我其实是想问问你，最近出什么岔子了吗？"

我满脑子还装着那些造躯体的事。从哪儿造呢？用死人的躯体，还是从细胞开始培养？我越来越意识到，我和艾迪的知识是多么的贫乏，我们过去是多么满足于一知半解了。

我们没有理由去怀疑老师教给我们的真理：大战横扫全世

界，让全世界都为之折腰。而美国却是和平与繁荣的天堂，而这样的和平与繁荣与这个国家坚持不能有双生人息息相关。

我们为什么要有不同的想法呢？我们的历史书和报纸上白纸黑字这样写着；我们的父母就是这样告诉我们的；我们的同学和同学的父母对这一切深信不疑。我们的总统也是这么说的，而他都在位很多年了。而从大战伊始到双生人入侵这片土地的时期，他的叔叔是这个国家的领导人。他应该非常清楚。

"你这话什么意思？"我说，"没出什么岔子啊。"

"虽然丽萨和赖安想要掩饰，可是我还是听到他们吵架了，我觉得他们这次吵架不像平常那样为了一些鸡毛蒜皮的事，而是有什么大事。"

伊娃，集中精力！艾迪提醒着我。

她说得对，我可以晚点再想亨利说的这件事。"我不知道他们为什么吵架。"

亨利探究地看着我们的表情。我转过脸去，让头发披散在脸上，眼睛盯着桌上别的文件。在两沓厚厚的法律文档下面，有一张世界地图，跟他给我们的那张一模一样。

我的手指扫过地图光滑的表面："他们为什么不帮我们？他们听说过我们，对吧？我们这样的双生人。他们是怎么看待我们这样的人的？"

亨利犹豫了一下说："他们还有更紧迫的事情要去关注。美国是个很大的国家，不过你们……这话怎么说来的？你们不关心外面的事，而且你们的技术也不先进，你们对他们而言算不上什么大威胁。过去几十年，世界经历过太多的战争，挑这种时候来挑衅尚算和平的美国，对谁都没什么好处。"

"他们对我们双生人可一点都不和平。"我猛地打断了他的话，用鼻子深吸了一口气说，"他们在跟外国人做生意，莱安纳医生告诉过我们。有些国家和生意人做交易，帮着来加害我们。"

亨利再次开口说话的时候，声音平静多了，也克制多了："几乎人人都受到战争带来的伤害。有些国家受到的伤害比别的国家多。一些国家已经不顾一切了。他们和美国做生意，是希望要是再打仗的话，他们能获得美国的援助。"从他的表情分明看得出来，他根本不相信这样的做法最终会得到什么援助，"还有些国家和美国交易，是因为美国能提供一些他们本国不出产，而别的国家也没有的东西。"

总之，说到底，不管他们怎么辩解，有件很重要的事情显而易见。

"他们是不会帮我们这些人的。"我说。

"是的，他们不会帮我们的。"

我们只能自己帮助自己。

19

好在赖安不久就醒了,我可以不必回答亨利那么多问题了。

"伊娃?"他的声音还带着睡意,有点沙哑。我坐在沙发边上,当他的目光看向我时,我脸上露出了微笑。我微微弯下腰,用我的吻驱散他流连的梦境。我的头发将外面的世界与我俩隔离开来。"你来得真早。"

我耸了耸肩,意识到亨利正坐在桌旁看着我。"我想找你说说话。"

赖安点了点头,从沙发上坐了起来。他知道我想说什么,我觉得这不难猜到。"我穿衣服。"

赖安换衣服去了,我尴尬地待在客厅里等他。当然,既然亨利还在这里,我们是不可能真的谈及那些话的。所以当赖安再次出来的时候,我赶紧说我不想留下凯蒂孤孤单单一个人,然后拽着他就往公寓外面走去。

但是,到了艾米利亚家门口,我又犹豫了。"我们多走一会儿吧。"我往后退了一步,回到楼梯上,说,"我们到外面去。我们经常去照相馆,也没有出过什么事,甚至连差点出事的情况都没有碰到过。"

拯救波瓦特

伊娃——艾迪喊了一声。

但是赖安笑了笑，说："那你想去哪儿？"

那去那个最后一片让我还能觉得欢快、轻松而又充满希望的地方吧，哪怕只有片刻也好。

"海边。"我说。

我去找赖安，本来是想跟他谈谈塞宾娜的计划的。但是，当我俩穿行在拥挤的城市街道的时候，我却没有提起这件事。在这充满阳光的温暖的早晨里，我的内心满溢着幸福愉悦，我可不想轻易破坏自己的心情。

我们连坐公交车的钱都没有，更别说坐出租车了。于是我们拐进了一家杂货店看了看地图，将路线抄下来，就开始步行。艾米利亚一般要到天黑才回家，我们有的是时间。

走了好几英里，我们才看到了那条木板铺的路。那条路上建筑的色泽灵动，人声嘈杂，看到它的刹那，我们忘记了一路走来的辛苦。远处飘摇的船只，在色彩明丽的建筑之间隐约可见。安绰特的学校还没有开学，孩子们在海滩上奔跑着，尖叫着，大笑着，他们的父母紧紧地跟随在他们的身后。

一阵风吹来，我将外套裹紧，头发在脸上乱飞。鲜咸多变的海洋的味道夹杂着一丝饭菜的油腻味扑面而来。

我们没有流连于那些小商店、餐馆和游戏厅里闪闪发亮的彩灯，而是径直朝海滩走去。我脱掉了鞋袜，赖安却穿着鞋袜。时近中午，白白的沙子踩在脚下有种暖暖的感觉。

远处的水面上，一条小船破浪而来，我眯着两眼看过去，一只手搭在眼睛上遮住太阳光。世界大战初期，来自世界各地的难民乘船来到美国寻求安全和庇护。起先，他们被允许入

拯救波瓦特

境，后来侵略发生，到处反双生人的情绪高涨，船只就不允许入境了。城里很多的双生人都被关起来投到集中营去了。有人说，他们因为可能叛国，都被杀掉了——或者说，是被砍头了。自那之后，研究所都算得上是仁慈的地方了，因为它们只不过是关押人，并不杀人，算得上很安全。

詹森所说的那种治疗方案，听起来应该也算是很仁慈的。

"那时候，我觉得，我们可以在这里度过整个夏天。"我转过头去跟赖安说话。我一边品尝着嘴上的咸咸的海水味，一边感觉着海水舔过皮肤的酥痒。一切都那么任性、粗犷和不羁。

"我是说上次来的时候。我当时觉得我们整个夏天都会来这里游泳，待在外面。"

赖安带着我离开木头栈道，走向海滩更深处。这里只有我们两个人。我将头发绾起，想让脖子也感受一下阳光的照拂。我觉得阳光会暖透我们的全身，驱散埋藏在我们心中的阴霾。

"就是在秋天，这个地方的天气也不冷。"赖安说，"没准很快他们就会解除我们的幽禁。"

"幽禁。"

都八月中旬了，还是没有人提起让我们上学的事。我不知道自己是否该为此感到轻松。学校也可能成为一个可怕的地方，因为我们始终要为自己筑起一道防线，同时我们也很清楚，我们交到的那些朋友，要是有一点点蛛丝马迹让他们觉察出我们的真实身份，他们就会弃我们于不顾。不过，彼得和那些人不想让我们在安绰特这个地方注册上学，可能意味着他们觉得这个地方并不值得我们在这里待得太久。

我手里提着鞋，默默地走着。过去几周来，我心里藏着很多的秘密，主要是针对艾米利亚和苏菲保密。但此刻我意识到，我有一个很特别的秘密一直没有对赖安和丽萨说出来。

"彼得计划把我们送到别的地方去。"

赖安突然转过身来对着我："什么？他什么时候说的这话？"

"就在前不久。"我看向远处说，"不光是我和艾迪，他想让我们都离开安绰特，你，丽萨，还有凯蒂。他觉得这里不安全。"

"彼得觉得什么都不安全。"赖安说，他的语气突然变得尖酸刻薄，让人觉得天气都变得没有那么温暖了。

接着，他叹了一口气，拽着我们一起坐到了沙子上。他的头靠着我们的头，我试着让自己放松，这本该是轻而易举的事。可事实并非如此。艾迪的僵硬渗入了我们的肌肉，注入了我们的四肢。她什么也没有说，但不需要她说出来，我就感觉到了。我本该挪开点的，但是我却不想挪开。相反，我躺下的时候，拽着赖安的胳膊将他拉得离我们更近，我将自己蜷在阳光、沙滩和赖安的肌肤筑就的温暖里。

天空万里无云，蓝得让人不忍直视。

"你怎么看他们的计划？"赖安的声音很小，贴着我们的耳朵传了过来。

安静地沉思了这么久，突然听到这个提问的声音，让人有种奇怪的感觉。想到我们听到塞宾娜的计划也不过还不到二十四小时，心里奇怪的感觉就更甚了。

"我想参与。"我是在对着天空、对着沙滩、对着大海说。

伊娃。艾迪喊道。这喊声不是争执。从昨晚开始，她就没有跟我争执过。但是这一声喊，却像是一声警告。或者说，不是警告，而是恳求，恳求我再多花一丁点的时间去多想一下这

151

拯救波瓦特

件事。

但是我再也不想思虑这件事了。我早上起来去找赖安谈这件事，就是想理清自己的想法，但事实证明，根本没有必要，我的思路一直就很清晰。

"我想参与。"我重申了一遍，"我认为……"

"这样做是对的？"赖安说。

我转过身来，这样就能看着他的眼睛说话："如果这样代表对他人而言，世上少一个像诺南德医院那样的地方，那这样做就是对的。如果这样可以让人们重新考虑他们对我们的所作所为，哪怕只有那么一丁点，这样做就是对的。"

他点了点头。艾迪一句话都没有说。也许我再多花点工夫，就能理清她的心结了。不过，我太醉心于这场大声宣泄的对话，太醉心于我自己的话语的力量，太沉迷于这个和我分享思想的男孩，沉迷于他搂着我的胳膊传来的温暖。

"政府——那些当官的，还有那些医生……我们不欠他们的。"我说。

赖安摇了摇头，手肘支撑着身子坐起来，目光转向远处汹涌的波涛。他的头发里、衬衣的褶皱里沾满了细沙。

他说话声音不大，但我听到了他说的每一个字。

"这个，"他说，"这个计划，就是我们欠他们的。"

20

第二天，我们再次在阁楼上相聚的时候，塞宾娜问起大家的决定，其他人都抢先表明态度。

杰克逊和文森，带着那种锋利的笑容说："加入。"

科迪莉亚和卡蒂，满脸凝重，眼睛不停地眨巴着说："加入。"

塞宾娜和乔希，面带微笑，态度温和，看着我们大家："加入。"

克里斯托弗，重重地点了一下头说："加入。"

戴文和赖安，停了好大好大一会儿，目光不知看向何处，最后，低声说道："加入。"

通过他们的肩膀，我都能觉察到他们明显地放松了下来。此刻，所有的目光都盯着我和艾迪。

艾迪。我喊道，但艾迪一言不发。

于是，我想起了杰米，想起了凯蒂和妮娜，卡尔和艾利，布丽姬特——那个长着浅金色头发的女孩，那个满脸雀斑的男孩，还有那些跟我们一样穿着诺南德医院蓝色病号服的所有孩子们。

我想到了科尼温特先生。

想到了詹森。

想到了丽萨和哈莉在地下室的时候，在一个护士的手下挣扎着，另一个护士则在旁边举着注射器的情景。

"加入。"我说，我的声音洪亮，不抖也不颤，"加入，我们加入。"

碰头的次数更加频繁了。很快，我们每天都要在照相馆里待一两个小时，有时候就在楼下，大多数的时间藏在阁楼上。开始的时候，我们总是早早出门，留出足够的时间让我们在艾米利亚回到公寓之前回家。但是艾米利亚很少准时回家，我们就渐渐胆大起来。下午晚些时候或者快到傍晚的时候去照相馆更好，因为那个时候其他成员都下班了，我们可以一起讨论。

既然我们决定执行那个计划，我们就得制定具体细节。我们讨论了可能用到的炸药，比较了炸药所需的成分、构造和用量。我们对比了液态炸药和固体炸药的优劣，放弃了需要太多空间的炸药。毕竟，我们的炸药要运到别处，而我们只有塞宾娜有一辆车。

塞宾娜记了一堆的笔记：化学物品及其他相关物品清单，包括到哪些地方去找这些东西。我每天花好几小时来读书，试图听懂塞宾娜和赖安讨论怎么把不同的炸药装箱，赖安怎么把这些都绑定在一个定时器上，好确保炸弹在我们需要的时间爆炸。他们反复考虑远程引爆，但是赖安有点不想弄，因为远程爆炸需要各种复杂的线连在一起。

有时候，看到塞宾娜和赖安待在一起，听着他们讨论，却不太懂得他们到底在说什么，我觉得很窘迫。赖安这时候比任何时候都显得生气勃勃，他不再压抑，不再犹豫，也不再羞怯。好像除了他的书、笔记和图表——当然，还有塞宾娜，这个和他自由翱翔在同一领域的人——世上再无其他。他俩好像有一半时间是在用密码交谈似的。

艾迪和我越来越觉得力不从心。一直以来，我们也被列入聪明人的行列，水平高于普通人。我们在私立学校上学，考试成绩还不错，总能拿到奖学金，作业对我们来说也不难。这就是比别人多一个灵魂的好处吧。不过，放学后，除了老师要求的，我们根本不继续往深里学化学，而现在的这些，远远超出我们那入门级的水平了。

塞宾娜连初中都没有正式上完过，更别说上高中了。彼得救下她和克里斯托弗的时候，艾米利亚和苏菲还没有加入地下组织呢，当时没人给他们制造假身份。多年来，他们就像活在这个社会的幽灵，没有身份，遮遮掩掩。但是，塞宾娜却一直坚持看书，大量地看书。而且，跟戴文说的一样，她长大一些以后，就开始潜入大学城里到处听讲座，吸收一切她能接触的知识。

"液态氧和煤油。"有天下午，塞宾娜说道。科迪莉亚当时还在楼下，照相馆要一小时之后才关门。不过，其他人都围在阁楼里，埋头于各种书籍和塞宾娜的笔记当中。阁楼里温暖潮湿，让我昏昏欲睡，可是塞宾娜的话却让我又打起了精神。

"液态氧……"艾迪重复了一遍塞宾娜的话，"我们在她的笔记里看到过那个。"

杰克逊轻轻吹了一声口哨说："那不就是——"

"没错，就是和火箭燃料有点类似的东西。"塞宾娜背靠着沙发说道。塞宾娜和赖安两人都沉浸于研究和策划工作当中，不过塞宾娜白天还有繁重的工作。和策划兰开斯特广场事件比起来，这事似乎要耗神多了。虽然表面看起来她还和过去一样沉稳，不过她有时难免显得心力交瘁。"我们用量不多，不过需要找到人供货。还得找个保温瓶来装液态氧——"

"先别想保温瓶的事了。"杰克逊想把塞宾娜书上写的那一页翻过去，可是塞宾娜将他的手拂了开去，"我们到哪里去弄液态氧啊！"

塞宾娜却用强有力的声音解释说："从市区的医院里去弄。"

"你想去偷？"艾迪问，"从医院偷？"

"她好像就是这个意思。"杰克逊笑着说道，不过好像只有他一个人觉得这事好笑。克里斯托弗眼望着天花板，而赖安则翻看着塞宾娜的笔记。

"那些人把液态氧装在罐子里放在后院存着。在——之前，你知道的，它就会转成气态。"她在脸上比了比氧气罩的样子，"我昨天到市区，去看了看那些罐子，要是我们从合适的角度进去，就能躲过摄像头，那里没有保安，反正我在的时候没有看到。"她勉强笑了笑，"我们只要跳过氧气管旁边的围墙，打开泄压阀就够了。或者我们就弄一整罐，有些罐子并不大。"

我迟疑了。到医院去偷……

这让我想起了我们的弟弟，想起了他是多么需要医院里提供的那些东西。

"艾迪？"杰克逊在等着艾迪抬起我们的头。他的笑容不见了，但是声音更温柔了："我们不要多拿。"他看着塞宾娜，好像是为了让她保证。塞宾娜点了点头。

"就一罐。他们有好几十罐呢，而且也不像是他们再没法弄到别的了。"

艾迪耸了耸肩，目光看向别处，说："我只是觉得有点怪怪的，到医院去偷。"

"算了吧。"杰克逊绕着沙发向我和艾迪走了过来，"你们以前又不是没做过。"

艾迪有点迷惑地皱了皱眉。塞宾娜眼珠子转了转，挤出一个笑容说："他说的是你俩。"

艾迪还是没明白怎么回事，这心思肯定很明显地表现在我们的脸上，因为杰克逊笑出了声。

"你们是双生人，艾迪。从法律上来说，你们俩应该是医院的财产，可是你俩却逃跑了……"他笑了笑，"嗯，这么说来，是不是就是你们俩把自己从医院里偷了出来？"

克里斯托弗闷哼了一声："杰克逊，就你和你的那些暗喻吧……"

"我觉得那根本算不上暗喻。"塞宾娜笑着说道。

不过，从某种角度来说，杰克逊说的没错。

有了具体的规划，很多事情立刻就不一样了。我们本来可能得就各种炸药不停地讨论下去，也可能得就炸药许可证的事一直跟杰克逊和文森开开玩笑，可眼下，我们已经有了具体规划，炸掉波瓦特研究所这事马上就现实多了。

看样子，我们真的要这么做了。艾迪说。

她这句话既不是提问，但也远不仅仅是陈述事实。我们看向赖安，他和塞宾娜正相谈甚欢。他有没有问过自己，我们这样做对不对？他有没有怀疑过？而戴文又是什么态度？他可不是会轻易改变态度的人，他们俩是不是也经常争论呢？看起来好像没有，因为赖安表现得非常专注，非常确定。

也许他们只是牢记我们这么做的理由，牢记那些我们要去救的人，牢记我们想要传达的信息。做这件事，就是为了打击一下政府的气焰。也许是因为他一直将杰米对那个已经逝去的灵魂说心里话的一幕铭记于心；也许是因为他忘不了杰米头上的那道伤疤；也许他只是想起了他的妹妹们，我们差点失去了其中的一个，甚至是她们两个。

真的要做了。我说。

"你们很安静。"杰克逊说道。

艾迪耸了耸肩："我觉得我没有什么好主意。"

"不是人人都能成为天才的。"杰克逊的头朝塞宾娜和赖安那边斜了斜，他们正沉浸在彼此的对话里，根本无暇顾及我们在说些什么，"不过也别把你自己算在外。"

我们的胃一阵痉挛，但是还是感到有一丝笑容闪过，像鬼魂一样一飘即逝。没有人觉察到这个笑容，除了我，因为艾迪的嘴也是我的嘴。

"我不会的。"艾迪回答道。

我们在阁楼上的时候，赖安总是那个主控身体的人，我都有点怀疑，戴文是不是都懒得出现，或者他干脆就潜隐了，让赖安全权处理一切。自打第一次他质疑过塞宾娜的计划之后，他就再没有发表过意见，但是他也没有费心去装模作样，显得他在参与此事。

当戴文真的出现之后，别人都抢着和他说话。因为我开玩笑提到戴文喜欢撬锁，塞宾娜甚至还真找来了一把万能锁。塞宾娜解释万能锁的工作原理的时候，戴文表现出满怀兴趣的样子，也似乎很快就掌握了要领。但是他对其他的讨论并没有表现出更多的热心。

　　说实话，我没有多想这件事。为了赶上赖安和塞宾娜，我已经够忙的了。

　　于是，有天晚上，戴文出现在我们的卧室门口。肯定是艾米利亚放他进来的。我正在专心致志地看塞宾娜的笔记，这可是我好不容易说服塞宾娜才借来的，所以根本没有注意到他就站在我们的门口。

　　"你把塞宾娜的笔记带回家来了？"他说，"看样子你比她还要来劲了。"

　　迎接他的注视让人有点难以承受，我试着笑了笑，说："我就看看，也没有别的事可做。"

　　"那艾迪呢？"他问。我皱了皱眉。他还那样注视着我，而我也再没有逃避。"她也没有别的事要做？还是她已经改变主意了？"

　　他的声音一直波澜不惊的，说到最后一句时声调却变了。直到这时，我才发觉他不仅仅是在指责我。不管怎么说，我算是被激怒了："艾迪——"

　　艾迪马上挤开我，控制了我们的身体："我有权利改变想法吧。"

　　看到艾迪掌控，戴文只是缓缓眨了眨眼睛，同时眉毛轻轻地往上扬了扬。"那，是什么，"他问道，"让你改变了想法？"

　　艾迪掌控身体之后，我就可以全心全意关注戴文了，这个和赖安共用双眼、双手和嘴巴的人。此时此刻，赖安在想什么呢？

　　我们的目光越过戴文的肩膀看向某处，嘴唇紧抿。起初，我以为艾迪肯定不会回答戴文的提问，最终，却听她说道：

拯救波瓦特

"我意识到，我们在诺南德医院经历的一切，比起别人经历过的一切而言，已经像是蜜糖一样甜了。"

戴文没有作声。

艾迪长叹一声说："杰克逊给我们讲，他在那种研究所待了三年。……而且知道去阁楼上的那些人，每一个都有比我们悲惨十倍的经历之后，我——嗯——我就觉得，要是我们能做点什么，让别的孩子不要去经历那样的惨境，我们就应该去做。"

"这么说，是那些悲惨的故事，"戴文说，"让你改变了想法。"

艾迪皱了皱眉，合上了塞宾娜的笔记本，站起身来："要是你想因为这些而贬低我的想法，那我就这么说吧，没错，就是那些悲惨的故事，就是它们，改变了我的想法，就是别人那些悲惨的故事。"

"人人都有悲惨的故事。"戴文的声音像不可撼动的顽石，"人人都因为这些故事，觉得自己又特别又可怜。"

"你说这话什么意思？"

他耸了耸肩。

"你可以回到阁楼加入我们。"艾迪说，双手紧握着塞宾娜的笔记本，像是要将它嵌入我们的肉中，"你本来可以拒绝的。是你说你们要加入的。"

"是你们说要去的。"此时戴文脸上的表情，是他经常会给其他人摆出来的那副神色——你真笨，不过我会说慢点，好让你能理解。艾迪转了转眼珠子。"你觉得，要是你们加入了，赖安会让我们落后？"他犹豫了一下才说道。我们以前见过戴文犹豫吗？他总是要么说出来，要么不吭声，但他从不优柔寡

拯救波瓦特

断。"赖安喜欢伊娃，这就说明他很关心你们，这就是让你和伊娃……"

"让我和伊娃怎样?"

"让你和伊娃成了我们中的一员。"

"我们?"

戴文显得没有那么优柔了，他又变回了那个安静、沉稳而又自信的戴文。他点了点头。

"哈莉，"他说，"和丽萨。"

"哦。"艾迪说。

"我们互相照料。"他目光灼灼，充满着果敢，看着我们，"不论发生了什么事。"

艾迪点了点头。某种情愫在他们之间传递。我不太懂得。戴文再不多言，转身朝门厅走去。

"等等!"我喊道。艾迪很不情愿地让我掌控了身体，于是我又大声喊了一句："等等!"

戴文反身回来。

"我能……我想和赖安说句话。"

戴文皱了皱眉。有那么一会儿，我觉得自己可能惹恼了戴文。要是别人对我说"一边去吧，我想和艾迪说话，不是你"，我会不会恼怒呢?

很有可能。

肯定会的。

"对不起。"我开口说道，但是戴文没有给我这个机会。

"赖安不在。"戴文说。

我惊得立刻合拢了嘴巴，上下牙磕得咯咯作响。知道赖安暂时不在，本也不该这么吃惊吧。我自己也消失过，也在戴文不在的时候和赖安单独相处过。不过，看着这双熟悉的眼睛，这张熟悉的脸，知道却不是赖安回望着我……

我以为戴文会转身就走，没想到他却在门口逗留了一会儿。

"听着。"他说，"人人都会编故事，人人都有所图。不要相信所有的人。"

"那我们可以相信谁?"我问。

他探究似的看着我，然后静静地说道："我不知道。"

这次，他真的走了，头都没回。

162

拯救波瓦特

21

当我最终小心翼翼地从卧室走出的时候，艾米利亚和妮娜正挤在沙发上看电视，艾米利亚胳膊环抱在妮娜的肩上，两人对着电视节目哈哈大笑。我刚倒了一杯果汁，艾迪突然说道：伊娃，我潜隐了。就这样倏地不见了。

留下我站在厨房中间，手里一杯果汁，停在送往嘴边的半路上，双脚踩在冰冷的瓷砖上。

妮娜喊了一声："能帮我倒一杯吗？"

我把自己那杯给了她，因为我突然不想喝了。不知为什么，艾迪在我不想她离开的时候突然消失，让我觉得前所未有的怔忡。

"过来跟我们一起看电视吧？"艾米利亚问道。我摇了摇头。

电视节目结束之后，过了很久，外面传来敲门声。妮娜正在冲澡。我正在屋子里四处走动，刚走出门，就听见艾米利亚在说："噢，嗨，丽萨，你好。"

"你好。"丽萨的声音比耳语大不了多少，看到我出现在门厅之前，她一直都没有再说话。她手里抱着一堆衣服和一条

拯救波瓦特

毛巾，肩上挂着一个牛仔包。"我来看看……"她说着，乌黑的眼珠在我和艾米利亚脸上来回巡视，"我能不能在这里过夜。"

我没有作声。自从丽萨和哈莉拒绝回到小阁楼之后，我就没怎么见过她们。我想她们可能把自己悄悄地藏在亨利的公寓里埋头看书，或者像她们过去常做的那样，看着窗外发呆。

"当然可以，丽萨。"艾米利亚说道，"你想睡哪里就睡哪里。"

艾米利亚没有睡袋，双人床太小了，两个人睡不下，所以丽萨和我打算把毯子铺到客厅里。妮娜当然也想加入我们。我们还在搬茶几腾地方的时候，她就抓起她的毯子宣布沙发晚上归她了。

我们有点尴尬地搬着东西，谁也不看谁。

艾米利亚明天还要上班，先睡觉去了。我们几个开着电视看到半夜，声音小得几乎听不见。最终，妮娜昏昏睡去。我和丽萨又看了一会儿，但是很快，各个台都开始播专题广告了，我关了电视，客厅里一片黑暗沉寂。艾迪还是没有回来，她所在的那个本该温暖的位置也是一片黑暗沉寂。

丽萨蜷起身子躺在离我远点的地方，因为这样，我还以为她也睡着了。但是，过了一会儿，我听到一个小小的声音喊道："伊娃?"

"嗯?"我小声应道。

她转过身来面对着我。她没有戴眼镜，脸上看起来和平时不一样——显得很脆弱。我做好准备迎接各种问题——"你们和那些人在干什么?""你们为什么要做这件事?""为什么不跟我说话?""为什么要撇下我孤零零的一个人?"

可她问的问题和这些事一点关系都没有。

"你难道不想知道为什么我们是这样的吗？为什么会有双生人？为什么有的人是双生人，有的人却不是？"

丽萨的目光探究着我的目光。我点了点头。我当然想知道。我怎么能不想知道！

"那你是怎么想的呢？"

很自然的，接下来，她应该会问这个问题。但是她并没有问，我也同样没有问。我觉得这个问题太私密了，所有的双生人肯定都想知道为什么他们会一生下来就面临这样的命运。在我还是个孩子的时候，就经常一个人在操场上独自思量这个问题。丽萨一直被圈在家里，上小学二年级的时候才开始出门，她成天只跟她的父母哥哥们打交道。这种状况，到底使她比别人更晚意识到这个问题，还是比别人更早意识到这个问题呢？

"一直以来就是这样的吧，"丽萨自言自语道，"人类诞生那天起就这样了吧。我……我觉得这应该也没什么大不了的吧？"她换成仰面朝天的姿势躺着，长发压在身下，"我和哈莉还特别小的时候，父亲经常给我们讲故事。他肯定没想到我们记得那些故事，但是我们真的记得的。"

"什么样的故事？"

"传奇故事。"丽萨说道，"关于世界是怎么来的，双生人是怎么来的。爸爸的奶奶去世之前给他讲过这些故事，他就把这些故事翻译成英语，因为他奶奶不会说英语。一些故事是关于至古者①的，一些是关于梵天②的，还有些别的故事。小时候

拯救波瓦特

---

① 原文为 Prusha，指婆罗门教的至古者，原 Adi Prusha。——译者注
② 原文为 Brahma，梵文。印度教中，梵天是印度教三大主神之一，负责创造宇宙。——译者注

他给我们讲得特多。我们总是求他再多讲一些。"她把一缕头发缠到手指上，接着说，"那是在我们假装'解决'了之前的事。可自那以后，他就再也没有给我们讲过这些故事。"

我从来没有听到过这样的故事，不过有人给我们讲了些别的故事。我们从学校学到了古代人的一些观念——上帝把所有的人都造成了双生人，这样大家就不必忍受孤孤单单的痛苦。后来，有个人犯下了不可饶恕的罪行，作为惩罚，天神们就把他的第二颗灵魂拉了出来。他被社会所抛弃，孤苦伶仃。

最终，人们出于同情，让他回到了社会，并允许他作为二等公民，靠着做苦力活下来。他只能做苦力，因为谁会把一些精细的活交给一个只有一颗灵魂、一个思维系统的人呢？

我和艾迪第一次听到这个故事是在三年级的时候，那时我们是班上唯一的双生人。

"这是个多么残忍的故事啊。"老师说，"双生人对待我们的祖先比这更残忍，他们编出这样的故事来为他们的残忍找借口。你们知道祖先是什么意思吗？"

那天放学的时候，我们一直站在门口，等着老师来关注我们。我们和她一直相处愉快。那时我们八岁，还没有"解决"。我们不同寻常，但绝非卑贱下流。她当时比我们的同学们对我们好多了。

"他娶了谁？"我问道。

她满脸疑惑地看了我一眼："谁？"

"那个不是双生人的人。他肯定跟什么人结了婚，有了孩子，不然也不会有更多的单灵人了。"

"艾迪。"她唤道，那时人人都叫我们艾迪，因为大部分时间都是艾迪在掌控身体，我也没有费力气去纠正她，"这不过是个故事，他没娶什么人，他根本不存在。那些双生人编造了这么个人，是为了他们在虐待那些单灵人的时候，心里觉得更好受一点。你懂了吗？”

“懂了。”我回答道。尽管我其实并不懂。要是他们的故事没有什么意义，那双生人又怎么能够心里更好受一点呢？

“你怎么会觉得塞宾娜的计划是个好主意呢，伊娃？”丽萨的问话将我拉回了现实。她的态度似乎没有哈莉那么极端，所以我应该谢天谢地的。但是她话里那一丝不易觉察的失望，让我觉得胃部绞痛，负疚感像铁球一样压在我心里。我想要艾迪回来，我不想一个人面对丽萨的这些问题。

“不过是一些楼房罢了。”我说，“想想这会给政府多大的打击啊。”

“给政府一个打击？”她腾地用胳膊肘支起了身子，眼睛一眨不眨盯着我，“算了吧，伊娃。这不是你想出来的，不像是你说的话。”

事实上，这是文森说的。不过我还是默不作声。

“你和赖安谈过吗？”我问。

她叹了一口气，又重新躺下：“谈过，不过，他可是赖安。给他一个计划，让他感觉有人需要他，他就开始行动了。他不会听我们的话的，我们想你会听我们的话。”

“炸药——”

“是炸弹，伊娃。”丽萨说道，眼睛眯了眯，“那是炸弹。”

“炸弹。”这个词在我们的舌尖变得沉重苦涩。就像艾迪和我小时候，我们说起“解决”这个词时的感觉一样。那时我们觉得困惑，总将这个词和做错事联系在一起，跟我们自身不对劲儿的地方联系在一起。

我已经完全忘记了我到底要说什么了，"炸弹"这个词充斥着我的大脑，把别的一切都挤到旁边去了。

"也许你该跟彼得说说这事。"丽萨柔声说道。

"彼得？"我说，"彼得想把我们送走，你觉得——"

"什么？"

声音响彻了整个房间。我们俩同时看了看妮娜，不过，要是她真的醒了，她装得也够好的了。我还是等了一会儿才回答，我需要调整一下我的呼吸，"赖安没有告诉你吗？"

"告诉我什么？"丽萨想要说小声点，但是她的音量却不知不觉在提高，"彼得想把我们送到哪儿去？他给你说过？什么时候？"

"我不知道。不久前。他说——"我的手攥着拳头放在额头上，"还没有确定。我以为赖安和戴文告诉你了。不过，丽萨，我们最不该找的人就是他了，知道吗？"

丽萨的脸上闪过一百个问题。一个接一个，她颤抖着吸了一口气，控制住自己没有问。

"那告诉亨利，或者艾米利亚？"她满脸恳求，"伊娃，可以由我去告诉他们。"

她并不是在征求我的同意。她可以告诉任何人——我阻止不了她。不过，她还是想获得认同，想在一切都已经分崩离析时，还能获得我的支持。文森肯定会暴跳如雷。他们都会暴跳如雷。天知道克里斯托弗会干出什么事来。

"赖安肯定会恨死我的。"丽萨说。也许我本来应该对她说："不，他不会恨你的。肯定不会的。"但我却没有这样说，因为悬在我俩之间的问题其实是："你会恨我吗？"

我没有回答。我只是说："别这么做，行吗？"

她没有叹气，几乎没有什么反应。但我看到她的目光黯淡下来。

"求你了。"我坐起身来，把毯子拽过来盖上，感受着它在我的手指下皱成一团，"你告诉艾米利亚或者亨利，他们马上就会去告诉彼得。"我迟疑着伸出手去够丽萨的胳膊，"谁也别告诉，就……就相信我，好吗？"

"我是真的相信你，只是——"

"不会有事的。"我说，我觉得嘴巴干涩，话很难说出口，"我会想办法不要出事。"

"怎么做到？"丽萨问道。

"我不知道。给我，给我一点时间，好吗？我保证，我会想到办法的。"

良久，丽萨才开口回应。在黑暗中，我们的身体似乎隔着十万八千里。

"好吧。"她说。我真的很讨厌她脸上那种不自在的样子。我明白那是什么意思，但是我别无选择。她不能对任何人说起这事，就是不能说。

丽萨叹了口气，仰面躺下。我看着她眼睛一直盯着天花板上的换气扇，一直到后来她的眼皮渐渐合上，呼吸渐渐变轻。我又独自坐了几小时，思绪在黑暗中纠结。

我一边沉浸在自己的思想里，一边等待艾迪的归来。

没等到她回来，我就睡着了。

22

接下来的两周，时间过得飞快。塞宾娜觉得我们在真正动手之前，要先检验、测试一下。因此，赖安做了两个容器，其中有一个比另一个小得多。他们俩一起计算着，要多少柴油，多少液态氧，容器做成什么形状。

赖安每天在阁楼里度过一小时又一小时，在那里查看书籍，摆弄他的设计。科迪莉亚或者塞宾娜偶尔会上去，但是她们还有生意要做。其他人都在下午过来。大多数时候，上面只有我和赖安。真的是我和赖安的二人世界。

艾迪非常热衷于练习我们到底可以潜隐多长时间，潜隐究竟是怎样的感觉。这样一来，我俩分开相处的次数越来越多了。

两小时。艾迪会告诉我。轮到我潜隐的时候，我就会牢牢记住她说的数字。潜隐并不容易，只有完全放松才能够做得到。脑子里想着"两小时以后回来"去潜隐，就像手抓着一个救生圈潜水一样。

但是，慢慢地，我们一点一点地做到了。十分钟，二十分钟，一小时，三小时。我通常早饭后潜隐，醒来的时候就饿得想马上吃午饭。有时，潜隐的时候还穿着睡衣在卧室，醒来时却到了户外，穿着我不记得自己曾经穿过的衣服。

一开始，艾迪和我在另一个人潜隐的时候会接手对方做的一切事务，但很快我们就不这样做了。有些事并不重要，尤其是别人现在都能分出我和艾迪了，也不指望从我们某个人那里去了解另一个人在干什么。

我们俩平生第一次有了一丁点的隐私。我终于可以和赖安单独待在一起，不必在心里考虑艾迪的情绪了。喉咙里也不再有她不情不愿的味道。

你会不会觉得有点怪怪的？有一次我问她。我本来不想问，却不得不问，因为你不知道我们趁你不在的时候都干了些什么。

虽然过了良久，但最终她还是回答了我：这也是你的身体，我相信你，伊娃。我相信你会把我应该知道的告诉我。

要继续这样做，我们就应该彼此信任。我们的人生经历并没有让我们料到会发生这样的事，也没有人教过我们该如何应对。

几个月前，在我们刚到安绰特的那个晚上，我和赖安接吻了，我们在彼得公寓的过道里跟跟跄跄地拥抱。当然，关于初吻，可说的有很多。可后来的那些吻，能说的可就更多了。起初，我们接吻总是显得很仓促——有种神神秘秘、偷偷摸摸的感觉。后来就知道要从从容容、温柔似水，就知道不需要赶时间了。我们隐身在挂了一圈彩灯的一个阁楼里，这个阁楼就是我们的整个世界。

我对赖安说了我们在城里的那座旧公寓；说了我们从火灾里逃出来后那个像避难所一样的展厅；说了虽然我的名字也在

拯救波瓦特

花名册上，但学校的老师只叫艾迪的名字，因为要不然教室里就很难再安静下来了。

有天早上，艾迪问我：伊娃，你跟他无话不谈？

她问我的时候没有说这个人的名字，也没有任何解释，我过了一会儿才意识到她说的是谁。

我们只是说说话而已。我说。

当时我们正在吃早饭，她好一会儿没有吭声。好吧，伊娃，我没有让你不要说，但是也请你记得，那也是我的故事。

从那以后，我真的记住了这一点。

两周过去了，三周过去了，十月份就要到来。在我们的家乡鲁普赛德，这时树叶正在改变颜色，变得像一片片的琥珀一样，从树上飘落下来。而我们现在从公寓去照相馆的一路上，一棵树都看不到。但是，各式各样的节日装饰出现在了店面的橱窗上：小巧的南瓜，黑色的女巫帽，满脸惊吓表情的猫咪。

阁楼的斜墙将我们和外界隔离，我们没有必要去在意时间。

起先，赖安的想法还只是一些写在纸上的东西——文字和图表。有一天，我看见他盯着自己的笔记自顾自无声地笑着。

"什么呀？"我凑过去，想要看他写的东西。

他抬起头，我伸手过去，揉了揉他的头发。他说："我得要找些工具和材料了。可能还得找个焊工。我到哪儿去找焊工呢，伊娃？"

我的手僵住了，盯着他一直看，直到突然觉得这样很荒谬，我才又笑了。我这辈子从来没有笑得这么多，我现在能笑就笑，还能细细地品味着笑的滋味。

"问杰克逊吧。"我咯咯笑着说，"说不准他认识什么人，有一些很有用的工具，这人刚好还欠他一个人情。"

杰克逊果然认识这样的人。艾迪对半夜溜出去这事很是犹豫，我们没有必要半夜出去。可是，要是赖安要去冒着被抓的风险，我就愿意和他一起冒险。最终艾迪也只好改变主意了。

我们不顾宵禁，半夜三更待在市里一个车库里，车库里到处都是工具。杰克逊承认说，从技术要求来讲，我们没有使用那些工具的许可证。所以，我们就加把劲儿干活吧。有一次，我从半明半暗的车库醒来，听到赖安在后院干活，杰克逊正在笑着，我——也就是艾迪——也在笑着。她知道我回来了以后，就收敛了一点，不过，笑容并没有从她的脸上消失。

有两次，我们在就要离开的时候差点被抓住了，但两次我们都安全逃脱了，我们满怀胜利的感觉，高兴得几乎喘不上气来。

第二天早上，我爬上阁楼的楼梯，嘴里还打着哈欠，赖安转过身来看着。我还没来得及说话，就听他说道："我想我们已经弄完了。"

阁楼里这样的气氛已经有好一会儿了。压抑，紧张。文森坐在绿色的沙发上，塞宾娜就在他的旁边。克里斯托弗和科迪莉亚占据了另一张沙发。赖安站在那里，他刚刚解释完地毯中央立着的那个精巧的装置的工作原理。我和艾迪靠在墙上。

"这个东西就能完成任务。"赖安对着默不作声的一群人说道。

"我不怀疑。"文森说。两人脸上露出紧张却真诚的笑容。

"我们下周测试。"塞宾娜说，"我们开车去弗兰德米尔。那边有很多的荒地。明晚我们就能弄到液态氧，天黑之后，宵禁之前。不能所有的人都去。"

"我和你一起去。"文森说。塞宾娜点了点头。

"我也去。"我话一出口，满屋子的人都吓了一跳，大家都默不作声，我不知道我该感到荣幸，还是该感到屈辱。

伊娃。艾迪小声说道，我觉得这个主意不好，要是被抓到了……

我们不会被抓的。我说。我一直很顽固，但是我自己也没办法，尤其是看到我表明态度之后，大家的表情，我得给自己找个台阶下。塞宾娜一开始请我来不就是为了这个吗？不就是为了要我帮忙吗？对吧？

"要是我们在午夜之前去，艾米利亚可能都还没睡着呢。"塞宾娜说。

我耸了耸肩说："我会说我们去亨利那里待一会儿。我们去车库干活都没事，她从来不查看的。"

这确实是一场冒险。不过，说实话，我并不特别担心艾米利亚或者苏菲发现我们出门的事。她们经常沉浸在自己的世界里，觉得我们根本就不会有溜出去的想法。

赖安看了我一眼："要是四个人不嫌多的话……"

"够多了。"塞宾娜说，"我们只需要两个人抬罐子，一个人放哨。"

"但是，两个人放哨不比一个人放哨更好吗？"赖安说道。

塞宾娜嘴角撇出了一丝笑容，但很快就忍住了。她犹豫着，深吸了一口气，说："要是我们被抓了，对你最为不利。"

他耸了耸肩说："那是大晚上，我不会比你们这些人更引起别人注意的。"

但这只适用于我们没有被人看到的时候。不过，塞宾娜没有再继续争论下去，她点了点头说："那明晚见。要是时间不合适，我们就星期五再去。"

就这样，一连串新的计划又出炉了。

23

波点图案的桌布上摆着一个蛋糕

上面盖着白色的奶油

和薄薄的草莓片

五根蜡烛，燃烧着

五根蜡烛

两口气

吹出去，蜡烛灭了

艾迪旧的黑色草图本

书脊散落

纸张掉落下来

上面满是颜料和褶皱

画着我们的毛绒动物

画着莱尔，画着纳撒尼尔

画着妈妈在沙发上打盹

头发贴在脸上

当艾迪的美术老师问她："这幅画叫什么名字?"

"疲惫。"艾迪说。

笑声。

海滩，阳光，波涛

坐跷跷板的感觉

绳子晃动的感觉

荡起来，悠下去，再荡起来

在门厅里搂着赖安跌倒的感觉

在那个早上

门帘严密地垂下

黑暗里

突然，他的唇——

和——

我醒过来了，感觉嘴里似乎有别人唇间的味道。

我醒过来了，感到什么人的胳膊搂在我的腰间。发现我不熟悉的手指插在我的头发里，觉察到了某个陌生人的体温。

我挣扎着离开，在半明半暗间踉跄。

伊娃，别喊——

我赶忙闭紧我——我们的——嘴唇，一阵压抑的喊声从我们的喉间发出。

"艾迪?"那个陌生人喊道。不过，他不是陌生人，而是杰克逊。杰克逊头发梳得溜光，他的手，他的嘴，触碰着我的身体。

伊娃，伊娃，冷静——

我挣扎着想喘口气，而杰克逊——杰克逊居然笑了。他拉了拉衬衫，将衬衫肩部整了整。天太黑了，看不清他脸上的表情，而我的脑子里乱哄哄的。

"伊娃?"他问，伸手来够我，我把他的手搡开。

"我，我这是在哪儿?"

他又笑了。不过，我已经清醒过来，完全听出了他的笑声是多么的勉强。"欢迎来到我的房间。没来得及开灯，你懂的。"他背靠着墙，说话的时候，怀里还抱着我——我们，直到他伸手去够着对面墙上的开关。强光扫来，我们忍不住眯了眯眼睛。

杰克逊的房间很小，有点乱，房间的色调是绿色和咖色。我只能看到这些了，因为我的视线都集中在面前的男孩身上了。他正移动着脚步，眼睛却一眨也不眨地盯着我们，小心翼翼地和我们保持着距离。

让我来！艾迪说着，伊娃，让我来控制身体。马上。

她争夺着。也许我该让给她，可我不能，我浑身上下都在反对。我们的胳膊紧紧抱住我们的身体。他停在灯的开关处，看起来越来越不自在。

"艾迪告诉我，你们俩练习潜隐的次数越来越多了。"他期期艾艾地对我说着，"很显然，你还没有学会好好把控时间。你会掌握的，人人都会经历一个过渡期。有一次，卡蒂醒来的时候，正赶上科迪莉亚——"

"别说了！"我喊道，嗓音有点沙哑。他没有继续说下去。我终于设法将目光从他的身上移开，往门的方向看去。

"伊娃！"

"我要走了。"我说。

177

拯救波瓦特

"好吧，好吧。"杰克逊犹豫了一下，似乎欲言又止，最终还是什么也没有说，而是用手指着门的方向，就像生怕我找不到门一样。

伊娃！艾迪再次和我扭打着争取控制身体，用力特别大，我才走到半路就停了下来，艾迪大声尖叫着喊道：伊娃，让开！

不让。我说，不让，就不——

我挤开她，连想都没有多想一下——我没法多想。我只想着我必须离开这里，必须离开这个房间，离开这间公寓，离开这个男孩。

我们的腿又开始迈步，我头也没回，而杰克逊也再没有开口说话。从他房间的门到大楼走廊，一路都显得暧昧不清。

伊娃。艾迪喊道。她的嘴里还从来没有这么尖酸地叫过我的名字，你到底发什么疯？

我发什么疯？我的嗓音高亢尖厉，对不起，是我误解了目前的状况吗？

我们在亲吻。艾迪说。我退了一步。你知道的，就是互相喜欢的人用嘴做的那件事。

互相喜欢的人——

这种事，据我所知，你和赖安也不是没有做过。

可你根本不喜欢他。我喊道。

她的话突然变得冷冰冰的：你怎么知道，伊娃。

我结结巴巴地说：因为，要是你喜欢他，我会知道的。我，我就是知道。

艾迪那么多的情绪我都能感受得到，难道不是吗？我知道她什么时候生气了，什么时候伤心了，什么时候高兴了，什么时候垂头丧气，什么时候又惊又怕。要是她爱杰克逊，或者哪怕只是特别喜欢他，我也能感受到。而她并不爱他。

她并不爱他！

艾迪笑了。没错，因为你太关注我喜欢谁，我喜欢什么了，伊娃。

我——

就好像你也不是没有过分关注你自己到底想要什么一样。这回轮到她的声音尖厉起来。她就在我旁边，如此贴近，如此尖锐，如此强势，我根本不敢靠近她。你想要赖安爱你。你想要，想要塞宾娜、科迪莉亚、克里斯托弗他们认为你非常优秀。你只专心获取自己想要的东西——她浑身都在颤抖，你知道吗，我都忍了。因为我心里不好受。可是，我怎么办，伊娃？你总想要你的自由，那我的自由呢？

你也有你的自由啊！我争辩着说。

无论如何，我总算走到了大街上。我几乎记不得自己是怎么走出来的了。正值傍晚，外面暖洋洋的，天黑得很快，汽车从身旁呼啸而过。我在哪儿？对了，在杰克逊的公寓。那杰克逊的公寓又在何处？

我也有我的自由？艾迪说道，刚才在那个地方发生的一切，可并没有让我觉得我有什么自由可言。

最后一刻，我伸手去够她，想要抓住她。

但是，她躲开了。伸手抓空的感觉像铡刀落下，锋利，突兀，痛彻心扉。

我独自一人跌跌撞撞地走在一条人行道上，走在陌生的街道上，前面是一栋大楼，我不记得自己曾经走进过那里。我突然觉得这座城市变得无比空虚、空旷，而且充满敌意。

24

我只有问路才能回到家了。我是绝不会回到杰克逊那里去的。我用了好几分钟才鼓起勇气走向别人，又用了更长的时间才寻找到合适的话语去问路。

最终，我选了一个面色和善的中年妇女。我问路的声音沉稳得令人诧异。那人解释完了之后，我甚至还对她笑了笑。

等那人走出半个街区了，我才意识到自己其实一个字都没有听进去。

我又选了一个年轻男子。这次，我总算让自己认真地听人家的讲解。

回艾米利亚的公寓并没有花多长时间。我在一楼的楼道里踟蹰着。

艾迪。我轻声喊道。

自然，她并没有回应。她走了，进入了睡梦中。

她说的是不是事实呢？

我深吸了一口气。将我的——不，是我们的——手掌压在额头。我一直都忽视艾迪想要的东西吗？我没有！

有吗？

拯救波瓦特

也许有吧。

不过，她还是应该告诉我杰克逊的事。这也是我的身体，我有权知道。我必须知道，否则就不对，不是吗？这事太乱了，也太痛苦了，想不清楚。我还能感到一双无形的手放在我的身上，嘴里还留着杰克逊的味道，还感到——

前门突然打开，从我身后撞到了我，我大喊了起来。

"艾迪！"莱安纳医生喊道，惊诧取代了她平时身上散发出的尊贵，但也只持续了几秒，她就恢复正常了。她关上身后的门，问："怎么了？你在外面干什么？"

她的目光上下打量着我。我都不知道该隐藏什么，怎样隐藏。我想要使自己的脸显得柔和一点，可我做不到。

艾迪，艾迪，艾迪！

"过来。"莱安纳医生抓着我的胳膊就把我往楼梯上拽。我没有反抗。我口袋里装着艾米利亚家的钥匙，但是我还是让莱安纳医生去敲门。凯蒂瞪着圆圆的眼珠子来给我们开门。

"我刚才出去散步了。"莱安纳医生还没有来得及问，我就抢着说，"我在房子里待烦了，就出去了一下。什么事也没有。太阳没有爆炸。"

"光是出去一趟不会把你弄得浑身乱糟糟的。"莱安纳医生拉着我往餐桌旁走去，就像她在诺南德医院时牵着我走路一样。但是，我已经不是诺南德医院里那个穿着蓝色制服的小孩子了。那个小孩子会顺从地任由别人牵着，任由别人处置，任由别人恐吓，而她只能遵从。

我突然怒从心来。发火比迷惑、比惊吓、比负疚要容易多了。我让怒火充斥着我，占据着艾迪离开后留下的空白，挤走一切我不愿意去思考，也不愿意去感受的东西。

"我浑身乱糟糟，"我猛地发作了，"是因为我记不得自己的身体几小时前去过哪里，而我记不得，是因为我当时并不在场。现在，艾迪走了，我想她恨死我了。我不知道她什么时候回来，回来后我们又该怎么面对。你们跟一个在你脑子里的人吵过架吗？"

莱安纳医生没有作声，但很快，她就又开口说话了，虽然声音很高亢，可是话语却很温和："伊娃，告诉我怎么回事吧。"

可我不能说。

我转过身，朝门边跑去。我听到莱安纳医生在大声叫着我的名字，却将门砰的一声关在身后。我跑向楼梯，不是往上跑，而是往下，朝大街上跑去。往上跑，她就能堵住我，但是往下跑，我可就自由了，哪怕只能再自由那么几小时。

跑到最后一排台阶的时候，我的脚底滑了一下。我伸手去够扶梯，却一屁股跌坐在尾骨上。撞得很重，我差点喊出声来。后面的台阶，我是一路滚下去的，最后终于在楼梯口停了下来，浑身疼痛难忍。

"伊娃！"文森大喊了一声，他恰好进楼。只见他飞奔到我身边，问："你没事吧？"

我点了点头，将他伸过来扶我的手拨开。过去一直是艾迪讨厌别人碰自己，但此时此刻，那种接触到别人的皮肤，让人觉得恶心的感觉，却只有我才能够体会。

文森笑容满面的样子，这和我此时的感觉形成了鲜明的对照，我不由得瞪了瞪他。我似乎不能理解，为什么我们俩同处一个时空，却可以有完全不同的情绪。"我是来接你的。"他说，"成了。事情成了！"

"什么呀？什么事成了？"

他突然压低嗓音说："我们要去医院，去找液态氧。还记得吗？你说过你想去的。"

到医院去弄液态氧，去偷液态氧。

"赖安——"我说。

文森的笑容黯了下去，他再次伸出手来，这次我没有闪开。"你瞧，我知道他说过他想去，我想他也是想帮忙。但是对我们其他人来说都很危险的事情，对他而言就更危险了。想想吧，要是他被抓到了会怎么样，艾迪。"

我们后面的楼梯传来一阵脚步声，是高跟鞋的声音。有可能不是莱安纳医生，不过我不想留下来看是不是她了。

文森说得对，要是赖安被抓到了，事情会更糟。要是我们去了以后被抓，我一辈子都不会原谅自己让他身涉险境。尤其是在我本可以保证他的安全的情况下。

"准备好了吗？"文森的表情显得非常开心，眉毛高高地扬起。

别去。我心里有个声音说着，别去。打住吧，就打住吧。回到楼上去。

在我的身旁，属于艾迪的位置就像一个大大的黑洞。

我站直身子，想要不去理会背脊上的疼痛。

"准备好了。"我说。

25

文森和我轻而易举就融入了傍晚的人群。我和赖安走在大街上的时候，总是会引起人们的关注。人家总会看我们——有些人偷偷摸摸地看，有些人则毫无顾忌地看。不过，在这里最起码比在鲁普赛德的时候好多了。赖安对此总是视而不见，我也渐渐学会了他这一招。和文森走在一起，我们没有必要假装别人没有盯着我们看，因为真的没有人看。后来，我竟然可以停下来，查看莱安纳医生是否跟在我们后面。

"怎么了?"我发现文森在看我，就问。

文森一只肩膀耸了耸。他比我高太多，我和他站在一起总要伸长脖子，这让我觉得很尴尬。"听着，在我公寓里的那件事——"

我缩了缩身子，几乎停下脚步："当时你在家?"

"没，没，我当然没在家。不过后来杰克逊告诉我了。在他，在他找不见人之前。"他咧嘴笑了笑，"你那一声尖叫可能有点吓着他了。"

"我没有尖叫。"我将目光从他的身上移开，假装寻找别的兴趣目标。

拯救波瓦特

"喂，我只不过开了个玩笑。"文森说。我们在十字路口停下来等人行红绿灯，文森微微弯下身子，放低嗓音说道："不过，你应该没事，对吧？"

我迎向他的目光。他一反常态，显得格外严肃，我冲着他点了点头。

"很好。"红灯变绿，他一把抓住我的胳膊，有点没脸没皮地说，"那快点，我们去干点坏事吧。"

乔希在照相馆门口等我和文森。她的头发高高扎成了一条马尾，显得她那齐崭崭的刘海更加醒目。她身上穿着深色的夹克，深得发黑。她今天的样子比以前任何时候都要显得更加干练。

我希望今天控制局面的是塞宾娜。我渐渐意识到塞宾娜身上的那种自信意义重大。她从容的目光中流露着自信，她优雅的身姿展现着自信。这种自信感染着她周围的每个人，让人人都显得自信。

这里太阳下山的时间偏晚，而且拖得很长，即使在秋季里也是这样。不过，等到乔希把车停在本诺医院不远处的时候，黑暗已经笼罩了这座城市。

我们穿行在街道里。我们一边走着，乔希就一边指挥着："文森，我需要你跟我翻围墙，跟紧点。我们不能在摄像头里留下任何镜头。伊娃，站在那儿给我们把风。"

远处，医院的后院里，一圈高高的铁链围墙的后面，氧气罐的黑影若隐若现。有一个大圆筒，直径有两英尺那么大，长度差不多四英尺，还有几个小罐子，只有齐腰高。围墙后还有一排东西，我猜那是最小的氧气罐。很幸运的是，那个

拯救波瓦特

区没有亮灯。

"我很清楚摄像头的盲区在哪儿。不过，我们得防着我们中间万一有人进了监控区……"她说着从包里掏出来三个面具。是潜水用的那种面具，眼睛和嘴的部位挖出几个小孔，就像电影里面犯罪分子戴的那种。笑声从我的喉咙深处传来，带着病态的甜美。

"你没搞错吧?"我笑着说道。

"这样最起码他们看不到我们的脸。"乔希扔了张面具给我，随手将自己的面具戴上，"走吧。"

织物贴在脸上，弄得我的皮肤热热的，痒痒的。我做着鬼脸，拽扯着面具，想让自己感觉舒服一点。脸上罩着面具的文森和乔希变成了两个奇怪的黑影。我是什么样子，是像他们一样显得居心叵测，凶狠险恶? 还是也只不过是个戴了潜水面具的蠢丫头?

离围墙还有十几码的时候，乔希示意我不要动。她把一支袖珍手电筒塞到我手里，说:"你在这儿待着，有什么风吹草动，就朝我们这边照过来。"

我点点头接过手电筒。

氧气罐周围的围墙很高，但是文森和乔希把脚塞到铁链缝里，很轻松地就爬过去了。铁链在他们的脚下发出叮叮当当的响声。我屏住呼吸，看到乔希翻身跳下，文森紧跟在她身后。走近那排小氧气罐的时候，文森打开手电筒，用手指遮着光亮。

整个后院除了我们空无一人。周围除了一条光秃秃、黑沉沉的人行道，没有任何停车的地方。

要是艾迪这时候返回来，她会怎么想?

拯救波瓦特

不，我不能想艾迪，三心二意的后果我承担不起。

乔希取下一个氧气罐，想将它滚动到别处。文森走过去帮她。罐子滚到一半的时候，文森突然失手将手电"啪"的一声掉到地上。手电在地上滚动着，黄色的光晕一圈一圈荡漾开来。

乔希骂了句脏话，就追着手电跑了过去。文森一个人顶着氧气罐的重量。

我往前踏了一步，问："没事吧？"

他们离得太远，抑或是太专注了，没有听到我的话。

我正准备再问，这时，医院的侧门"砰"的一声打开了。

有人走了出来。

就站在我和其他人中间的位置。

我惊呆了，嘴巴张得老大，各种话挤在喉咙里，却出不了声。

那人在门口站定，瘦长的身影映衬在灌木丛中。他抖了抖手准备点烟。我转过身去面对着乔希和文森的方向。手电还在地上，光线照向与氧气罐相反的方向。黑暗中的亮光。要是这个人的头稍微往右偏那么几度……

快点，乔希。快点，快呀——

她为什么蹲在那儿不动呀！难道她没看到站在门口那个人？难道她不知道……

马上，我意识到，手电筒出了界，滚到围墙外面去了，她压根就够不着。

我该怎么办呀？我问艾迪，但艾迪不在身边。

那人的香烟冒出烟圈，袅袅漫向空中。要是乔希去爬那个铁链的围墙，他就会听到动静。可要是她任由手电摆在地上，他又随时都会发现，然后就会过去查看。

我深深地吸了一口气。

然后，我把我的手电筒藏到口袋最深处，取下面具，匆匆朝那个人走去。

"喂？你好？"我大声喊着，希望乔希和文森能够听到，可我又不敢转身去看他们是不是真的听到了。

那人三十岁上下，浅色的头发，浅色的眼睛。我朝他走过去的时候，他多少显得有点尴尬。"你好，你需要什么？"

我没时间编个像样点的故事。潜水面具带来的静电弄得我头发乱糟糟的，紧贴在我的腮帮子和额头上，伴着我脖子上的那股红潮，让我看起来有点野蛮兮兮的味道，像个黑夜不知哪里冒出来的疯丫头。我突然觉得自己口齿笨拙起来。

然而，想都没想，一句话就冒了出来："我来看看我弟弟。"

话声刚落，艾迪回来了。

她飞快地扫了一眼目前的状况：一位医生打扮的男子眼神疲惫，目光里却满是疑问；他手上的香烟散发出阵阵味道，医院门廊里闪着昏黄的灯光。

这到底是怎么回事，伊娃？

那人说了几句什么话，大约是说集体探视时间已经过了之类的。但是，因为艾迪突然冒出来，我没法集中精神去听。

我们这是在哪儿？她问着，那人是谁？我们在干什么？

安静点。我好不容易才咬着牙对她说出了一句话，你安静点，要不事情会变得更糟的。

她安静下来，但是我感到她的愤怒朝我袭来，这搅得我心神不宁。

"你没事吧。"医生把香烟从嘴边移开，皱着眉头问着，他的声音很温和，"你弟弟在哪个病房？"

"我——嗯——"我犹豫着。

他的关心渐渐转为疑惑，而疑惑是警惕的前奏，所以我得打消他的疑惑。

"他在PICU。"我说，"他才八岁。"

PICU，儿童加护病房。这是几个我根本不想了解的字。

"你父母在吗？"医生问。

我摇了摇头。也许是我的臆想吧，我觉得自己听到了铁链围墙发出的叮当声。大概是乔希在爬围墙吧。我得继续说话。

"你几岁了？"

求你了，求你了，让乔希爬快点吧。我没法把这场对话拉得很长。接下来他肯定会问名字，或者带我去前台什么的，这样我就露馅了。

"十三岁。"我小声咕哝了一声。根据我的经验，十四岁以下的兄弟姊妹是没有探视权的，除非有一名家长陪同。莱尔的肾脏第一次出问题的时候，我和艾迪就是十三岁。

"请再说一遍？"医生问道。

我咽了口唾沫，大声重复了一遍："十三岁。"

十三岁！艾迪带着鄙夷重复了一遍我的话。

艾迪和我个子不算很高，却也不会有人误会我们才十三岁。我只希望黑暗能够遮盖我的谎言。

医生开口说话的时候却没有半点疑心："除非你爸或者你妈跟着，否则他们是不会让你进去的。我很遗憾，不过，你父母知道你来这里吗？"

我已经开始往回退了，身子微微地斜着，这样他就看不到那些氧气罐了。刚才叮叮当当的声音这会儿已经听不到了。

"嗯，"我回答着，"是的，他们知道。"

他扫视着我身后："你就住在附近？自己可以回家？"

"我可以的。"我回应着，"那我，我，明天再和我妈妈一起来吧。"

我一路穿过大街，走过乔希的车子，绕过一栋大楼的一侧，这才敢回头再看一眼医院。那个医生正在大口地猛抽着烟。已经看不到文森的手电的亮光了。

我简直不敢相信！艾迪低声抱怨道。

你知道我们要做这件事的，艾迪。——那个医生怎么还不赶紧抽完烟，回到医院去呢？—— 我们同意加入的时候你是在场的。

那是你自愿加入。艾迪猛地大喝了一声。她的怒火将她刚刚醒过来的时候那种昏昏沉沉、迷迷糊糊的状态燃烧殆尽。她把自己的话语磨得像刀子一样锋利。

可你并没有争辩——

我倒是想争来着，伊娃！

是吗？我记得她是说了什么，但是，但是她说得很少。她是因为知道我非来不可，所以才忍住了没多说吗？

我是不是太沉浸在自己的情绪里，却没有注意到这些？

街道的对面，那位医生已经扔掉了烟头。烟头仍旧是亮着的，掉在地上时还在燃烧着，他用一只脚将那余烬踩灭。

四周寂静无声。

然后乔希——或者说，一个人影，我猜那是乔希——朝着围墙爬去。很快，她就翻过了围墙，朝氧气罐走去，帮着文森把氧气罐推了下来，一起运到围墙脚下。他们俩有一个先爬到围墙顶上站稳，另一个将氧气罐递了上去。

我看到两个人影穿过街道朝我们走来，他们一路选择暗处行走。很快，他们就穿过了街道。俩人将面具取了下来，走进街灯亮处。灯光照在他们的身上，他们又变回了文森和乔希。

放下氧气罐的时候，他们俩都露出了笑容。我还没来得及搞清楚状况，文森就将我们抱起来，转着圈。我们的胃部一阵痉挛，艾迪在我身旁被挤成一团。但是文森却笑了："你可算是熬过来了，对吧？"

我摆出笑脸相对："我想，算是熬过来了吧。"

有那么一刹那，我感受到了艾迪满腔怒火，还夹杂着点失望。

接着，她又不见了。似乎，连跟我站在一起，都会让她难以忍受了。

26

回去的路上，乔希和文森一路兴奋地大谈特谈着。而我却安静地坐在后座上，怀中抱着氧气罐，聆听着艾迪离去后留下的寂静。我本以为拿到东西后，我会满心狂喜。到了这时，却发现，除了艾迪，我什么也不愿去想。我失去行动能力以前，我们俩总是吵架，之后也照吵不误。我们会一声不吭，好几小时互相不和对方说话。我们会在我们之间竖起一堵墙，各自缩在自己的大脑里，把对方隔离开来。

但我们从来不彼此分离。从不。

不管吵得多凶，我们都只能待在一起。而且迟早有一方就会让步，墙会被推倒，我们彼此原谅对方。

现在，我们有地方可以逃避了，于是，艾迪就跑了。

"伊娃?"乔希喊了一声。我抬起头来。乔希和文森都从座位上转过身来看着我。车子已经停了下来。

"你没事吧?"文森问道。

"我没事。"我起身下车，并小心翼翼地搬起氧气罐，将它摆到地上放平。那个罐子差不多有三英尺长，直径一英尺宽。乔希和文森也下了车，车门在我们身后相继关上。我用了好长时间才看清自己所处的环境。乔希一直把我送到了门口。

我不想回到公寓，毫无疑问，这会儿艾米利亚正在里面等着我，也许还有莱安纳医生、亨利和彼得。

没准赖安也在。赖安会怎么想？

之前淹没我的那股怒火此刻消失殆尽，只留下满怀愧疚。

迟早有一天，我得面对他们所有的人。但是，只要有机会，我就会逃离，能多久算多久。

"嗨，伊娃。"我敲门的时候，苏菲和我打了个招呼。我拿不准我俩到底谁更尴尬，她还是我。我没有见到妮娜和凯蒂，她们要么躲在我们的房间，要么就是上楼找亨利去了。

尽管我没见过苏菲生气的样子，但我还是以为苏菲见到我应该很生气。她并没有笑，可也看不出生气的样子。咖啡机哔——哔——的声音传了过来。

"不含咖啡因的。"看到我脸上的表情，苏菲说道，"你要来点吗？"

"好吧。"我说。

苏菲倒咖啡去了，我有点不知所措。她问我要不要加奶和糖，我点了点头。她把咖啡杯端到了餐桌上。

她坐下，我也坐下。咖啡在我俩之间冒着热气，散发着浓郁香甜的味道。我心跳得很快，我都感觉到它在撞击我的肋骨，似乎比我在本诺医院门口和那医生说话时跳得还要快。

苏菲端起杯子送到唇边，但是没有喝就又放了下来："我不知道你和乔希是朋友。"

她知道多少呢？只有三个人会对她泄密——凯蒂，哈莉，还有赖安。

赖安知道我今晚去了哪里，但是，不管他多么生气自己被排斥在外，他都不会透露任何信息的。

哈莉和丽萨呢？我有点怀疑，但她们发过誓。那就剩下妮娜和凯蒂了。她们虽然也答应保持沉默，但她们只有十一岁，而且估计有点被吓坏了。

"我是偶然认识她的。"我说。这也不完全是假话。

要是艾迪在我身旁，我们最起码可以互相谈谈，就我们俩，那样我们就知道该怎么应对，该怎么回话了。

"伊娃？"苏菲唤道，我抬起头，"刚才艾迪在吗？"

莱安纳医生肯定对她讲过我刚才突然爆发的事了。我慢慢地摇了摇头。

她点了点头说："我只想说，艾米利亚和我，我们真的很理解和自己头脑里的那个人吵架的滋味。我们也了解那种不能完全控制自己身体的感受。一觉醒来，不知身处何处，也不了解过去几小时发生些什么，那种感觉真是很不舒服。我们早该对你们说明，要是你想要跟谁谈谈，或者有什么要问的，我们随时恭候。好吗？"

她一直试图直视我眼睛，但是我只能跟她对视几秒，就会移开视线。我宁可她骂我，也不愿意，无论发生了什么，她都觉得自责，或者觉得内疚。这些话就像是一个母亲在电视节目里对孩子说的，而苏菲太年轻，跟我们太疏远，不能充当我们的妈妈这个角色。当然，我妈妈也说不出苏菲那番话来，因为她压根不知道那些事，而且她永远也不会知道。

"行，好的。"我说。

那杯咖啡，我俩谁都没有喝一口。她并不知道我们的计划。我心里想着。苏菲认为这是一个偶发事件，我和艾迪吵架了，然后我跑了，事情就是这样。

不过，她也没理由乱想的吧。她怎么可能想象得到我们到底有些什么打算，更别说去了解我还是亲身参与者了！

"我想和赖安谈谈。"我说，"而且，时间也不早了。"

话刚一出口，我立刻后悔了。这话就是我自己听着，也觉得非常粗鲁。我真不该用那种方式说出自己想说的话。这可能就是问题之所在，难道不是吗？多年来，我从来不必考虑我自己要亲口对着别人该说什么，不该说什么。偶尔，我还可以在旁边告诉艾迪，有些话该怎么说，还可以在她语无伦次的时候扬扬得意地取笑一下。

可一旦自己掌控了身体，一切都变得不一样了。长久以来，我一直在看着艾迪生活。可是，我是不是看得还不够？我是不是命中注定该一直生活在幕后，躲在一个我从来就没有真正经历过的童年里？我还会把什么弄得乱七八糟？

也许这就是问题的症结。也许我本就该消失，也许宇宙之大却容不下一个伊娃·塔姆辛，多年来都容不下。

就算苏菲被我的话伤到了，她还是装出一副若无其事的样子来："好吧。"

我觉得自己应该再说点什么。也许，该谢谢她刚才说的话，谢谢她的好心，因为她确实一直很好心。她本没有义务收留我们，但她还是收留了我们。我的父母都没有把我们藏起来，她却把我们藏得很好。

这些事不能多想，想多了会让人觉得难堪。我的舌头躺在嘴里，似乎变成了无用之物。

"抱歉。"我只说出了这么一句话。

我留下她一个人去琢磨，我到底对什么事感到抱歉，自己却逃跑了。

拯救波瓦特

和苏菲谈话的时候，我真希望艾迪陪在我的身边。但是，现在，当我站在亨利的门前，竟然非常庆幸艾迪不在。有些话最好在没有旁人的时候说出来。

我深吸一口气，敲了敲门。一秒，两秒，三秒，四秒，五秒，六秒钟过去了。

"嗨！"赖安打开门时，我轻声说道。他没有像平时见到我那样，脸上露出笑容，也没有请我进去。相反，他关上门走了出来。

"东西弄到了吗？"他轻声问道。

我点了点头，观察着他的表情。但是，赖安一辈子跟戴文生活在一起，肯定也是深得他的真传了，因为从他的脸上什么都看不出来。

"大家都没事吧？"他也在探究我的表情。我是不是一眼就能被他看穿呢？

"嗯，大家都没事。"我的指甲都掐进了手掌的肉里，"赖安，一切都来得太快，我回来的时候碰到了莱安纳医生，事情，事情就乱套了。"

"你在外面干什么了？"他尽量控制自己的声音，但是我还是听得出，这句话他早就想问了。

我还没有准备好怎么回答他的问话。这句话让我忍不住想起一双无形的手抚摸着我的身体，想到另一个男孩皮肤上那陌生的体温，想到我跑开前，他的牙齿掠过我的嘴唇。

"我不知道。"我深吸了一口气说，"出门的那个不是我，是艾迪。现在，她走了，她不想跟我说话，所以——"

赖安皱了皱眉。我俩说话的声音都很小——我们只能这样——不过他突然提高声音说："她让你在别的地方醒来，然后抛下你就走了？你醒来时在什么地方？"

　　我拽了拽他的胳膊，提醒他，别人可能会听到我们的话。我想：我总不能说，我醒来的时候正和杰克逊亲吻，然后她就抛下我走了。不过，应该是我先抛下她的吧，因为我太自私了，在自己追求目标的时候，完全忽略了她的感受。

　　不管我心里是怎么想的，艾迪留下了我孤单一人。我们一起呼吸了第一口空气，镜中的那张脸既属于她，也属于我。八岁时洒了咖啡在手上烫的那个疤，十五岁的时候打碎玻璃弄的那些伤口，也是属于我俩共同拥有。

　　"这是我和艾迪之间的事，行吗？"我轻声说道。赖安犹豫了一下，目光扫过我的全身，又回到了脸上。不过，他还是点了点头。因为他自己也是双生人，他能够体会我的感受。"文森来了，莱安纳医生也在，亨利上楼，我……我没有时间来叫你。莱安纳医生跟着我下的楼，我们不能等你。"我挫败地叹了口气，"我担心你，想着要是我们被抓到了该怎么办，要是我们被抓到了，我可不愿意你在场。我也不知道我的反应正常还是不正常，不过，我就是那么想的。这种场合下，我都不知道什么正常，什么不正常了，赖安。我只知道我在意你，我想保护你，我不愿看到你受伤害。"

　　赖安没有再看我。他为什么不生气、不发火，或者做点别的？我不清楚他到底想听什么话，需要听什么话。这是不是也是我该学会的？是不是也是生活里又一点，我错过了时机，没有学会的东西？

　　我只想做对事情。我只想知道怎么做是对的。

　　我简直在自己说过话之后的沉寂里死了好几遍。

　　然后，我听到赖安笑了。声音虽然不大，但确实是笑了。

"两个月前，一个穿西装的人来到我们家，把我们从家里带走。接着，我们在精神病院度过了一周的时间。现在，我们正在逃离政府的追捕。在我看来，'正常'已经正式与我们无缘了。"

他只能窃窃私语般地说话，因为这些都是绝对的秘密。不知为什么，这种窃窃私语的样子，让一切都变得更加格外荒谬。究竟这一切是怎么发生的？我和艾迪怎么会用我们引以为荣的生物知识去补充塞宾娜制造炸弹的笔记呢？我们又是怎么从高一的新生变成了逃犯的呢？

"伊娃，"赖安说道，"我明白了，你的意思是，要是你被抓了，你不想我也被抓。不过，相信我，要是你真的被抓了，对我而言，唯一想待的地方就是站在你的旁边，好吗？"

"我明白。"我温柔地说道，"这就是彼此心意相通。"

他点了点头，并微微笑了笑："你闹得天翻地覆就走了。莱安纳医生一直在问我们，你到底去哪儿了，我们只能说不知道。"

"她相信你们的话了吗？"我问。

"嗯。她信了。为什么不相信，对吧？"

"对呀，为什么不？"我重复了一遍他的话，犹豫了一下又说，"赖安，你觉得我们是不是该停止……那个计划？"

他皱了皱眉问："什么？"

"没什么。我就是有点，有点……没什么了。"我往前走了一步靠近他。以前赖安站在我旁边时，我从来没有感觉到不自在过，尤其是艾迪不在的时候。但是现在，我满脑子都在想，要是艾迪突然回来了，她对此该做何感想。"我该下楼回去了，苏菲可能还在等我呢。"

我能感觉到，他意识到有什么事发生了。但他只是说了一句："好吧。"

有一会儿，我们都没动。然后，他就弯下身子吻了吻我。一开始，我没有感觉有什么不对——这是我渴求已久的，熟悉而又安适的感觉。突然，我想起了杰克逊的吻，想起了艾迪，立刻就下意识地躲开了。

赖安呆住了，本来放在我肩膀上的手停在了半空。

"对不起。"我飞快地小声说着，转过头去看着身后，"我觉得我听到什么声音了，而且，我今晚有点惊吓过度，你知道的。"

他停了一会儿，点了点头，手垂了下来。

他试着想要对我笑一笑，但是最后还是丧气地进屋了。

拯救波瓦特

27

苏菲和凯蒂睡着了以后，我又在床上坐了很久。我的膝盖紧贴着胸口，在想，要是艾迪回来了，我该对她说些什么。

我们确实应该彼此保留隐私。这不就是我们要潜隐的原因吗？我们就是为了让对方体会一下独自一人时的感觉，让彼此在不考虑对方的情况下，想做什么就做什么，想体验什么就体验什么，想怎样就怎样。

但是到了一天结束的时候，我的手照样还是艾迪的手，艾迪的嘴照样还是我的嘴。小时候，在我还没有完全失去掌控能力的时候，艾迪对身体的掌控能力就比我要好得多。几乎每次，只要我们意见相左，她总能抢过我。但是，我们现在长大了，自然懂得该如何在不伤害对方的情况下去分享我们共同的躯体。

床头柜的抽屉半开着，露出了艾迪的素描本。我犹豫了一下，还是拿起素描本放到了腿上。在月光和路灯交相辉映的光线下，我还算能勉强看得清上面的图画。我的目光不由得在哈莉的那些画像上停住，在那幅还没有完工的凯蒂看电视的画像上停住。画像上，凯蒂的脸偏向我们的对面，就快要

拯救波瓦特

画完了，不过，身子还是平面的，上面只有一堆线条和隐约的形态。

凯蒂后面的那幅画，之前我从来没有见过。那是一幅杰克逊的画像，细细的线条勾勒出他的肩膀和背部，还有他那长得有点遮住了眼睛的头发。画面上，他的双眼正盯着我看着，不，是盯着艾迪看着。我也盯着画上的他看着，想要——我知道这是徒劳——试着回忆起艾迪用画笔捕捉他的神态的时刻。

画出这幅画的，是我的手；当初抓着铅笔、拿着橡皮擦的，是我的手。扫视过他的身体的，是我的眼睛；探究他衬衣上的皱纹和手上的纹路的，是我的眼睛。可我的脑海里对这些片段的记忆，却是一片空白。艾迪没有画出这幅画的背景，只能隐约看出杰克逊坐在一把椅子上，因此，我甚至不知道她画这幅画的时候，他们究竟身在何处，又说了些什么。

艾迪回来了，我赶忙将素描本放了回去。

听着，艾迪。我像小时候那样去够她。本来想好的话，像是缠在了舌头上，话和话之间打了结。对不起，我只顾着自己，忘了你的感受，我太自私了。

良久，艾迪才张嘴说话。

你不是自私。艾迪小心翼翼地说着，声音温和，你只是……对不起。我当时太生气了，伊娃。我担心你，担心你会怎么想，担心你的反应，而你——

我往回缩了一下：反应过激？

有点。真的。

但是，艾迪，你从来没有对我提起过。我说，我刚一醒来，就……我不知道该怎么想。我们不是说好要彼此信任，告诉对方一些需要知道的事情吗？

她叹了口气，说：起初，我以为没有必要再告诉你了，事情这么明显，你应该早都看出来了。就像你和赖安之间的事，我就不需要你对我一一交代清楚。事情这么清楚，你却一无所知，甚至都从来没有疑心过。我觉得我是对这一点耿耿于怀，你一点都不关心我。我几乎想立刻打断她的话。不过，艾迪的话都已经说出来了，我只好咽下自己的话，给她留下足够的空间去说。我没有告诉你的原因，就是我第一次有了一件自己的东西，只属于我一个人……嗯，这让我觉得自己是个正常人，对吧。杰克逊让我觉得自己是个正常人。他会让我忘却我们身在何处，又为什么来到这里。他总能让我觉得，世上唯一重要的事，就是今天电视上演的是什么，就是今天他又发现了一家新的餐厅。静了一会儿，她又说，他让我觉得，有一天，我也可以做到，做到不顾一切，只感受幸福。这是不是能说明点什么？

　　不错。我说，很能说明问题。

　　我们合上眼睛，将世间一切关在外面。我们将一切关在外面，只留彼此——艾迪和伊娃，伊娃和艾迪。

　　不过，这不可能只属于我一个人。艾迪说，我很清楚这一点。我以为，我以为……我可以认为他只属于我一个人，不过……

　　不过，那是不可能的。

　　我应该早点告诉你的，伊娃。她说，对不起，我不该，不该让你一醒来就面对那样的场景。

　　没关系。我说。这些话太无力了，不足以表达我的意思。但我只能说得出来这样的话。所以我就对艾迪这样说了，话里含着我对她的原谅。因为我总会原谅艾迪，而艾迪也总会原谅我，原谅一切。其他人知道你们俩的事吗？

没有，我想没有人知道。你会告诉赖安吗？

不会。没问题的。

他会明白的。艾迪说，他必须得明白。我们是双生人，事情就是这样。

没错。我说道。不过，我还是没法完全忘掉那种不自在，艾迪也同样无法隐藏。

我没有必要让别人来告诉我，嫉妒对于双生人来说是一种奇怪的情绪，尤其是面对你在乎的人。我们共用一具躯体，没有办法一直掌控自己的身体。从一开始，有些事情就是稀里糊涂搅在一起的。

不过……也许，要是我们在别处长大，事情可能就会不一样。在海外的某处，在一个我们一生都认识双生人的地方，在一个我们学会另一套关于什么是正常、什么是不正常的规则的地方。

我勉强笑了笑：事情有点复杂，对吧？

我们会想出办法的。

我知道。我说。我的话表现出很有信心的样子，实际上我并没有多大的信心。

有点意思的是，过去总是我安慰艾迪，现在恰好反过来了。不过这无关紧要，重要的是艾迪回来了，而且并没有不理我。艾迪说我们会想出办法来的，还说一切都会顺利。

要是她相信，我就该相信。

28

测试的日子很快到了。

太阳还没升起，我和赖安就溜下楼，匆匆赶往饭店门口的停车场，去和其他人会合。我一会儿因为科迪莉亚的笑话开怀大笑，一会儿挥手向塞宾娜问好，当克里斯托弗冷冰冰地问好的时候，我还对着他也笑了笑。

塞宾娜和其他人的能量重新包围了我，我心中的不自在已经消失殆尽。

别那样！看着我一直盯着杰克逊看，艾迪对我说道。

什么？

一脸好奇的样子。她说，趁他还没有注意到你，不要再盯着他看了。这有点太让人难为情了。

我大笑着将目光移向别处。赖安笑着扬了扬眉毛，我们上塞宾娜的车时，他脸上充满了探询的意味。我立刻觉得事情没那么好笑了。艾迪和杰克逊的事，我还没有对他说过。自从偷液态氧那天晚上起，我们就一直没有机会单独相处。

不过，我很清楚，这只不过是个借口而已。我其实是不知道该怎么对他开口，担心他会做出怎样的反应，也非常担心，要是他反应激烈，我们之间会不会出点什么问题。

赖安的手比我的手暖和。我和他十指相扣，他身子向一边斜着，好将头靠在我的肩膀上。我笑了笑，决定暂时将艾迪和杰克逊的事置诸脑后。"你不是一直起得很早的吗？"

赖安打了个哈欠，他的头发在我的脸上拂过："昨晚没睡好。"

杰克逊靠着窗边和我挤着坐下，啪的一声将车门关上。科迪莉亚坐在赖安的另一侧。四个人坐在后座有点挤。去弗兰德米尔要两个小时的车程，这对大家来说都不容易，对我和艾迪来说尤其不易。我心里默默下定决心，打定主意一言不发。

赖安一直盯着我们脚下的纸盒子。那枚迷你炸弹就静静地躺在里面。虽然他身体的每一条曲线都透露出他的疲惫，但是他双眼却炯炯有神，他似乎一直在仔细地计算着。我好像看到了他的脑袋装上了发条，正在一遍一遍计算各个部件之间的联系，确保这中间不要出现任何问题。

"别看了。"我轻声说道，伸手将他的身子拉得更近。他抬起眼睛看着我，先是觉得有点疑惑，接着露出了一个笑脸，点点头将头再次靠在我的肩膀上。

"大家准备好出发了吗？"塞宾娜说着，一边扣安全带，一边发动着引擎。大家嘴里都纷纷嘟囔着表示准备好了。"伊娃，要不要我把车窗摇下来？"

我看着她，心里有点吃惊，但又觉得非常温暖，她居然还记得我会对密闭空间感到不适。我点了点头。

我们在一片静默中离开了停车场，外面下起了小雨。

我们赶到测试地点的时候，雨已经停了，只留下天上低低的乌云和远处传来的阵阵雷鸣。空气凉飕飕的，带着沉重的潮气挤压着我们的皮肤。我们朝前面走去，路面上稀稀疏疏长着杂草，我们的鞋子陷入了脚下的泥泞里。塞宾娜带着我们走到了离主路面很远的地方。我打了个冷战，感觉到身边的艾迪像暴雨前的乌云一样安静而沉重。

"运气好点的话，"克里斯托弗说着看了看天空，"听到爆炸声的人会以为这是雷声。"

"没人听得到的。"塞宾娜说，"我们四周什么都没有。"

赖安和杰克逊两人一边一个抬着纸盒子往前走。尽管赖安保证说，一点小小的震动不会引起炸弹爆炸，他俩还是亦步亦趋，小心翼翼。

我们走到了一个斜坡处，从路堤往下看去，可以俯瞰一片山谷。赖安、杰克逊和塞宾娜朝地势最低的地方走去。我也不由自主地跟着他们往下走，可是科迪莉亚像是突然醒悟过来一样，拉着我的胳膊就朝相反的方向跑，一路跑到了山顶上。

我惊讶地看着她，她一边喘气，一边轻轻笑了笑，耸了耸肩膀，却也并没有松开我的手臂。也许是因为她需要找个人依赖一下，而塞宾娜和杰克逊正忙着。我理解这种感觉，于是跟着她一起，朝路堤上面走去。克里斯托弗走在我们的前面，淡淡的阳光照在他的头发上，形成了一个红色的光晕。

最终，我发现他并不知道我们走出多远才算合适。他转身看着我，似乎想要我和艾迪告诉他，我们到底该走多远。我朝山下看去，站在山顶上，赖安他们就像是玩具人一样显得非常渺小。这里已经离他们够远的了。赖安曾经对我们估算过爆炸的激烈程度，很显然，他说的没错。

是的，没错。

拯救波瓦特

我停下了脚步，科迪莉亚也停了下来，手却还牢牢地抓着我们的胳膊。我们看着远处赖安、杰克逊和塞宾娜的迷你身影在纸盒子旁边围成一团，看着他们打点好一切朝我们走来——他们没有跑，但是离开的步伐却显得特别急迫，看得出来，他们想跑，却因为恐惧而迈不开步伐。

　　毋宁说，此刻，他们是因为自尊心而迈不开步伐。

　　可是，在炸弹面前要自尊心，这事显得太奇怪了！

　　快跑！

　　我心里想着，腹部感到一阵不适。

　　抛下自尊心，快跑！

　　他们终究没有跑，但是赶在炸弹爆炸之前走到了我们跟前。赖安抓着我们的另一只胳膊。艾迪绷得像小提琴弦一样。我们站在那里，眼睛盯着山下最低处—— 一动不动，一言不发，就那样等着。

　　接着，爆炸发生了。

　　一声巨响，火光乍现，烟雾升腾，而后变得越来越浓烈，散发出让我们颤抖的力量。

　　很快，那一条红黄交映的火舌，那一声让我们身心震荡的巨响就消失不见了。

　　旋即，一切又恢复了平静。

　　"成功了！"克里斯托弗说着，声音听不出是喜悦还是恐惧。

　　耳中一阵轰鸣，我转过身去看赖安的脸，结果发现我看到的不是赖安，而是戴文。他那双冷静的黑眼睛正紧紧地盯着山下的烟雾。

　　他一言不发地看向我，脸上的表情像一个我无法揭开的面具。

29

回安绰特的路上，气氛既轻松又紧张。别人都在说话，还不时发出笑声。戴文（他还掌控着身体）仍旧一言不发。我的胳膊紧紧地贴在身体上，手放在大腿上。

我们很快到了城边，回到了早晨出发的那个停车场。大家似乎都不想下车，还沉浸在刚才所做的一切带来的巨大震撼中。最终，科迪莉亚提议我们在阁楼顶上共进午餐。

吃饭并没能扭转我的情绪。塞宾娜很难得地显得非常安静，一直沉浸在自己的思想里。大部分时候，都是杰克逊和科迪莉亚在说话，可最终他们也觉得语枯词竭。快餐饭盒散落在阁楼里，有的里面还满满装着鱼和甜面包，有的已经空空如也，只留下一堆油渍。

戴文先开口说话了。"我们什么时候来真的？"看到没人回答，他又重复了一遍，"我们什么时候炸研究所？"

"我们知道你的意思。"杰克逊回应了他，脸上带着微笑，话语却并没有表现出特别的热情。他还是没能给出戴文想要的回答。

塞宾娜听到戴文的话并没有抬头，到了这一刻，她还是没有抬头。她打量着房间里那些小彩灯，就像答案隐藏在那些灯泡里一样。

"下周吧。"她说，"下个周五的晚上。"

离今天刚好七天。

"为什么要在周五？"戴文问道。

塞宾娜终于抬头，目光直视戴文："这是根据我们从纳勒斯那里找到的日程表安排的。现在最早一批手术设备还没有装呢。下周，那些东西就会搬进去，星期五之前就装完了。"

"你确定？"戴文问。

塞宾娜点了点头："我刚才说了，日程表上是这么安排的。"

"下周五……"科迪莉亚走过去坐在塞宾娜旁边，伸出一只胳膊搭在她的肩上，"你想好了吗，塞宾娜？下周五。好快啊！"

塞宾娜点了点头。她的目光又开始漂浮了，这次是盯着地板看。"为什么不早点呢？我们知道这事能办成，炸弹又成功了，还有必要等那么久吗？"

"反正我准备好了。"克里斯托弗说。

"周五也是一周里最合适的时间。"塞宾娜说，"要是事情出现什么偏差，就是说，要是政府用我们没有预料到的危险手段来回应的话，那天杰克逊和克里斯托弗不用上班，他俩不出现，就不会引起怀疑。周末凡事都没有平时那么规律。"

科迪莉亚头靠在塞宾娜的肩上表示赞同。

"无论如何，用不着所有的人都去波瓦特。"克里斯托弗说。

"没错，只要一个人去就行了。"塞宾娜说，"我可以一个人去，这样更安全。"

"可这对你而言却谈不上更安全了。"杰克逊说。

塞宾娜的话里透出了一些她惯有的力量："你们不去那儿捣乱，我就更安全了。"

他们都笑了，笑容里满是老朋友之间无需用言语来表达的互相理解。

"不过，你还是不能一个人去。"杰克逊的话显得有点干巴巴的，我不能确定他为什么说话这样干巴巴的。是因为恐惧？说不上。他的目光看向我们，然后又很快转向别处。

"他说得对。"戴文说，声音不大。他抬头看了看我们，然后又看了看杰克逊，像是捕捉到了杰克逊刚才的眼神。"我跟着去，看着事情的发展。"

还记得他一开始是怎么反对的吗？我问艾迪。很久很久以前的过去，那时我们和现在是截然不同的人。

艾迪说：伊娃，今天能让我独自一人待几小时吗？

自从我们吵过架之后，我们俩谁都没有潜隐过。艾迪的话让我心底一阵刺痛，不过我还是说：好吧，没问题。

我是真心的。艾迪想要有独处的时间，我也一样，这很自然。自从我那天晚上从杰克逊的公寓逃走之后，她和杰克逊连话都没有说过。她想和他说话的时候，自然不希望我在旁边。

我也需要点时间来消化消化刚刚发生的一切。也许，我只是需要点时间睡一觉，什么都不想，要是能做做梦，当然更好了。等我醒来，很多事就理清了。

多谢。艾迪说。

我最后扫视了一眼阁楼上的情景，看了看那深色的木板和墙上闪烁的小彩灯。

然后，我就消失了。

烟花
我第一次见到
独立日

我感受到了璀璨
爆炸
那响声
就像要
把我炸散架
炸掉我的四肢
让我消失
就像那些人一样

这里
色彩缤纷
接着，消失殆尽

　　醒过来的时候，我们正坐在晚饭的餐桌上，一把叉子正顶着我们的舌头，我们的双肘正支在餐桌上。尽管练习了好几周了，可是，突然从没有时间的混沌梦境中醒来，我还是会觉得茫然不知所措。

　　艾迪一开口说话就是在提醒我：彼得在呢。

　　睡意顿时散尽。我抬眼看向在座的其他人——艾米利亚、妮娜还有彼得。此时此刻，他们都忙着吃饭，谁也没有工夫顾得上说话。

　　艾迪咽了一口食物，小心地把叉子放到旁边的手织餐具垫上，说：詹森到安绰特来了。

什么？我大声喊道。

但是艾迪对着我嘘了一下，却又大声说道："彼得，你是不是早知道他要来？"

彼得坐在我们的左边，正一边想着心事，一边机械地咀嚼着。听到艾迪的大嗓门，他抬起眼睛看了一眼，然后点点头说："毕竟他是政府评审团的头儿。不过，他明显已经到这里两个礼拜了，却没有对外宣告，什么消息都没有透露。不想让人知道。"

那彼得是怎么知道的？我问。

嘘——艾迪再次打断了我，不过，她还是很快解释了一下，他在政府部门里头安插了人，一个眼线。

他不是对塞宾娜说过，到政府部门附近溜达是很危险的吗？

嘘——！没错，可能真的挺危险的，他不想让她受到伤害！

"他不是也去过诺南德，那边的双生人医院开张的时候他也到场了？"艾米利亚说道。

波瓦特研究所是开不了张的！双生人孩子们不会躺在那里的床上，被人推着在各个大厅里转，然后在熄了灯以后害怕地彼此小声交谈。

我们正在为此努力。

"他是去了，不过……"彼得犹豫着说道，"可是，我不知道这家伙这么早来这里干什么。他去了市中心的本诺医院，去做什么犯罪调查。"彼得的下一句话还没出口，我们的心早就悬起来了，"他们好像丢了一罐氧气什么的。他这样的大人物去调查这样一件事，还真是少见。不过，我觉得他们这么重视，肯定是有什么原因的。兰开斯特广场事件过去两个月了，

拯救波瓦特

他们一个人也没抓到，也没有找到杰米……看样子，宵禁的事会没完没了……人们都觉得很灰心。"

艾迪尽量控制着我们的呼吸，把目光移到别处，然后她就看到妮娜的目光直直地盯着我们看了过来。

小姑娘皱着眉头问："你没事吧？"

当然，这句话立刻招来彼得和艾米利亚的目光。

艾迪马上说："没事。"她假装咳嗽了一声，抬头把每个人扫视了一遍，心里默数"一下、两下"之后，才低下头吃了一口饭。她比以前会撒谎了，或者，她一直就很高明。三年来，她不是一直都在对我们的父母撒谎吗？"我没事，就是吃东西噎到了。"

"艾迪，你不必担心詹森的。"彼得温和地说，"他也不过是个普通人。"

"我知道。"艾迪回答说。

彼得的话有一定的道理。詹森就是个普通人，就是个有血有肉的普通人。不过，他是个掌握我们生杀大权的普通人。权力会让普通人不再普通。

"他当评审团头儿的时间很长了吗？"艾迪问。

彼得放下手中的叉子，大家都不再装作在吃饭的样子了，连妮娜都停了下来。"有几年了吧。过去他只负责过一个研究所，跟丹尼尔·科尼温特的情况差不多。"他看了一眼艾米利亚，又看了看我们，说，"听艾米利亚说，你们和塞宾娜成了朋友。"

他这是想转移话题吗？这可不像彼得的风格，他不会做得这么明显，说话也不会这么没技巧。不过，艾迪只是耸了耸肩。我跟她说起过偷氧气罐那天晚上我和苏菲的对话。"差不多吧。"

彼得点了点头说："塞宾娜和克里斯托弗在詹森还没当评审团头儿之前就认识他了，当时他是他们的那个研究所的头头。"

他说的没错。我对艾迪说，塞宾娜对我们说起过，想起来了没有？就是我们刚见面那个时候。

但是艾迪还是表现得很平静，就像她到现在为止根本没有听说过这件事一样。

"我想塞宾娜没有听到詹森到了这里的消息。"彼得静静地说道，"没有必要让她因为这件事而觉得不安，好吗？"

我知道他是好意，也不想表现出一副爱管教人的样子。不过，我却忍不住心里有点恼火。

"好的，没问题。"艾迪小声回应道。我看得出，她的思绪早飘到了别处。但她对我一句解释的话都没有。

沉默笼罩着餐桌，气氛显得沉重而压抑。彼得又重新拿起了叉子，不过却只是盯着盘子看着。艾米利亚目光闪烁地看了我们一眼，马上又看向了别处。妮娜压住食物，将它们切成小块，然后又切成更小块。这个氛围有点像家庭聚餐，就是气氛完全不对路。我突然特别想家，想得身上都有了疼痛的感觉。

我想要回到以前的家。回到科尼温特先生来带走我们以前的那个家。

不，我想要回到我和艾迪十岁以前的那个家，甚至是我们六岁以前的那个家。那时，父母还无须为我们担忧，也没有各种体检，不用频繁去医院，不用吃药，也不用去见心理辅导员。

我对那个家的记忆已经很模糊了，其中掺杂有一半梦想的成分。

"顺便说一下，我找到地方可以给你们冲洗胶卷了。"艾米利亚突然说，语气有点过于欢快，朝妮娜笑了笑说，"过几天就好了。"

艾迪低着头，打算把饭吃完，留下我一个人满脑子奇怪的感觉——就好像我回来了这么久，却还是觉得像刚刚醒来，到了一个陌生的环境那样，满头雾水。

艾迪说，她要把晚上的时间留给我一个人度过，这样对我才公平，因为我给了她一下午独处的时光。说实话，此时此刻，我并不喜欢这样。尤其不喜欢一个人待着。但是艾迪还是走了，留下我一个人满脑子乱七八糟的想法。

詹森来到了安绰特。

杰米的画像还藏在我们的床垫下面。我把画像拿出来，把杰米脸上的褶皱——抚平。难道詹森知道杰米在这里？难道这就是他这么早来这里的原因？

要是我们把波瓦特研究所炸毁，他会有什么想法？市里的安保措施已经够全面的了。要是炸毁研究所，安保只怕又要升级了吧。这么说，我们这么做会让杰米的处境更危险？

这可不是我们的目的。我们的目的是救人，而不是去害人。

我把杰米的画像折起来，放回床垫底下。晚饭后，艾米利亚和彼得一起走了，公寓里只剩下我和妮娜。

"我去楼上一下啊。"我一边穿鞋，一边对妮娜说。

我敲着亨利家的门，来开门的是丽萨。我本想跟她一起尽快进门，可过了一会儿才意识到她没有让路，相反，她伸出一只胳膊把我挡在了门口。

"喂!"她说，声音很生硬，她的眼神也很生硬，黑眼珠在

拯救波瓦特

眼镜后面闪闪发光。

我摆出一副笑脸跟她说："喂，你不打算让我进去吗？"

"不让。"她就那么让我盯着她看了足足一分钟，最终还是叹了口气，关了门来到走廊里。她把我拽到楼梯边，用比耳语大不了多少的声音对我说："你要是进去了，亨利一定会问戴文去哪儿了。"

我眨了眨眼问："那戴文去哪儿了呀？"

"冠冕堂皇的话就是，他在楼下，和你在一起。"我们站在楼梯边上，她先看了看上面的楼梯，又看了看下面的楼梯，然后才说，"这是他让我对亨利这么说的。"

"是赖安吩咐你这么说的？"我将声音压得和她的一样低。说话声是会在楼道里传到远处去的，楼梯边那些脏兮兮的水泥墙会产生回音。不过，看到两个十五岁的孩子在楼梯上交头接耳地说话，也没有多少人会产生什么怀疑的。我们能谈的内容太多了——抱怨父母，抱怨兄弟，扯些学校的闲话，说些谁和谁在谈恋爱、谁和谁又分手了什么的。

丽萨摇了摇头说："不对，是戴文吩咐的。"

"你真的不知道他人在哪里？"

"我现在还知道你们谁在哪里啊？"丽萨说，"你们谁都不对我说，我的用处就是替你俩打掩护。这就算了，对吧？反正我们应该彼此相互照应，应该彼此为对方打掩护。不过，现在的状况太不像话了，伊娃。"她深深地吸了一口气，眼睛看向别处，"你想让我相信你，你说你会搞定一切，那好，你把一切搞定吧，伊娃。要是搞不定的话，伊娃，我发誓，我就去找彼得，我可不在乎他要把我们分开，反正我也很少见到你了。而且——而且，我宁可他们把我们分开，也不愿意你们去实施

拯救波瓦特

你们的计划。"

她有没有听说今天早上炸弹试验的事？是不是知道塞宾娜星期五的计划？

很可能，她并不知情。

丽萨眼睛盯着墙上的刮痕和涂鸦，嘴里说着："伊娃，你知道吗，我和哈莉刚开始怀疑你和艾迪可能，嗯，可能跟我们一样的时候，我——"她犹豫着说，"我心里充满了希望，你知道吗，我真的想，真的想有那么一个人——除了我哥哥之外的另外一个人，和我有一样的感受，那个人能够了解我，理解我。我这样想可能有点自私，把你强拉进来，因为我——"

"丽萨，"我说，"你并没有强拉过我什么。知道吗，你让我过上了我以前想都没有想过的生活。只是，只是我从来都没有对你说过感谢的话。"

丽萨看着我，点了点头，说："你瞧，我知道你是从那样的地方出来的，也理解你为什么要做你们计划的那件事，但是你不能那么做，伊娃，就是不能做那样的事。"她紧紧地握着我的胳膊，"我相信你，好吗？我相信你，当初才告诉你我们的秘密，我现在还是相信你的。"

我发觉自己也在点头，因为除了点头别无选择。

30

我直到第二天很晚了才有机会和赖安说话。那天上午，艾迪想和杰克逊一起度过，所以我只好潜隐了。我一路做着非常舒服的梦，梦里有大海、家，和一切我过去拥有的东西。平常我们的睡梦中总是各种噩梦，可是在潜隐的时候，我从来都不做噩梦。其实大部分都是回忆，真实到像是再过了一次一模一样的日子，但每次回到现实社会，梦里回忆起来的东西就会逐渐溜走，消逝。

这次，我醒来的时候，发现自己正站在灰暗肮脏的楼道里。四周没有窗户，看不出来目前是什么时辰，也不知道自己到底潜隐了多久。不过艾迪知道，她对我说：现在是上午十点多一点。

尽管我猜不透她的想法，不过我还是感觉出来她有点心不在焉。

怎么样？我有点不好意思地问道。

嗯？艾迪爬上最后一级台阶之后，就让我来掌控身体了。

你不是和杰克逊在一起吗？上午过得怎样？

哦，还好。她说，谢谢。

拯救波瓦特

她心思根本不在这上面，就好像刚醒过来的是她，而不是我。我潜隐的时候发生的事情，一定很让她分神。不过，她并没有对我解释什么，我也不逼她。几分钟后，她就不见了。

赖安路过艾米利亚家的时候，顺道过来看了我一下。这还是我和他第一次真正意义上的两人独处，这是我对他说说艾迪和杰克逊的最佳时机。我忍住了苦笑，这可真算是我的最佳时机——要炸掉一座大楼之前匀出来的那么点可怜的宝贵时光。

我一紧张，就先问起了戴文的事："你知道他去哪儿了吗？"

赖安耸了耸肩说："戴文和我有一段时间没有说话了。他一直有点过不去那个坎……嗯，就是我们同意加入塞宾娜的计划那件事。"

"但是他说过他想加入的。"我说，"他还想和塞宾娜一起去波瓦特。"

"我不清楚他到底怎么想的，伊娃。"赖安说。

"你就不能问问他？"

他迟疑了一下说："我以前会问。他说他就想到处走走。想到市郊去。戴文就是戴文，尤其是现在我们可以有独自一人的时间，他想要点自由，我也没什么好大惊小怪的。"

我理解，他不愿意逼着戴文吐露他的秘密。作为双生人，我们几乎没什么空间去拥有属于自己尤其是属于我们个人的物品。但是，要是秘密太大，没法不说出来的时候该怎么办？要是这个秘密不属于一个人的时候该怎么办？

"我去本诺那天，"我突然说道，"去偷氧气……"赖安注意到了我的语气的变化，不由转过头来看着我的脸。我没有躲避，我也想看清他的表情："还记得我跟你说过，我和艾迪之间有点事吗？"

他点了点头。我可以感到自己的心在胸腔里咚咚乱跳。别跳了，我恼火地对自己喊道。能有一具听我掌控的躯体确实是一件美事，不过，有时候，即便我很不情愿，我的身体也总会根据我的情绪做出相应的反应。

"这么说吧，这件事不只牵扯我和艾迪。"我说。赖安并没有催促我继续往下说。我心里还是有点希望他能催我一下的，这样就不用在我没有继续说话的时候出现难堪的沉默。"她和杰克逊，很明显，他俩好了。"

"他俩好了。"赖安重复了一遍，当时他正环抱着我的腰，我能感觉到他胳膊上的肌肉突然一紧，"怎么和他好的？"

我强忍住没有直视他的眼睛。他真的想让我说出来吗？难道现在还不够尴尬吗？想到艾迪和别人在一起，就像想起莱尔两年来一直和别人在一起一样难受，只不过还要难受一百倍。突然，我意识到赖安的问题是什么意思了。

"没有，赖安。他们只不过接了个吻，好吧。如此而已。"

"你怎么知道？"他静静地问道。

"因为要还有别的，艾迪肯定会告诉我的。"我猛地打断了他的话，"事前就会告诉我，而不是事后。"

因为说到底，我们还是彼此信任对方的，也就因为彼此信任我们才能保持理智。

赖安和我都没有说话。我们俩都小心翼翼地控制着自己的呼吸。

"说说看。"最终我打破了沉默，"你觉得这事，是你觉得更怪还是我觉得更怪？"

我装出一个大大的笑脸。过了一会儿，赖安将目光移向了别处。当他的目光再次看向我时，他的脸上也展现了一丝非常勉强的微笑。他耸了耸肩，手臂将我紧紧一抱，承认说："也许你更难受吧。"

我笑了，说："仅仅是也许吗？想想看，要换成是戴文会怎样？"

"我真的不愿意去想。"他干巴巴地说道。

不过这次，沉默并没有让我们像刚才那么觉得难堪了。

"艾迪和杰克逊的事，"我问，"你觉得怎样？"

"我说不好。"他坦然承认道，在我的额上吻一下，看着我说，"我会好好想想的。应该没事吧。"不过，我说不准他到底是在安慰我，还是在安慰他自己。

我叹了口气，手指把玩着他的衬衣边："哈莉和丽萨想要我们停止计划。她们不知道星期五的事，对吧？"

我突然转换话题，赖安并没有说什么，他只是摇了摇头。

"这事还是值得一做的，对吧？"我小声问道。

"是的。"他说。

但是他的语气也并没有比我坚定多少。

拯救波瓦特

星期六、星期天过去了，已经是星期一了。整整三天时间里，我一直在想：要是我去阻止大家执行计划，会有什么事情发生；要是我不去阻止大家执行计划，事情又会怎样。

当我和艾迪两人都清醒的时候，我感受得到，过去的几天里，她也是一直忧心忡忡的。她基本上不说话，总是躲着我。而我也总是在她面前藏起我的忧虑。

离去实施爆炸的日子剩下不到一周的时间了。

要是你想阻止他们，你只剩下不足一周的时间了。我心里有个声音说道。但我会不由自主地把这个声音掐灭。不去想这件事心里会舒服很多。到了这个份上，去实行计划，做大家都想做的事，要容易得多。

从什么时候开始，事情变成了我得要去做别人想做的事了？这曾经是我想要的结果。从一开始，当我和赖安坐在海滩上那时候开始，我就下定决心要成为这样一个人。看起来似乎是正确的选择。在那个时候。

但如今看来呢？

我已经答应过丽萨，我要搞定一切，我会想清一切。当时那些话，不过是些安慰之词罢了，是一害怕就随口说出来的。可尽管如此，承诺就是承诺，这个承诺已经深深扎根在我心里，我必须得信守这个承诺。

可是，怎么做才是搞定一切呢？

炸掉波瓦特研究所这种做法，可能会让以后的日子更加美好。虽然这样也许动静有点大，但是，正如克里斯托弗有次说过的，这不是做游戏，我们不是为了赢得扑克筹码而随便玩玩。这是与孩子们的生命休戚相关，也是为了获得相应的平衡的事——那些已经逝去的生命和处于危险之中的生命之间的平衡。

也许，我会一再去想这件事，只不过因为我内心害怕；只不过因为我没有勇气去做必须要做的事情。是这样吗？是因为我的懦弱？伊娃，这颗隐性的灵魂，也许天生就不成器。

终于，我再也承受不了了。星期二那天上午，艾迪留下我一个人走了之后，我又溜出了公寓，熟门熟路地沿着街道一直向照相馆走去。

塞宾娜正站在柜台后边，手在抽屉里窸窸窣窣地摸着，像是在找什么东西一样。她一心一意地忙活着，一直等我走到她跟前，她才看到我。她吓了一跳，头猛地一下抬了起来。

"噢！你好！"她整了整仪容，把头发别到耳朵后面，笑了一下说，"我没想到你会来。"

我耸了耸肩。塞宾娜把抽屉关上了。她脸上还在微笑，但我很快从她的目光发现她其实心不在焉。照相馆到处空荡荡的，那排明信片和墙上贴的那些放大的照片，也没有一个顾客在看。

"科迪莉亚今天不在？"我问。

"她去现场给人拍婚礼去了。"塞宾娜说着，从柜台里走了出来，伸手拿她的包，"说真的，我正打算回家吃午饭呢。有事吗？"

我以前从来没有单独和塞宾娜在一起待过。认识了这么久，本以为单独相处应该没什么不自在了，事实却并非如此。塞宾娜沉着冷静，比任何人都信心充足，但是她总是带着一种审视的神情，就像她能深入人的内心，一眼将他的灵魂看穿。此刻，她的脸上就带着这样的神情。

"我只是想说说话。"我说，"说说星期五的事。"

"好啊。"塞宾娜轻松地说。她招手让我到门边去，然后将门上的牌子转到"暂不营业"那一面，问："跟我到我家去吧？"

塞宾娜的家离照相馆开车只要几分钟。那栋楼外表跟艾米利亚家那栋看起来很像，又旧又破，楼道里一股油腻腻的味道。塞宾娜提醒我不要往栏杆上靠。

"家，我可爱的家啊！"她一边说着，一边打开了一扇门。楼道里的门看起来都是一模一样的。房子很小，跟照相馆一样，里面到处是照片。不过，跟照相馆的相片不一样的是，这些相片里的人我都认识：塞宾娜笑着走入镜头，杰克逊和科迪莉亚走在木板路上，甚至还有彼得刚一转身被闪光灯惊到的样子。

我盯着一张暗沉的海洋全景图一直看着。幽深的海水既让人觉得不安，又充满了诱惑，月光的碎片洒在波涛上。我用眼角的余光看到，塞宾娜皱着眉头，目光正在房间里四处扫视。她还在找东西。

"科迪莉亚和卡蒂特别喜欢拍摄夜色里的海洋。"塞宾娜说。她发现我在注视她，立刻就将我的目光引回到那张照片："那上面贴的照片每两个月换一次，她们总不满意拍摄效果。"

房子里比我想象的要乱很多。我想，可能是因为我印象中，塞宾娜应该是那种很整洁的人。阁楼上面就保持得很整洁，照相馆也一样。公寓里倒是也很干净，就是到处都是书、照相设施和散落的纸张。我盯着餐桌上一个小东西看了好久，才认出那东西是塞宾娜教戴文开锁用的万能钥匙。

"你知道我认为大海最完美的照片应该是什么样子吗？"塞宾娜问我。她伸出一个手指在照片的框子上扫了一下，说："海滩上应该覆盖着一层厚厚的白雪。可是，这里不下雪，连风都不怎么刮。你的家乡下雪吗？"

我点了点头："不过，也不常下。下得也不大。"

"我们家里那个地方，每年雪都会有好几英寸深，从来没有不下过。"说着，她突然笑了，"我居然说'我家里'，是不是很好笑？我离开那里都已经八年了。可不管怎么说，家就是家啊！"

塞宾娜手指抚过相框，说着："等到了哪天，这一切都结束了，我就回去。我要径直走到前门去按门铃。等到我父母来开门了，我就要当面问他们，当年让詹森带走我们，他们心里到底是怎么想的。"说着，她转过身来，"当然，如果他们还住在那里的话。"

"你还是不能原谅他们?"我小声问道。如果说,对塞宾娜而言,八年的时间都没有让她原谅自己的父母,这对我会有什么启示?

"不能。"她怅然若失地笑了笑说,"不过,我还是要回到那里去。"

她把沙发上的衣服拨到一边,示意我坐下:"你和赖安真是太棒了,伊娃。你们自己也很清楚这一点,对吧?当然,这也包括艾迪和戴文。没有你们这些人,好多事都不可能办成的。"

我耸了耸肩,她的一番赞美,虽然让我觉得高兴,可更多的是不好意思:"我其实也没有做过什么。"

"兰开斯特广场那件事的时候,你给画过海报呀!"塞宾娜说。

"那是艾迪画的。"

"但是,你俩不是一起的吗?"塞宾娜说,"你们俩是搭档啊,伊娃。"

"好吧。"我说,"可除了那件事呢?我和艾迪都没再帮上什么忙,没做过什么实际的事。"

我不知道自己为什么一再强调这个,而不是去告诉她,眼前我越来越担心,需要向她倾诉一下我的担忧、我的懦弱,希望她给我打打气,而且她目前的这些做法都没有用。

塞宾娜也许注意到了,再开口说话的时候,语气显得坚定了许多,不是那种不耐烦的语气,而是她意识到我不是个小孩了,不需要她用一些溢美之词来安慰我。

"伊娃,我知道你很可能对这个计划有些别的想法,这很正常。你只要记住我们为什么要做这个就好了,行吗?"她耐心地等待着，我最终点了点头。"记住，星期五你也不是非去不可的，你还是不去的好。"

我在脑海里想象着塞宾娜一个人装着炸弹，一个人看着它爆炸。我仿佛听到了炸弹"砰"的一声爆炸，大楼轰然倒地，熊熊大火燃烧成一片火海，而塞宾娜安静而有力地站在那里，带着心满意足的神情。

"彼得——"我说。

"彼得是个好人，真的。"塞宾娜打断了我的话。她很少打断别人的话，她几乎总是很耐心，随时倾听别人的倾诉。"可要是我们一直按照彼得的速度来的话，天知道我们什么时候才能不用躲躲藏藏，什么时候才有我们自己的地盘。"她的声音显得很狂躁，这是我以前从来没有感受到的。她解释着自己的话："伊娃，我有太多的时间生活在担忧里，一直都觉得只要过得去就行了，一直在挣扎着活下去。我不能再这样下去了，我不想等到了三十岁、四十岁、五十岁了，回顾自己的生活，却发现自己还是那样，满心恐惧地等待着别人来改变自己的状况。我本人，要去改变现状，从现在就开始。"

她深深地凝视着我的眼睛说："彼得觉得我们还是小孩子，伊娃。可是到了某个时候，你就该长大了。"

她的话让我一扫心中郁气。她说得很对，我确实长大了。我不应该再怀疑自己，不应该凡事优柔寡断，不应该一直心存恐惧。

"没事的，伊娃。"塞宾娜说。她握着我的手，坚定的目光告诉我，她理解这一切，也理解我。"不管怎么样，再过两天，一切就结束了。"

31

一件漂亮的白衣
医生的白大褂，粗白布的
在六岁的我们手里
"长大了，想不想当医生？"
没有回答
我们中的一个
不会长大

恐惧。

我猛地惊醒过来，心里全是恐惧。恐惧，就像卡住我们喉咙的手指。

过了一会儿，我才意识到并没有人袭击我和艾迪，我们也不是在逃命，我们只不过是安安静静地坐在自己的房间里。但是——

艾迪！我喊道，艾迪，出什么事了？

她想要说什么，已经都开口了。

可是，她马上就消失了，留下我陷入她刚刚经历的恐怖中。

艾迪！我跳下床。

没人。

艾迪！

有事了，一定是有什么事了。

混乱和恐惧驱使我跑到走廊里，想都没想就喊："艾米利亚！"

艾米利亚和苏菲的门半开着，我听到她一边哼着歌，一边叠着干净衣服。她猛地抬头问："艾迪！怎么了？"

"我刚才在干什么？"我问，"就是刚才，一分钟以前，我在哪儿？"

艾米利亚放下手中的衣服，赶快走了过来："伊娃，你没事吧。冷静一点，你看起来——"

我赶紧退后一步，远远地缩成一团，让她根本碰不到我："求你，告诉我，我刚才在哪儿。"

"你刚才在你房间里。"艾米利亚说，"我想，艾迪刚才在画画，我没有——"

电话铃响了，那声音刺得人耳朵难受。艾米利亚眼睛还是看着我，不过她退后了几步，拿起她床头柜上的无绳电话："喂？"

一阵沉默，她放下电话。她的目光不再看我的脸，而是在我的身上打量着，看着我身上穿着的褪了色的黄色衬衫和牛仔短裤，似乎想从我的穿着打扮上看出什么端倪来。"找艾迪的。"她慢慢说道，"是莱安纳医生。"

我伸出手去接电话，想让自己看起来显得放松自如一点。我真不应该让艾米利亚看出我多么惊慌，她现在已经开始起疑心了，不过，她还是把电话递给了我。

拯救波瓦特

"喂?"我说。

莱安纳医生没有浪费时间寒暄:"艾迪,你和戴文到底在干些什么?"

我没有告诉莱安纳医生我不是艾迪。自从前天从塞宾娜家回来之后,我就没有离开过这栋大楼,甚至都很少出家门。就我所知,艾迪也没有离开过。

我看了一眼艾米利亚,她已经回到洗衣房整理衣服去了,假装没有注意我在说什么,却掩饰得并不好。

我悄悄地溜到了客厅里去接电话:"我什么也没做呀。"

"去你的吧,你什么也没做。"莱安纳医生嘴里轻轻吸着气说,"你知道那孩子到我办公室来一次得冒多大的风险吗?可等我一转身,你俩就都不见了。要是他想用电脑,告诉我一声就行了,为什么在我背后捣鬼?"

戴文和艾迪去了莱安纳医生的办公室?要是戴文需要电脑,嗯,他去找莱安纳医生也是说得通的。莱安纳医生的办公室有电脑,而戴文又知道莱安纳医生肯定会让他用。

但他们要用电脑干什么?

"艾迪,"莱安纳医生突然问道,"你在听吗?"

"在听呢。"我小声说道。

"不,你没有听。我在问你呢,戴文为什么这么迫切地要用电脑?"

我要知道就好了。莱安纳医生叹了口气。我忍住了没说话,等待莱安纳医生继续往下说。最终,她说:"我再问你一次,你和戴文究竟在弄些什么事?"

"我们没有弄什么事。"我说。

我几乎看得到莱安纳医生在那头,手里握着电话放在耳边，瘦削的肩膀绷得僵直，眼睛恨不得把对面的墙烧出两个洞来。"别做傻事，艾迪。也告诉戴文不要做傻事。"

我脑子里满是问号，可是我却不能问。

"好的。"我说。

"不行，"莱安纳医生说，"不要光说答应，艾迪。你要对我保证。"

我犹豫了一下。我最近总在给别人保证，而这次甚至都不是以我本人的名义！

"艾迪！"莱安纳医生催促着我。

"我保证。"我说，我走到自己房间里，关上门，"我保证不做傻事，也不让戴文做傻事。"

莱安纳医生沉默了很长时间，最终说了句："好吧。"就挂断了电话。她可不是那种说再见的时候拖拖拉拉的人。我一屁股坐在床上，手里还拿着电话。

艾迪和戴文去莱安纳医生那里了，而我什么都不知道。

我还在想这件事情的时候，妮娜冲了进来："伊娃，艾米利亚在装投影仪，我们可以看我拍的录像了。"

我几乎冲口而出"这会儿我不想看"，可是妮娜这么兴奋，我又不忍心说。艾米利亚显然没有对她讲过我刚才的怪异行为。此刻我一点也不想破坏妮娜和凯蒂尽力营造的那点正常氛围。因此，我只好点了点头，跟着妮娜走进了客厅。

艾米利亚小心翼翼地看了我一眼，但是她什么也没有打听。我料想她不会问，最起码不会当着妮娜的面问。她也不会打电话问莱安纳医生，她俩一直就不怎么融洽，而艾米利亚也没有那么重的疑心。莱安纳医生也不是个疑心很重的人，只要我保证不乱来，她就不会把艾迪和戴文去她那里的事告诉彼得。大家都料不到，我们的计划会那么疯狂。几个月前，就是我本人，也料不到自己敢干这样的事。

"找不到银幕了。"艾米利亚说着，小心地把录像带塞进投影仪，"我觉得可能是摄像机坏了以后，我就把它扔了。我们只能投到墙上看了。"

开始放映的时候，投影仪发出了一声轻微柔和的"咔嗒"声。我和妮娜并排坐在地上。艾米利亚没有按拍摄顺序调带子。第一个在墙上放出来的，是哈莉的录像。她对着镜头笑着，摆着各种姿势，像是在给时尚杂志拍封面照一样。影像偶尔有点晃动，不时有黑点闪过哈莉的笑脸和那双明亮的眼睛。

"看，你在后面呢！"妮娜指着哈莉肩膀后面一个地方说。确实，我就在那里。那是我和赖安在厨房里做煎饼的那天。就是在那天，我对赖安说了塞宾娜邀请我们去她家，然后我们俩商量了怎么溜出去和她碰面。

我爸妈给我们拍过一些成长照片，但是从来没有给我们拍过录像。看到自己的身影出现在墙上，心里有种很奇怪的感觉。那是一段人人都可以看到的被抓拍到的记忆。

下一段，艾米利亚出现了。她对着镜头微笑着，正在和妮娜讨论看过的一场电影。中间的时候，妮娜把镜头掉向自己，对着镜头说着话，她的小脸因为焦距太近，显得奇大，从麦克风里传出的声音也是变了调的。

下一个镜头是在大街上。

再下一个镜头是蓝天。

然后就是我和艾迪了。我们当时正在画画，一直没有注意到镜头正对着我们，直到镜头都快伸到我们身上了才发现，这才转过身来笑着说："凯蒂，别捣乱了，走开！"

我平时根本不说这种话，我既不记得自己说过这种话，也不记得艾迪说过这种话。

　　"我没有捣乱。"凯蒂说，"你把他的夹克衫画错了，扣子少了一颗，看到没，这儿！"

　　她指着艾迪的画。画面上，是一幅刚刚画出了一点样子的草图，画上的那个人我认识，那是——

　　"这不是还没画完嘛，对吧？"杰克逊说。镜头转向了他的笑脸和那双蓝色的眼睛。他摆出让人画像的样子，坐在一把椅子上，就是画上面的那把椅子。

　　这幅画我见过，可我不记得画画的过程了，因为我当时没有在场，我在潜隐，在做梦。

　　那是哪天早晨啊？我一点印象都没有了。

　　"别拍了，凯蒂。我是说真的。"艾迪说。

　　每一段录像都很短。我们一段接一段看着。里面有很多艾迪的片段我都没印象。艾迪在抽屉里翻着找衣服的，艾迪盘头发的，艾迪大笑着的，艾迪发呆。里面也有一些我的镜头，我知道艾迪当时不在。

　　要是艾迪也在看录像，她会不会和我有一样的感想？我是什么感想呢？真是无法用言语表达。不是忧伤，忧伤太纯粹了。那是忧伤，迷惑，渴望……还有很多。

　　我的脑子里某个地方有了点动静。

　　艾迪——我轻声问道。

　　听到有人叫她的名字，她变得更强大了一些，更能让人感觉到她的存在了。我感觉得到，她正盯着录像看着，看着墙上投射出来的这几个月来我们的生活。

　　艾迪，我说，莱安纳医生来过电话了。

妮娜还在聚精会神地看录像，艾米利亚微笑着坐在她旁边，没有人注意到我和艾迪在进行无声的对话。

她说……说你和戴文去了她的诊所，用了她的电脑。我尽量用平静的语气说着。怎么回事，艾迪？

艾迪取代了我，我没有挣扎，就让她掌控了我们的身体，我们的手紧紧攥着拳头。

艾迪，我——

塞宾娜没有对我们说实话。艾迪停了一下，她是在犹豫吗？我是不是得鼓励她继续往下说？

我没有说话，几乎不让自己想事情。一定是什么可怕的事来了，我听到艾迪的话里透露出不同寻常的语气。

明晚……艾迪说，那栋大楼不是空的，会有一群医生和官员在那儿。是个很大的场合，他们要一起视察那些设备，要看手术设备，詹森要去那里。

她的话像盆水浇在我头上，像是要将我浇倒，可是，我不能，不能，真的不能被浇倒。

伊娃！艾迪叫了一声。她用一种恳求的语气叫着，一种恳求里混杂着提醒的语气。我感到一只手伸了过来，她屏住呼吸，等待着我的回应。我猜，塞宾娜是想等到大家都进去了以后才炸楼。

32

　　我等啊，等啊，等待自己的脆弱赶快过去；等待这事带给我的冲击停下来，放过我。但我就是等不来。

　　你得相信我。艾迪说。

　　我没有作声。不过，她肯定是觉察到了我的怀疑。我自己也很清楚，可我就是忍不住，控制不住自己。

　　戴文一直不赞成这个计划。而我，我是在弗兰德米尔看到炸弹爆炸之后……他邀请我和他一起调查这件事，我同意了。彼得对我们讲了詹森的事情之后，我们就偷偷进了塞宾娜的公寓，找到了那张软盘，就是他们从纳勒斯那里拷来的那张软盘。戴文在莱安纳医生的诊所里查看了那张软盘，搞清楚了波瓦特计划中的细节，弄清楚了哪些人会在什么时候去那里。艾迪表现出来的那种疲惫对我影响至深。我争辩的话语还没有想好，就被我自己扼杀了。

　　有那么一会儿，我并没有感到愤怒，也没有感到害怕。

　　我只是感到……感到深深的失望。

　　曾经，我以为自己是在为了某个目标而奋斗，为自己而奋斗，为了一个自己可以坚持和提升的目标而奋斗。

拯救波瓦特

可是我所做的一切，却只不过让自己卷入了另一套谎言。

还有谁知道这件事？我平静地问，除了塞宾娜以外。

她停了一会儿才回答说：我不知道。

杰克逊和文森知道？

她犹豫了一会儿，可我明显感到了她内心的刺痛。我不知道，伊娃。我真的不知道。

这是谋杀！如果事实真是这样，如果真的要等到有人进入大楼里，他们才去炸楼的话。谋杀多人！多人！我等待着自己有某种发自内心的反应，比如痛不欲生、撕心裂肺、泪流满面什么的，可是什么感觉都没有。一开始是觉得有点反胃，可后来我似乎什么都感受不到了。

有人敲门。我赶快缩回只有我和艾迪两人的封闭世界里。艾米利亚关掉投影仪去开门。

是赖安。他正要张嘴说话，看到我和艾迪的样子，又赶快皱了皱眉头，闭嘴了。

然后就换成戴文了。

我说不清戴文到底从我们的眼里和嘴唇上看出了什么。我也看着他。不知怎么回事，又换回我控制身体了。我不想控制身体，因为我不知道该怎么办。

"戴文？"艾米利亚喊了一声。谁都能看出他脸上那种紧张的表情，可是艾米利亚还是什么都没有点破，只是说："进来吧。"

我站在那里，就像是一直在等他来一样。他一言不发朝我走来。

"你们继续看吧。"我跟着戴文往卧室走，从大厅经过的时候，对艾米利亚和妮娜说。

"艾迪把你牵扯进来了。"我们进卧室刚把门关上，戴文就说。

赖安，我心里想着，赖安，你知道吗，还是你也和我一样，都麻木了？

我和戴文心照不宣，一直等到听见外面把投影仪打开，听到艾米利亚和妮娜的喃喃细语，才开口说话。我可以感觉到艾迪就在我身边，虽然不说话，却显得很坚定，这对我是有力的支撑。她曾经因为我忽视了她和杰克逊的感情而指责我太自我，不过，我从来没有对她和戴文的友谊视而不见。

我坐在床上，指了指旁边的位置，戴文走过来坐下，毫不犹豫，也没有多余的动作。他坐下来的时候，床垫随着他的体重往下沉了沉。

"赖安——"我小声地问道。

"他知道了，我刚才告诉他了。"戴文看着我的眼睛，说，"我们得想好该怎么对付其他人。"

我总是在非常莫名其妙的时候产生一些情绪上的波动——先是显得麻木不仁，然后就会突然一阵恶心，就像有人在捣我的内脏一样。

这不，刚一听到"对付"这个词，这种感觉就来了。

我深吸一口气，说："也许……"

也许我们弄错了呢？

没有什么也许了。艾迪说。

"也许什么？"戴文问，"也许我们弄错了？"他扬了扬眉毛，这表明了他觉得到底有多少可能性，"就算我们错了好了，也没什么害处，只不过——"

我瞪着他，说："没什么害处，只不过指责别人……"

指责别人谋杀？

他目光非常坚定："要是我们没弄错，要是我和艾迪说对了呢？"

我看向别处，脑子里感觉非常奇怪。奇怪，飘忽，还错乱。

"这事就在明天了。"戴文说。他伸出手来抓住我们的胳膊。我和他目光相碰。我不记得以前戴文和我们有过什么身体上的接触。"我们没时间了——"

"好吧。"我用手指压了压额头，转身一边走开，一边说，"好吧，我知道，我知道。我——"

"我们明天一早就去见他们。"戴文说。我点了点头，眼睛还是盯着前面的墙。"我们要尽快和每个人联系上。"

我双眼紧闭，只是一个劲儿地点头。

拯救波瓦特

33

第二天早上，应我们的要求，大家都来到阁楼上集合。塞宾娜和乔希，科迪莉亚和卡蒂，杰克逊和文森，克里斯托弗和永远默不作声的马森。

还有我们。

戴文站在离我们和其他人几英尺的地方。其他人都围在沙发周围闲谈着。

塞宾娜抬头看了看我们，问："好吧，说说到底怎么回事，艾迪？"

艾迪抬头看了一眼戴文，戴文也看了看我们。艾迪坚持，和大伙碰面的时候，他们俩要掌控身体。或者更确切地说，她坚持，无论如何，她最起码要掌控我们的身体，这样一来，戴文觉得他掌控他俩的身体成了再自然不过的事情了。

大家都充满期待地看着他们，听他们说话。

"戴文和我发现了一件事。"艾迪说。

我们的嗓音显得特别紧张，拘谨得有点怪异，这口气听起来就像是在学校做口头报告的时候，自己很清楚准备得不够充分，而老师的提问却一再击中要害，我们最后只好承认自己也不知道自己在说些什么一样。

他们该不会发现我们一直在发抖吧？艾迪换了个姿势，好让身体的重量压制住我们的颤抖，可是我们还是没能控制住。

最后，她只好尽其所能把肌肉绷紧。我们把手插在口袋里，手指紧紧握住那块芯片，就是赖安在我们进诺南德医院前给我们的那块。我们很久都没有带着它了，但是今天早上我们离开家里的时候，我顺手把它放在口袋里，我太需要一点安慰了。

"你为什么要选择今天晚上去炸楼，塞宾娜？"我们好不容易才将问题挤出我们的喉咙，逼着它从我们的嘴里蹦出来。

塞宾娜立刻敛起了笑容。

我真是一点也不想在这里面对这个场合。

不行。艾迪喊道，不行，伊娃，你敢走，你敢走！求你了——

我不走。我低声说道。可是，待在这里实在是太难受了。

房间里并没有人走动，可地板发出吱吱嘎嘎的声音。不对，戴文走动了一下。他走过来，站在我们旁边，他并没有碰我们，可是，他站在这里，虽然我们的身体还在颤抖，但是艾迪的声音却变得更大、更有力了："你为什么坚持非今天晚上不可呢？"

塞宾娜的嘴张了张："那张软盘是你们偷走的？你们偷了我的软盘？"

我突然发现，在场所有的人都在盯着我和艾迪。有人看了看塞宾娜，可是目光还是回到了我们的身上。

意识到这点，让我们禁不住浑身直冒冷汗。

这件事大家都有份。

我们的目光看向杰克逊，艾迪直视着他，他也瞪着艾迪，最终杰克逊先将目光移向了别处。

天呐，伊娃！艾迪小声说道。要是换了别人，我肯定会对她说：我简直不敢想象，此时此刻你会有怎样的感想！但是，这可是艾迪，我不需要去想象，我和她感同身受。一开始，肯定是不愿意相信，因为我和艾迪都善于否认；然后就是觉得愤怒，耗神耗力；接下来就会觉得害怕；最终会觉得痛苦，痛苦的感觉最为强烈。我无须用言语表达这一切，只是和她并肩而战，我知道她无法独自承受一切。

我知道该怎么做，长这么大，我们一直在做这件事。

"艾迪。"塞宾娜平静地喊了一声，平静温和的语气让艾迪一下子爆发了。

艾迪声嘶力竭地喊着："那栋大楼里有人！那栋大楼里有人！"

"艾迪。"克里斯托弗差点马上就要从椅子上站起身来，"声音小点——"

"声音小点？"艾迪尖声喊道。

艾迪。我抱住了她，艾迪，艾迪。

"原来你们这些人都知道。"艾迪飞快地眨着眼睛，"我们还以为，以为有些人可能不知道呢！可你们……你们都知道！你们都——"

"伊娃。"科迪莉亚喊道。

艾迪转过身去面对着她，脸上扭曲得变了形："不，不行！别想用这个糊弄她，别想再利用她的感情！她那么信任你们！"

戴文一把抓住我们的手腕，飞快地轻轻握了握，又放开。

"事情结束了，"艾迪说，声音平静了下来，"到此为止了。"

整个过程里，杰克逊都一言不发，一动不动。这时，他身子动了动，不是朝我们的方向靠过来，而是朝与我们相反的方向靠过去，他的肩膀在沙发背上伸展开来，我看不出他有呼吸不匀的样子。

"你这话什么意思？"他问。

只要看一眼他，艾迪心里就很不好受，目光的交流和直视更是像在心上砍了一刀一样痛苦。

"我的意思是，一切到此为止。"她深深地吸了一口气，"我们用一种安全的方式，把液态氧处理掉，然后把炸弹拆除。"

克里斯托弗笑了，一副满脸讽刺、得意扬扬的样子。他看着其他人，嘴里虽然没有说出来，可浑身上下都透露出这样的信息——这怎么可能！

"我要告诉彼得。"艾迪说。我真想进入潜隐去做梦，可我不能留下艾迪独自面对一切，我不能让自己逃离现场然后躲避起来。

"伊娃，"克里斯托弗喊着，满嘴命令的语气，"艾迪，她到底在不在？你——"

让我来吧。我说，让我说话。

艾迪犹豫不决：你说真的？

让我来。

她真就让了，移到一旁，把我们的四肢、舌头完全交由我来掌控。

"我在呢。"我轻声说道。

不知怎么的，我感觉更糟了。现在，大家都在看着我，他们满是被背叛、挫败和愤怒的目光都集中在了我一个人身上。

"你们没有告诉过我，"我一面说着，一面暗暗咒骂自己，为什么说话的声音都在抖，"你们没有告诉我，没有说大楼里会有人。"

"伊娃，"克里斯托弗说，"我们不想你操心。"

我提高了声音："这是什么意思？"

"这么说吧。"他说，"要是你不知道，那么，要是，要是事情真的有什么不对劲儿的，你不知情的话，心里就不会那么自责，对吧？"他转身看着其他人。听到这个大谎话，只有杰克逊还有那么点气节，觉得有点不好意思。这么说来，我不是唯一一个自欺欺人的了。

"克里斯托弗，我是个双生人。你觉得说句'对不起，我不知道'就能——"我深吸了一口气，打住了自己的话，我懒得费口舌跟他们争了。

"你们是故意针对这些人的吗？"戴文用他一贯沉稳冷静的口气问道，"还是说你们打算杀了他们，因为这是最便利的手段？"

克里斯托弗从沙发上跳了起来。我站在自己的位置上一动不动，但是他并没有朝我这边过来，而是朝戴文走去。戴文只是冷静地瞪着克里斯托弗，似乎对这个比他年长的男孩气得暴跳如雷的样子根本无动于衷。

"我们要杀他们，是因为他们想杀我们。"

"克里斯托弗！"塞宾娜喊道，但是克里斯托弗根本没有搭理她。

"我们要杀他们，是因为老天爷知道他们杀了多少孩子！"他打着手势加强着他的话的分量，手在空中挥舞出各种危险的姿势，差点打到戴文的脸上。

戴文看着克里斯托弗的样子，像是在看着一场滑稽的木偶戏。

"克里斯托弗！"塞宾娜猛喝了一声。

他急促地呼吸着，胸膛像个风箱一样一起一伏的。他转过脸对着我啐了一口说："去告诉彼得吧！你觉得会有什么结果？你难道觉得他真的会有什么行动？"他装出一副吓坏了的样子和满脸痛苦的表情："你觉得他会骂我们，对吧？"

"他可能不会去报警。"我柔声说道，"可我会。"

房子里一片死寂。刚才我们之间气氛紧张，情绪激动，可此刻就像是扔掉了保护罩，大家赤裸相对，我抛出了我的底牌。

有那么一个瞬间，克里斯托弗眼里闪现的不是愤怒，而是伤心。

他后退了几步。与此同时，一只手抓住了我们的手指。我看着站在我身边的这个男孩，他握了握我的手，嘴角紧绷，牙关紧咬，我顿时感到一阵轻松，几乎大喊一声："赖安！"戴文当然有权站在这里，可是我想要，也需要赖安站在我的旁边。

克里斯托弗转身对着塞宾娜说："我们就不该让她参与进来，我们根本不需要她。"他双眼灼灼看着赖安："没有她，我们也照样能说服这家伙。"

他这样说是因为他正在气头上，还是说他说的是真话，他们并不是真的想要我和艾迪？我真恨自己到现在还是这么在乎，恨自己还因为这样的话伤心。

科迪莉亚的目光里，流露出来深深的被背叛的痛苦。塞宾娜仍旧双腿交叉坐在沙发上，她的脸上带着静静的失望，不是对她的计划不能实施而失望，而是对我感到深深的失望。

"他们甚至没有意识到……"克里斯托弗咆哮着，他这话是对着屋子里其他的人说的，而不是对着赖安和我，好像已经无法跟我们对话了一样，好像我们根本不值得他们再付出努力去对话一样。"他们甚至没有意识到，"他压低声音，嗓子有点沙哑，"他们都没有意识到，他们把事情弄得乱七八糟！总有一天，他们回过头来看时，就会意识到他们愚蠢透顶，狭隘透顶！"他转过身来看着我们，"到那时，一切都太晚了。"

他的话，每一个字都像是将一个生锈的钉子钉在我们的肋骨上。

"他们没有亲身经历，克里斯托弗。"杰克逊平静地说道。他这是在替我们打圆场，还是表示彻底将我们踢出局？

他这话没错。我们从来没有进过研究所，我们只在诺南德医院待了六天。

我心里觉得自己很可怜，可事实并非如此。我们吃得好，住得好，而且，每隔几天，还可以出去看看，但是——

"所以他们才不应该，"克里斯托弗喊道，"不应该想要对自己一无所知的事情指手画脚。"

"我想，"赖安声音平静，但是很坚定，"我们知道什么是谋杀就够了。"

克里斯托弗对此嗤之以鼻，他来回走动着，怒火中烧，灼得他满肚子的火气，没法平静下来。然后，像是再也无法忍受我们在他视线中似的，他大步走过我们旁边，僵着肩膀站到了窗户边上。

塞宾娜说话了，语气平静："既然双方开战，这就不算谋杀。"

杰克逊，那个非常喜欢陶醉在自己声音里的杰克逊，那个在诺南德医院里和我们一起躲在黑暗的小屋子里，离护士只有几步之遥，却还微笑着在我们耳边小声说，要我们心存希望的杰克逊，此时此刻，却一言不发。

我看着他那双淡蓝色的眼睛，可这双眼睛却像是透过我看着别人。

"取消计划。"赖安说，"我会拿着——"

我看到杰克逊的眼睛瞪得溜圆，嘴巴张得老大，腾的一下站起身来。

接着，一道非常明亮的光在我眼前闪过，又"啪"的一声碎了。

拯救波瓦特

34

我还没来得及喊一声，头就"咚"的一声撞到了地上。

眼前一片昏黑，先是看不清周围的一切，接着就什么都看不清了，我彻底陷入了让人窒息的黑暗。

"伊娃!"赖安喊道。

世界逐渐拼凑成形。小彩灯，几块地板，运动鞋，什么都模模糊糊的。

有人从背后偷袭了我，用什么东西击中了我，这件东西比拳头狠多了。

我想要从地上爬起来，却觉得周围天旋地转。

转啊。

转啊。

转啊转。

我旁边有人"砰"的一声倒下了。是克里斯托弗，嘴角还流着血。我再次想要从地上爬起来……

克里斯托弗是唯一站在我们身后的人，是他袭击了我们。我的头昏昏沉沉的，还没想得太明白的时候，只见他又朝我们扑了过来。

到处都是脚。赖安愤怒地喊叫着，人人都在愤怒地喊叫着。

我们的脑子里嗡嗡作响，四周的声音像是从水里漏进我们的耳朵一样。

接着有人在我们旁边蹲了下来，是塞宾娜，她抓住了我们的胳膊。

"赖安，"我想要说话，最后还是想办法喊了出来，"赖安——"

塞宾娜把我们往她身边拽着，她手里拿着一件什么东西，深灰色的东西。那是胶带。我想要爬走，但是听到塞宾娜喊了一声："抓住她！"接着，两只手伸了过来，把我们按在地上，那是科迪莉亚的手。我尖叫着，挣扎着。

"天呐！"有人带着惊恐喊了一声。是杰克逊。

有人将一块抹布塞在了我们嘴里，噎得我们一阵恶心，呕得连背都弓了起来。头发遮住了我们的脸，挡住了我们的眼睛。有人将我们的胳膊扭到了身后，我们听到了撕胶带的声音，感到有人将胶带粘到了我们的手腕上，把两只手腕扭到一起绑住。有什么东西撞到了我们身上，塞宾娜嘴里咒骂着。

"克里斯托弗，抓住他！"

是赖安。

我们双腿朝外一拐，勾住了克里斯托弗的膝盖，他跌倒了，却正朝着我们跌落下来。他的身体重重地砸在我们的腿上，我们歇斯底里地大声尖叫着。

接着，就见赖安过来把克里斯托弗拉开。科迪莉亚放下我们就奔赖安去了。克里斯托弗摇摇晃晃地站了起来，他们三个人跌跌撞撞地朝阁楼的另一端走去。

杰克逊正孤零零地站在那里，呆若木鸡。

"杰克逊，"塞宾娜吼道，"过来给我帮忙。"

我们的胳膊被扣住了，想要再踢腿，却总踢不到地方，而且腿还很疼。

塞宾娜将我们按在地上，我们挣扎着，但是因为手被捆住了，我们的身体没法保持平衡。第一回挨的那一下，让我们眼前直冒金星，到现在还感到阵阵恶心，像是马上就要吐出来一样。头发遮在眼睛上也没法弄开，我们什么都看不见。

很快，我们就感到胶带缠住了双腿，同时听见塞宾娜说道："过来，给他也弄上，快点。"有人嘴里被塞了东西，发出用力挣扎的声音。

接着，一切安静下来。我们的腮帮子被压在木地板上，眼睛睁着，只能看到绿色沙发的底部和我们自己乱蓬蓬的头发。

有人把我们拉着坐起来，因为胳膊和腿都被捆起来了，我们又差点摔倒。塞宾娜拨开了我们脸上的头发，她的手很柔软，她浓密的头发也被弄得乱七八糟的，眼睛亮晶晶的瞪得老大，嘴巴也大张着想要大口吸气。她的脸上有一道抓痕，是我们弄的吗？

我发现自己还是很在乎。

我恨这样的自己。

我急切地搜寻着赖安，发现他在阁楼的另一头，和我们一样，也被捆住了。他看着房间，看着我。他的左边衣袖沿着缝合处被撕开了。他和我一样大口喘着气，血顺着他的太阳穴流了下来。

我突然不再关心自己伤害了谁。

"对不起！"塞宾娜轻声说着话，将我的注意力又转到了她身上。

嘴里塞着东西，我和艾迪没法大声说话，怒火中烧的我们，都忘了我们可以彼此对话。

"克里斯托弗，"她转过脸去看着他，有那么一个瞬间，她脸上固执的平静消失了，露出了一直压制着的愤怒，"你不该这样做。"

克里斯托弗站在赖安旁边，嘴上有个口子，眼神涣散，他咬紧牙关，看着远处。赖安想要说什么，可是他嘴里的抹布堵住了他的话，没人听得懂他究竟在说什么。不过，大家一眼就能看出他的愤怒。

塞宾娜没有理他。"我知道你现在很气愤，伊娃。你是该生气，但是你不能去报警。你现在气糊涂了，意识不到这一点。所以，在你能控制住自己以前，我们不能让你做傻事。"

我将所有的怒火、所有的痛苦都展现在我瞪视她的眼神里。

"我们是一伙的，"塞宾娜柔声说道，"你得知道这一点。除了我们自己，谁都不会支持我们。你将来会明白这一点，我希望你快点明白。"她似乎想伸手过来抚摸我们，可是我们的表情让她中途打住了。"要是你去报警，你觉得他们就不会把你也带走吗？要是他们跟踪你找到彼得，找到亨利，找到艾米利亚，你该怎么办？你会毁掉整个地下组织，那谁来帮助那些需要帮助的孩子呢？"

那你们计划的事情又会怎样？要是他们循着谋杀案找到你们头上该怎么办？

"我们这是在保护你，伊娃。"塞宾娜说，"你肯定觉得不像，但事实真是这样。"

她转过身去看着其他人，很快，就换成了乔希。为什么？因为乔希要说话？因为乔希更善于策划绑架？

还是因为，虽然事情做都做了，塞宾娜却再也无法面对我们？

"事情结束前得让他们待在这里。"乔希说。

"然后怎么办？"克里斯托弗从房子另一头看着我和艾迪，不知为什么，他的眼神有点飘忽，"你不可能在事情结束之前一直让他们待在这里。可一旦放开他们，他们就会直奔彼得。"

"不会的。"乔希说，"要是来不及了，他们就不会去啦。"她的目光停在我的脸上，"到那时就没意义了。事情过后再告诉彼得，那他能做什么？他不会，也不能，去告发我们。那只会让他痛苦而已。"

"她会去报警的。"克里斯托弗说。

"不会的，"乔希说，"我知道她不会。因为到时大楼早被炸了，里面的人也早死了。"

你错了。我心里有个声音喊着，你错了，大错特错。我会去告发的，我会把你们都交代出来，我才不管后果如何呢！

但是，还有个深深隐藏着的我，却在心里暗暗想着，也许她说得对。

要是木已成舟，我们还有勇气去告发吗？那样做了，死了的人也不能起死回生，虽然能让这些人受到惩罚，可是——我们是双生人，谁说得清警察会怎么调查？谁说得清在警察的审讯下，科迪莉亚、杰克逊或者克里斯托弗会说些什么？

凯蒂和妮娜，哈莉和丽萨，他们并没有做错什么，可谁又会在乎呢？

我们所有人又得逃跑，也许这次只能分开跑了。

我们可能会被抓住，凯蒂和哈莉也可能被抓住。

可我能因为想帮助几个死人，就拿几个活人的命去冒险吗？

我不能。

我做不到。

杰克逊的背影有点模糊，但是我们看得很清楚，他走了。我们气呼呼地眨着眼睛将视线调整清晰。

"我会给艾米利亚和亨利打电话。"乔希说，"告诉他们，我路过的时候顺便把赖安和伊娃带过来，让他们跟我和科迪莉亚过夜。塞宾娜和我会编好借口，他们不会怀疑的。"

他们当然不会怀疑。谁又能想象得到阁楼里目前这副情景，赖安和我嘴被堵住，身上还绑着胶带？

我嘴里呜里哇啦地喊着，扭动着想要挣开捆绑，可是没能挣扎多久，很快，我们就因为缺氧而感到头晕眼花，喘不上气，这纯粹是因为我们害怕造成的。

乔希的目光显得有点悲天悯人。

"求求你，别挣扎了。"她轻声说道，"这样会伤着你自己。你已经流血了，头上受伤总会流血，比平时要严重。"

滴到我们脖子里的液体，我一直以为是汗水，难不成是血水？

"这里得一直有人。"乔希说，"我们轮流值班，我第一个吧。"

35

科迪莉亚第一个离开了，克里斯托弗也跟着离开了，行动比先前慢了不少。他的嘴角还在流着血，他不停地用手擦着，弄得血都糊到他的腮帮子上了。

"去卫生间把自己弄干净。"克里斯托弗正一瘸一拐地往下走着时，乔希对他说道，"还有，去把我的急救包拿来。"

他没有回话，不过几分钟以后就回来了，脸洗得干干净净，手里拿着一个白色的盒子。乔希点了点头表示谢意。他一言不发，再次离开，这次没有再回来。

现在，房子里只剩下乔希、杰克逊和我们了。杰克逊还站在房子中央，眼睛看着窗户，胳膊交叉放在胸前。我们尽量不去看他，因为每次看到他，心里就会难过。

艾迪。我试探着叫了一声，她虽然没有答应，可是我能感觉到她在竭力压制自己不要大声尖叫出来。

乔希拿着急救包朝赖安走去。他好像没有再流血，最起码没有大股大股地流了。他瞪大眼睛看着乔希，不过，当她帮他把脸上的血擦干净的时候，他也并没有躲开。

"杰克逊。"她一边手里忙活着，一边说着，并没有抬头看他。杰克逊也没有注意到这个，因为他不再看她。"你可以走了，这里没什么事了。"

他身子半转了过来，有那么一会儿，我觉得他可能会和乔希争辩几句。他的目光扫过我们头顶上方的某个地方，张了张嘴，却只是点了点头。

比起克里斯托弗、科迪莉亚，甚至是塞宾娜，我更生杰克逊的气。因为艾迪曾经那么信任他，和他在一起度过了幸福的时光，而现在，所有这一切都成了泡影。

他沿着楼梯走了下去，很快消失不见。

乔希在我面前蹲了下来说："我帮你清理头发上的血迹，你能不能别动？"

嘴里塞着的抹布压着我们的舌头和腮帮子，所以我没有回答。她用一块湿布麻利地擦着我们的后脑勺。

她没有再跟我和赖安说话。当乔希忙着弄我们头上的血的时候，我和赖安对视了一下。他盯着我看了一会儿，就转头去打量四周，一开始，我以为他是在顺着挂彩灯的电线打量。

马上，我就意识到他是在看那些钉子。

钉子都是用旧的长钉，并不是特别大。

艾迪。我轻轻喊了一声。她还是紧紧地蜷成一团。我心里很清楚，经历了这样的事，心里其实是很难看得开的。但是，我也很清楚，有些时候，你最好看开点。要是我们能挪到靠那些钉子近一点的地方……

艾迪说话的声音非常微弱：那我们得先站起来才可以，伊娃。可那样太费劲了，她会发觉的。

那我们就等着。等到时机合适了再说。或者，我们想点别的办法，不过，艾迪——我用无形的手指去够她，把她从我们

后脑里，她藏身的那个角落里拉了出来。我们得在天黑前离开
这里，我们得要阻止他们。

决定一件事比完成一件事容易多了。乔希一整天都和我们
待在一起，只在卡蒂下午顺道过来，问她要不要回家去待会
儿的时候出去了一小会儿。她没有回家，而是留下卡蒂看着
我们，自己去买吃的，并顺带给艾米利亚打电话去了。她关
上了活板门，隔着天花板和几层隔离板，我们只能隐隐听见她
说话的声音。

卡蒂很不自在地站在门口，看也不看我和赖安，我想借着
这个机会挪得离赖安近一点，可是我的行动很快被她发现了。

"别动。"她说，尽管她的身体透露出深深的愧疚，她的语
气却很强硬，她不再像平常那样，说话那样含混不清，声音因
苦恼而显得生硬冰冷。

我停了下来。

楼下传来轻轻的风铃碰撞的声音，说明乔希出了照相馆的
门了。我们一整天都没有听到有顾客进出照相馆的声音，乔希
一定是把店门关了。

你觉得她会给我们饭吃吗？艾迪问。

我不知道。这有什么要紧吗？我们又不饿。

我们的上一顿饭是几小时前吃的，但是，我们的肚子缩得
紧紧的，一点都不想吃东西。

不过，要是她让我们吃饭，她就得把我们嘴里的布条拿出
来。艾迪说。

我不清楚大喊大叫到底能有多大作用。

我们刚才也大声喊了，可是并没有什么人来。

也许我们可以咬她。艾迪怨恨地说。

我没有说话。怨恨至少比痛苦要好吧，比让人腿软的恐惧要好吧。我容许艾迪表达她的怨恨，她该怨恨。

莱尔肯定会对我们的故事感兴趣。我柔声说道，先是从诺南德医院逃出来，现在又被捆在一个秘密阁楼里。很有点像冒险小说。

艾迪没有作声。我有点担心，在这种情况下突然提起莱尔可能有点过分。不过，最终她还是开口说了：只有等我们逃出去了，这个故事才真像个冒险故事。莱尔可受不了故事里的主人公逃不出去的结局。

我试了试他们到底绑得有多紧。我们的手腕交叉扭到背后，塞宾娜好像在绑的时候，从上下两个方向都绑了胶带，我的手根本就动不了。

她到时候总得让我们上厕所吧。我说，那时候她就不得不给我们松绑了。

楼下的风铃又响了，是乔希回来了，她和卡蒂在屋门前小声说了几句话，然后卡蒂眼神黯淡地朝我们的方向看了最后一眼，就下楼走了。

塞宾娜——这回已经换回塞宾娜了，从她平静坚定的眼神和移动时像跳舞一样的动作就可以看出来——把外卖的塑料饭盒拿到我们跟前说："要是我把你们嘴里的东西弄出来，你们大喊大叫的话，我只好再把它塞回去，那样你们就没法吃饭了。"

我点了点头。

她把布条拿出来。我没有大喊大叫，而是很快用嘴呼吸了好几下，咽了口唾沫，想要去掉嘴里布条的味道。

拯救波瓦特

"我买了三明治。"塞宾娜转身朝她的背包走去，"我只能——"

"我要上厕所。"我本来想在说出来的时候尽量显得无辜一点，可刚说了两个字，我就突然意识到，被你当作朋友的人打一顿并绑起来，本来就是非常"无辜"！

塞宾娜眼睛盯着赖安，他背靠墙躺着，眼睛一眨不眨盯着塞宾娜。

"我不知道能不能放心把他一个人留在这儿。"塞宾娜说。

"那你就留在这儿看着他，让我一个人去上厕所。"

塞宾娜不怀好意地笑了笑说："不，我还是跟你走吧。"她掏出一把小刀，朝我们的手上绑的胶带上指了指，说："和布条规矩一样，你们只有一次机会，要是想反抗，就再没有机会了。"

我能感觉得到，艾迪好不容易才忍住没有控制我们的四肢，忍住没有在我们的手刚被放开的刹那挥起拳头。我们的肌肉特别僵硬，塞宾娜把我们的手拉到身体前面，再次绑好，不过这次绑得松多了，在我们的两只手中间留了一条大约五英寸长的胶带。

轮到松开脚上的胶带的时候，她可没这么痛快了。最终，她还是松开了我们脚上的胶带，不过，她试图在我们脚腕上戴手铐，但没有成功，她放弃了。

"你干这个很在行嘛。"我平静地说，想拿话去刺激她。

"在研究所的时候，他们就是这么对付我们的。"她回了一句，也想拿话来伤我。

"胡说八道。"艾迪说，"用胶带绑？他们那里难道还缺更加更加专业的东西吗？"

不管怎样，我还是感觉到内心一阵伤痛。塞宾娜拽我们起来，我也什么都没有再说。

"我们就回来。"塞宾娜对赖安说，就好像我们是在一场聚会的中间溜出去上个厕所一样。

我们一步步小心地朝楼梯走去。塞宾娜把我领到照相馆另一边后面那间房子的卫生间。关门前，她对我说："别太久啊！"

她一走，我就锁上门，转身四处找东西——什么东西都行——用来给我们的手松绑。

卫生间里只有一个马桶，一个带抽屉和柜子的盥洗台，角落里有一个拖把，旁边放着一捆手纸。

手纸。我转身去看手纸筒，可我看到的并不是商场里带锯齿边的那种卷纸筒，这里没有什么卷纸筒，只在水箱上面放了一卷纸。

我一边冲厕所，一边把水龙头打开，这样塞宾娜就听不见我们的动静了。门虽然锁住了，可是我担心她手里有备用钥匙。

我用牙在我们的手腕边上咬着，胶带弄得我们满嘴苦味。咬了以后，胶带是松了一点，可是却并没有断。

看看抽屉里有没有什么。艾迪说。可抽屉里只有排水管清理器和一些用过的空气清新剂。我徒劳地在盥洗池的边上磨着，想要弄断双手之间的那段胶带。

伊娃，艾迪喊道，伊娃，我们的芯片在闪。

什么在闪？

我们的芯片，正在我们的口袋里闪着呢，刚才还没闪。

我看了一眼卫生间的门，但是芯片发出的微光照不了那么远，连透过我们的裤子口袋都有点难。

芯片有规律地闪着，恰好每隔三秒闪一下。

不会是赖安。艾迪说，要是赖安的话，在楼上我们两块芯片就会同时闪的。

那会是谁——

艾迪和我同时想到了一个人，我知道她的想法，是因为我知道她心里的期盼和担心和我是一样的。

哈莉。丽萨。

"伊娃?"塞宾娜在门口喊道，"你还有一分钟，趁我——"

"趁你什么?"我喝断了她的话。

哈莉和丽萨就在外面大街上的某个地方。离我们很近。她正在找我们——要不她们拿着赖安的芯片干什么?

我们手中的芯片越闪越快。她离我们更近了。我们该不该喊一声?丽萨能不能听得见我们的喊声?

接着，几乎就在芯片上的小点变成一束稳定的红色亮光的一刹那，外面传来一阵敲门声。

不是卫生间的门。离得比较远。

是前门。

"哈莉!"我大叫一声，接着又连着叫了好几声，"哈莉!哈莉!"

卫生间外面传来一阵很响的窸窸窣窣的声音，塞宾娜扭动着门把，想要冲进洗手间。门口的轻叩变成了捶砸声。

"哈莉!"

砸门的声音变成了玻璃破碎的声音。

36

门把上的窸窣声停了下来，但是我还是大声喊着哈莉的名字，直到艾迪说：伊娃，伊娃！我们听不到外面的情况了。

还没喊出的声音卡在了胸口，像个硬硬的肿块堵在我们的心脏边上，让人觉得隐隐作痛。我们已经无法判断塞宾娜和乔希到底会做出什么事来。哈莉和丽萨现在有危险。

我一下将门撞开，人退回到门后，心想着乔希可能会扑过来。可并没有谁扑过来。外面倒是有一个人，可既不是乔希，也不是塞宾娜，甚至也不是哈莉。

是杰克逊。

看到他的一刹那，我们惊得呆住了。不过，也就愣了那么一秒，我们就跑过他身边，跌跌绊绊地想要挣开捆在我们身上的胶带："哈莉！"

我们一眼看到了哈莉，而她的眼珠子也瞪得老大，上来一把抓住我们的手问："赖安和戴文在哪儿？你们没事吧？没事吧？"

"楼上。"我好不容易才说出话来，试图想要站在她的前面，挡在她和杰克逊中间，"快！快跑！去——"

"没事的。"哈莉说，"是杰克逊去叫我的。一开始我也不相信他，但是——"

杰克逊去找她？

杰克逊没有看我们，说话的声音有点低沉，显得无精打采的："我们进来的时候，塞宾娜跑了。她可是不会让自己吃亏的。她一定是先跑回公寓去取炸弹，然后直接就去研究所了。"

哈莉拿起一大块碎玻璃用力割着我们手上的胶带。

"你打碎了窗户的玻璃。"我嗓音沙哑地说道，眼睛不停地往杰克逊身上看，不过每次我都逼着自己不去看他。

哈莉的嘴角露出了一个笑容："是啊，好吧，救人就要有救人的样子嘛，对吧！不要以为砸玻璃每次都那么好玩，我手头连个现成的床头柜都没有。"

我们发出一阵歇斯底里的大笑。在诺南德医院的时候，我们也打破窗户进屋去救哈莉出来。后来为了躲开保安，我们还跑到了屋顶上。从某种角度上来说，那次逃跑要简单得多。那些坏蛋对我们而言就是坏蛋而已，我们没有一连几周、几个月和他们生活在一起，没有和他们吃在一起、笑在一起。

"我上楼去，"杰克逊小声说道，"看看赖安有没有事。"

他还没来得及上楼，在半路上就碰到了赖安。赖安一把抓住了杰克逊，都没有提醒一下，一句话都没说，就猛地把他甩到墙边。

墙上的相框腾地弹了起来，一块相框掉到了地上，碎成了好几块。又有玻璃碎了，满地残渣。

"赖安！"我喊了一声，冲过去想拽他，却跌倒了，我们的腿还有点瘸的。哈莉先跑到了他们身边，从后面拽住了她哥哥，嘴里喊着："赖安，赖安，住手！住手！"

他一定是用钉子割开了手上的胶带，手上的皮蹭掉了好大一块，一双手上鲜血淋漓的。鲜血浸到了杰克逊的衬衫，将白衬衣上染出一道一道红色的印子。

杰克逊没有说话，赖安打他的时候，他也没有哼一声。此刻，两人互相瞪着对方，赖安的手抓着杰克逊的衣领。

慢慢地，赖安松了手，往后退了退。他的眼睛一眨不眨地盯着我和艾迪。

然后，他双手抱住了我们，耳语般的声音从我们的头顶传来："你没事吧？"我点了点头。

哈莉让我们告诉她到底发生了什么事，我和赖安就一股脑儿地将事情一五一十都告诉了她。我们俩说得结结巴巴，还时不时打断对方的话。杰克逊靠在墙上，没有插言，他根本就没有说话。

艾迪也没有说话。

我也不知道该对他俩说些什么。

"我们只能去找彼得了。"哈莉说。

我摇了摇头，说："我们只能去研究所了。"

赖安的手还在流血，他把手放在肚子上，弄得衬衣上到处都是血迹。他太阳穴上的伤口又裂开了，虽然血流得不多，可是看上去却很难受的样子。

"不管你们这些人决定去哪儿，我们都得先离开这里。"杰克逊说，"哈莉打碎了展览橱窗。就算现在还没有人报警，很快也会有人报警的。"

赖安注意到了我的目光，他把手从满是血迹的衬衣上拿开，说："没人会注意到的。"

"赖安，去看看彼得在不在家。"不等他争辩，我立刻就打断了他的话，"流了这么多的血，你这样走在大街上太引人注目了。告诉彼得发生了什么事，再从他那里找件干净衬衣什么的。"

"我去彼得家也照样会引起别人的注意。"赖安说。

"毕竟近些。"我转身看着赖安，尽力使自己的话显得坚定一点，"我想要你去看看塞宾娜的车是不是还停在她经常停车的地方。角落里有个付费电话，往彼得的家里打个电话，告诉他塞宾娜的车是否还在。"

"你打算跟她一起去?"赖安问。

我摇了摇头。"我要回艾米利亚的公寓去，打电话到她上班的地方，告诉她一切，然后叫她回来。要是我们联系不到彼得，就需要想别的办法去研究所，艾米利亚有车。"

"那他怎么办?"赖安朝杰克逊点了点头，杰克逊看了看赖安，又看了看我。"他有什么打算?"

"我不知道。"我说，"我管不着。"

杰克逊又看着别的地方。我心里既高兴他不敢和我们对视，又恼恨他不敢跟我们对视。自从他来了之后，艾迪就一句话都没有说过。

我们四个人好不容易设法从里面走了出来，来到了大街上，匆匆忙忙朝马路对面走去，在拐角处迎面看到一个警察。我眼睛看着别的地方。我们谁都没有说话，一直等到我们离照相馆有差不多两个街区远了，我才轻声说道："到彼得家碰头。"

"二十分钟。"赖安说着，看了一眼我和他妹妹，"只能这么久。"

拯救波瓦特

我点了点头，踮起脚尖亲了一下他。谁也没有说什么，哈莉没有说话，杰克逊没有说话，就连我大脑里的艾迪都没有说话。

赖安嘴上满是血腥味，这更加让我觉得我做的是对的。

二十分钟。我又重复了一遍。因为知道要是我不先走，他们都不会走，我就先和他们分开，朝大街上走去。我一直数到一百才回头看，这时，赖安和哈莉早就走了。

他们只会碍事。艾迪说。她只是用她的方式说出了我心里想说的话，那就是：他们会受到伤害。赖安已经受伤了，比他表现出来的要严重得多。而哈莉，哈莉和丽萨从一开始就不该卷入进来。这些乱七八糟的事跟她们无关。

我和艾迪慢慢地朝刚才来的那个方向走去，杰克逊还站在我们刚才离开的地方。他看起来一副茫然若失的样子。

但是，当我们走过去的时候，他却一直看着我们，而且，此刻，他终于开始直视我们的目光："你们根本就没有想过要回艾米利亚的公寓。"

"我得去波瓦特研究所。"我说。

就算我们有钱，也没有出租车会载我们一路到研究所去。无论问哪个出租车司机，他都会把我们踢下车，觉得我们是在耍他。可是我们必须要去那里，而且我们不能一路步行过去。我本来应该等着彼得来处理，可是彼得那么有计划、注重细节的人，天知道他会怎么做。我没时间等着彼得来处理了。

亨利没有车，艾米利亚不可能那么快赶回来，就算她及时赶回来了，在征得彼得的同意之前，她什么也不会答应，这些都太花时间了，而我们没有时间耗得起。

我也可以打电话报警，可是警察会把这当回事吗？他们能来得及阻止塞宾娜吗?

让所有跟我们有联系的双生人都卷入危险当中,我们冒得起这样的风险吗?

艾迪和我会阻止这一切的。我们自己还应付得来。

"你认不认识什么人能借车给我们的?"我问。

杰克逊犹豫了一下,最后点了点头说:"不过,我们还是赶不及了。"

我耸了耸肩。

"心存希望。"我说。

拯救波瓦特

37

　　我们的车子一路飞快地往前冲，速度太快了，每次拐弯的时候，我都担心车子会把我们甩飞出去。半小时前，我们离开了安绰特。杰克逊好不容易才找到一个能在这么仓促的时间里借车子给他的人。我努力克制自己不要去想赖安和哈莉还在等我去彼得家会合，每过一分钟，他们就会变得更加焦虑。

　　我也克制自己不要去想自己不能及时赶到波瓦特研究所。

　　"我们不可能在塞宾娜之前赶到研究所的。"杰克逊说，"她比我们早出发。"

　　"那我们就只能保证大家都不要进楼。"我看着窗外，小心地观察外面有没有警察。我们最不想发生的事情就是因为超速被警察拦下。窗外高低起伏的风景从我们眼前飞过，只留下一道道模糊的褐色影子。

　　"我们有什么办法能让他们不要进楼？"杰克逊问道，"难道站在门口挡着他们，朝着每一个进来的人大喊'有炸弹'？"

　　"要是这样能拦住他们也不错。"

　　"这样是能拦住他们。"杰克逊说，"可我们俩也会被抓起来。"

我没有回应他。

"伊娃。"杰克逊眼睛看着前面的路说道，"刚才克里斯托弗说事先不想让你知道，这样你就是无辜的，这话并非全是假话。可是，他刚才说我们从来都不需要你那番话，嗯，那个，全是假话。"我还是没有搭理他。"你瞧，刚才在那里发生的一切——"

"刚才在那里发生的就是，你的朋友们袭击了我们，并且绑架了我们。"

"他们也是你的朋友。"

我低声笑了一下："是吗？"

"当然，他们是你的朋友。我——"他的手指紧紧抓着方向盘，关节都发白了，"我能跟艾迪说句话吗？"

不要。艾迪对我说。

我摇了摇头，说："她说不要，你安心开车吧。"

他乖乖地专心开了一会儿车，我们俩谁都没有说话，但是，他却一直目光灼灼地盯着我们看着。

"对不起，行吗？"杰克逊的声音透露出，他跟我一样疲惫不堪，"对不起。你们从来都没有想过要伤害谁。"

杰克逊把车停在路边上从研究所里看不到的地方。这里的地形和弗兰德米尔一样，到处山峦起伏。太阳开始落山了，可我真希望现在已经天黑了，这样我心里就会舒服一点，也许还能帮助我们藏身。

"这条环线通往研究所。"杰克逊转过身，和我们一样眼睛盯着窗外看着，"不过，你可以爬到山上去往下看，什么都看得一清二楚。"

我打开车门，杰克逊马上准备熄火，可我拦住了他。
"不，你待在车上，我去看看周围还有没有别的车。要是没有，我们就一路开过去找塞宾娜。"

他还没来得及反对，我就"砰"的一声关上了车门，快步朝山上走去。崎岖不平的路面搞得我们脚下一直在打滑。

你觉得她已经到这里了？艾迪问。我们一路上都没有见到别的车停在路边。

也许她在离大楼更近的地方，而其他几个也许都在拐弯那一块。

那样有点太近了吧。艾迪说，他们会被那些官员们发现的。

不一定。

我回头往后看去，杰克逊坐在车里，很难看得清楚他。虽然我们看不清他，但是希望他能看清楚我们。

我们会不会真的让那些人抓住，伊娃？艾迪问。

我们脚下的一块石头翻了，我们差点滑倒。我身体往前倾了倾，最后一刻恢复了平衡。我的脑海里看到有人的手抓着我们的胳膊，警察把我们塞进警车，用力逼着我们低头。他们会不会把我们的手反铐在身后？

他们会不会通知我们的父母？当他们从饭桌上抬起头来，从电视上听到我们的名字，看到我们这熟悉的脸庞，他们嘴里的食物会不会瞬间喷出来？艾迪自问自答：我们真的会被他们抓走。她的话里听不出愤怒，也没有悲伤和指责，只是显得平静而麻木。去救那些根本不在乎我们的人，那些一有机会就会杀了我们的人。

没关系。我深吸了一口气。又往前走了几步，我们就到了山顶了，远处的杰克逊变成了一个小点。我是说——是有关系。可是，我们不能去杀他们，艾迪。我不管他们是谁，不管他们会怎样对待我们，反正我们必须这样对待他们。

我们朝山下的研究所看去。

也许我们跑的话，他们就抓不到我们了。我小声说道，也许，也许根本不会有事。

波瓦特研究所跟诺南德不同。这里没有绿色的草坪，也没有明亮的能渗透阳光的玻璃窗。主楼矗立在山谷当中，是一座五层的长方形大楼，规模巨大。我们看到的是楼道背面，大楼的墙是白色的，这跟诺南德没什么不同。白色的墙面，黑色的屋顶，沥青路面的停车场，一切都在慢慢下山的太阳下炙烤着。

旁边还有一栋小点的大楼，将停车场的大部分地方挡住了。我回头看着杰克逊等我们的地方，挥手示意我要往下走走，好看得更清楚一点。

我们看到了十一辆车，都不是塞宾娜的车。大楼外面有十二个人在说话，其中一个是保安。我们正看着的时候，一个女人从车里走了出来。离得太远，我们只能看得出她的身体轮廓和她身上衣服的颜色。

我又往前走了走，好看清楚大楼的前面，那里的主通道口站着两个保安。

艾迪，我竭力压制住心中那一阵让人讨厌的希望说，要是塞宾娜进不去的话会怎么样？要是——

一只手捂住了我们的嘴。

"嘘，伊娃。"我听到塞宾娜在我们耳边小声说着，"嘘，只要你不出声，就不会有事。"

我挣扎着想要她松开，可塞宾娜比我们身材高大得多，而且她还有克里斯托弗给她帮忙。他满脸严肃，几乎是面色铁青，不知怎么，这个样子比他平时火爆的样子更加让人害怕。一个小小的挑衅就会一点就炸的克里斯托弗，和笑的时候满脸柔和的克里斯托弗是同一个人。而眼前的这个克里斯托弗，眼神冰冷，嘴角紧闭，我几乎都认不出来了。

"嘘——"塞宾娜再一次小声说道，"我们不想伤害你，伊娃。"

我伸出一只脚去。勾到的，是塞宾娜的脚，还是克里斯托弗的脚？俩人都大喊了一声，其中一个滚下了山坡，顺带把我们也拽了下去，塞宾娜的手还捂着我们的嘴。

"来不及了。"她喘着粗气说着，"炸弹都装好了，什么都弄完了，伊娃。"

不会来不及的。不能来不及。

"伊娃，"克里斯托弗大喝一声，帮着塞宾娜把我们的胳膊捆到身旁，"别乱动！"

我不理他，不停地扭着转着，直到我们跪起来，后来整个身子都立起来。

"伊娃！"杰克逊小声地喊着。我们很难听清楚他的声音。他爬了多高了？离我们有多远？"伊娃，你在哪儿？回答我！"

塞宾娜朝他发出喊声的方向转过去，她捂在我们嘴上的手放松了一点，我马上跳开了。

"杰克逊！"我喊道。

塞宾娜的手又甩过来捂住了我们的嘴，她不停地一会儿看看我，一会儿又看看山顶，杰克逊随时都可能出现。"伊娃，你想干什么？从这里跑下去？大楼就要爆炸了，你会死的。"她看着我的眼睛说，"伊娃，我喜欢你，不管发生了什么，你和艾迪，你们是我们中的一员。我们管好自己的人就可以了。"

我挣扎着缩回头，一下碰到了克里斯托弗的下巴上，手肘捣在他的肚子上。我蹲下身子，刚好避开了塞宾娜的手。我们滚下去的时候，嘴里都是土，脑海里嗡嗡作响，耳朵里听着克里斯托弗的喊叫声。我挣扎着站起来，喘着粗气，朝山下跑去。克里斯托弗跑下来追我。

　　"伊娃。"塞宾娜喊道，声音没有完全放开，她还是怕被人听到，"伊娃，别这样！"

　　我可以看到停车场的边缘了，那里没有人了，可能刚才我和克里斯托弗还有塞宾娜扭打的时候，他们都进到楼里去了，只有车子还停在那里，在夕阳下闪闪发光。

　　我回头看去，克里斯托弗没有再追我们，他的嘴唇又裂开了，我看到他流着血。塞宾娜站在他后面，离他有几英尺远。

　　"我有多长时间？"我问塞宾娜，"炸弹还有多久爆炸，塞宾娜？"

　　"随时。"塞宾娜说。

　　我摇了摇头："你如果说的是实话，就不会离大楼这么近了。"

　　"我是来拦住你的。"她说，"我是来救你的。"

　　"我要进去。"我下巴朝研究所努了努，"我有多长时间从里面出来，塞宾娜？"

　　她朝我们走近几步，声音恢复了一贯的平静："你没有时间了，伊娃。回来吧——"

　　"我要进去。"我和她一样平静，"我不会让他们死的，塞宾娜。我不能让他们死，我不能那样活着，也不能让赖安那样活着。"我瞪着她，小声说道，"我也不会让你那样活着，塞宾娜。现在，告诉我我有多长时间能出来，否则我就碰运气。"

她不会告诉你的。艾迪说，她不在乎，伊娃。

塞宾娜只是盯着我们。

我转过身，朝研究所跑去。

"十三分钟。"塞宾娜说，"十三分钟，就这么长时间。"

38

后面有一个保安，看见我一路跑过去，他吓了一跳，往前走了几步，伸出胳膊，手高高举起喊着："嘿，嘿，你干什么？这里——"

"得让他们都出来！"我大声喊道。他过来抓我，我朝后面退了一大步，避开了。"你得把他们都叫出来！"我们的心跳得真厉害，响得我觉得自己都听不见自己说话的声音了，每一次跳动都像是在我们的胸腔里炸开了一样，"里面有炸弹！楼里有炸弹！你得让他们都出来！"

保安只是皱了皱眉头。他根本不相信我的话！上帝！他居然不相信我的话！

我挤开他就跑了进去，没有理会他的喊叫。大楼里很冷，我的鞋在瓷砖地板上发出尖厉的声音，这声音在四面的白墙上回荡。楼里除了我没有别人。

艾迪和我仅用了几秒的时间，就穿过大厅朝楼上跑去。这些人是不是在最顶楼？是不是大楼另一端？

我看了看表，还有十一分钟多一点的时间。

我们跑到二楼。

"有人吗?"我喊道。

大楼里除了我们的回声,什么也没有。我沿着楼道一路边跑边喊,在每个房间门口向里张望,透过窗户向外面看。我们看到了狭小的铁床,整齐地铺着床单,看到了简朴的、储物柜大小的卫生间,瓷砖表面发出亮闪闪的光,可就是没有看到人。

然后我们就跑到大楼另一端的楼梯间,这里的楼梯又窄又长,每一层楼都有两段。这样又跑又叫弄得我们简直上气不接下气。

我们跌跌撞撞跑到三楼楼道的时候,声音已经小多了。"有人——"

面前整个一群人齐齐转过身来。我们僵在了那里,大张着嘴巴,问话的最后几个字生生卡在了喉咙里。

他们一共有十三个人,男的比女的多一点,都穿着正装。

而与我和艾迪近在咫尺的,正是詹森。

刚开始,他和别人一样只是盯着我们看着,但是,跟别人不一样的是,他慢慢认出了我们。他离我们这么近,我吓得脚底下都走不稳了。我晃了晃脑袋,让自己清醒过来。

"你们得离开这里。"我说,"你们必须离开大楼。"

没有一个人动一下。一个女人转身看着詹森,"怎么回事,马克?"而詹森则眼睛一眨不眨地盯着我们的脸。

我扫了一眼我的手表,还有八分钟。他们还有八分钟的时间。不,是我们还有八分钟的时间。

看在上帝的分上,直接告诉他们,伊娃。

"大楼里有一枚炸弹。"我说,"你们还有八分钟的时间离开这里。"我们的声音不听使唤,显得有点不成调,也不像我

拯救波瓦特

需要的那样洪亮。

不过，这回大家都在听我说。人人都在听我说，却没有一个人动。

"有炸弹！"我尖声叫道。看这情形，我要么只会喃喃作声，要么只会大声尖叫，没法正常说话。其中一个女人反应过来，大叫了一声，像是受了惊的小鸟一样。我朝刚才来的路上跑去，一边回头看着，希望我的行动能让他们学着我的样子跟着跑。

詹森的脸上灵光一闪，突然一下明白过来，就像是他刚拼好了最后一块复杂的拼图一样。

我没时间琢磨了。

离楼梯最远的那个人最先跑了起来。他猛地朝前冲去，差点把他正前方的那个人撞倒。这一刹那，只有他，还有那个差点被他撞倒的人跑起来了。

突然，大家一齐朝我们跑来，形成了一连串的恐惧的波涛。我们后面的人把我们挤到了楼梯间。人们的胳膊肘和手脚到处乱伸。然后看见大家一个劲地往下跑啊跑，只听见墙上回荡着我们逃跑的脚步声。

还有多长时间？够不够我们跑下楼梯，穿过大厅，跑到山上去？

别想了！我对自己，也对艾迪说。

不要去想嘀嘀嗒嗒的秒针的响声。

不要去想周围令人作呕的肉体在推搡。

不要去想詹森，天知道他离我有多远。

想这些也没有什么用。

就不停地跑，往前跑。

我们刚跑到二楼，旁边那个人就跌倒了，撞到了我们身上。

我们脚底一滑。

我们和什么人碰到了一起，我们的四肢和他的四肢纠缠着，他身体的惯性推着我们往前扑去。他的身体猛地砸在我们身上的时候，我们大声尖叫起来。他伸手抓住了护栏，我们也伸手去抓，却没有够到。

我们跌倒在地的时候，一切变得混乱不堪，大家纷纷躲避，以免自己被我们拽倒。我的腿上感到一阵钻心的疼痛时，才知道自己身体着地了。

好一会儿，我们什么也看不清，什么也听不清了。当一切逐渐清晰起来，我们发现有些官员正在犹豫，有几个几乎停下了脚步，有一个还真的停下来了。脚踝处一阵灼痛，尖锐的疼痛直刺肌肤。

"快跑！"詹森喊道。我们身后已经没剩下几个人了。大部分人都在推挤着往前跑。"没时间了，我来帮她。"

没有人和他争，尤其是在这种没有什么必要的情况下。他们都逃命去了。

詹森嘴里虽然这样说，人却跟着他们一起逃跑了。

我们想要站起来，可是脚踝却因为有了压力，更疼了。我们滚下楼梯的时候，手表也摔碎了。

我们还有几分钟？

他说他来帮我们。我对艾迪说道。

他会来帮我们的。艾迪对我说。

其实我们谁都不相信这一点。

我们咬牙忍着疼痛跪在了地上，还能勉强爬着前行，最起码短距离没有问题。可我们前面有一整段楼梯，还要出了大厅，才算安全。

可是，除了试一试，我们别无选择。

我们要死了。我一边心里这样想着，一边拖着身子朝最后一排楼梯爬去。

我们要死了。我一边心里这样想着，一边把手掌放到往下爬的第一级台阶上，想要把重心移到上面，这样整个身子才能跟上来，脚踝和大腿疼得像着火了一样。

噢，上帝啊，别让我们死掉！求你了，求你了。

我们还剩多少分钟？我们的心还可以跳多少次？

楼梯间的门开了。

詹森盯着我们看着，我们也盯着他看着。很快，他爬上楼梯，弯腰蹲下，说："胳膊抱我的脖子。"

我们一言不发地照他的话做了。他抱起我们，我们的手在他的后衣领处握紧拳头，紧紧地揪住那里。

拯救波瓦特

求你了，上帝，别让我们死去。

他也没有再说什么，只是抱着我们反身朝楼下跑去。每被碰一下，我们就咬紧嘴唇强忍住不要痛得哭出声来。

他用肩膀推开了楼梯间的门。

求你了，上帝，别让我们死去。

刚走到大厅半路的时候，炸弹爆炸了。

39

我们看不见，听不到，也没有了重量。

伊娃？这是艾迪在喊吗，还是我自己想象她在喊我？

我感觉到重力最先恢复了。我们虽然不知道自己被挤成什么样了，但是知道自己被挤了。试着想动一动，却根本动不了，有什么东西挡住了我们的脸，让我们没法呼吸。

不，不，可以呼吸的，可以的，只要镇定一点就行了。

我们还活着。

艾迪？

四周黑漆漆、静悄悄的。

嗯？

我们得出去才行。我说。可我们并没有动，是不想动。我们处在歇斯底里的边缘，只要我们不去想着挪动，那么，最后我们就能不崩溃，保持镇定，就会安全。

我们被挡在什么东西下面了，这东西不会伤着我们。这到底算是件好事，还是说有什么非常非常不对劲儿的地方？

专心点！我狠狠地对自己喊道，专心点，专心！

艾迪？我又喊了一遍，特别想听到她的声音。她一言不发，浑身发抖，让我觉得特别害怕。她这无声的、压抑的恐惧。这是我们所有噩梦中最可怕的梦魇，集中了我们对于黑暗狭窄的空间最可怕的畏惧，汇集了我们七岁时被锁在箱子里的经历和在贝斯米尔和兰开斯特广场在人群中的恐慌，以及——

我们动不了。艾迪低声说道，要是挪了不该挪的东西——

我们就会被压在下面，结结实实，永永远远。

我们咽了一口唾沫，眼前仍是除了黑暗什么都看不到；耳中除了寂静，什么都听不到。

大声求救吧。艾迪建议说。

胸口上的巨大压力压得我们无法呼吸，更别说大声喊叫了，不过我还是想法试了一下。嘴唇和舌头就像灌了铅一样，声音听起来特别奇怪——含混不清又遥不可及。

还有人敢踏进这座崩坍的大楼吗？或者，这里还能叫作大楼吗？

艾迪？我又喊了一声，艾迪，我们会没事的。

分散我的注意力。艾迪在我耳边说道。我们在诺南德医院被迫躺在一架检测的机器下边的时候，她就是这样。她抖得更厉害了，这有可能会同时击垮我们两个人。给我讲一件过去的事，伊娃。

我讲了发生在来安绰特之前的事，发生在进诺南德医院之前的事；回忆了我们的家，回忆了爸爸妈妈和莱尔，甚至纳撒尼尔；说到了我们那座白墙黑瓦的小房子，厨房里挂着的草莓图案的窗帘。我们的心跳还是很快，不过脑海中的慌乱减少了那么一丁点。

我们还能回到家里吗？艾迪问，还能再见到他们吗？

能的。我说。

伊娃——

能的。我坚持道，能，我们能回去，只是我们要先离开这里，好吗？

一声巨响传来，有什么东西倒了下来，重重地砸在地上，弄得我们身下的地板都在晃动。紧接着一阵热浪传来。

是火！

我们的喉咙里发出一声压抑的尖叫。

我们得出去，艾迪！我说道，马上！

这一次，她没有和我争辩。

我们胳膊动不了，手也动不了，但指头一阵痉挛。我试了试另一只胳膊，左胳膊。疼痛传来，像刀子从我们的肩膀一路划到手肘，又割向我们的背部。我们倒抽一口气，呛得一阵猛咳，肋骨传来更加深切的疼痛。腿上似乎比身上其他部位更灵活，可也更感到炙热。大火像是在吞噬着腿周围的瓦砾，我祈祷我们不要被烧伤。

我试着用残酷坚韧的意志逼得自己抬起头和躯干，但是摊开的手臂一点都使不上劲儿，我把左腿甩到右腿上，屁股和肩膀同时用力往上抬，胸口离开地面一两英寸了，但是胳膊却还压在地上，浑身上下都疼，疼得厉害。我尖声大叫起来，可发出的声音却像是在呜咽。

但是身体往上抬的力量还是撼动了什么东西，我再次试着动了动右手，发现这只手基本能动了。要是我能脸朝上，我就能推开——

压在身上的一块重物被人卸了下来，我大大地吸了一口气，肺部慢慢张开，胸口感到一阵疼痛。我咳嗽起来，咳得唾沫四溅，喉咙被灰尘呛住。

是杰克逊吗？是杰克逊把我们挖出来了吗？我们还是脸朝下趴着，只是疼得感觉眼前直冒金星，四周仍是一片黑暗。

有东西叽里咣啷掉到了地上，我们背上的重压也减轻了。我不知道该往哪边爬，但是还是爬出来了，然后我们就自由了，我们不再什么都看不见了。我们跌坐在地上，背靠着一小块坍塌的墙。

我眯着眼睛抬起头，想看看是谁救了我们。

是詹森。

四周烟雾腾腾，他的表情模糊不清，也许是因为他的脸被黑灰遮盖了，也许因为我们视线还不够清晰。

他跌跌撞撞，摇摇晃晃朝我们走来，我不觉往后退缩着。他的手重重拍在我们头顶的墙上，侧身倒了下来，我们在最后一刹那往边上滚开，避免他的身体压着我们。

就这样，我们俩都坐在那里，背靠在墙上，波瓦特研究所在我们的旁边崩塌着，燃烧着。

我们环顾周围，到处一片废墟，大楼还立在那里，看不到天空，四周到处是烟雾和粉尘、被炸毁的断墙、损坏的屋顶和地板。废墟上噼啪作响，橙黄色的火苗舔舐着周围的一切。

我们剧烈地咳嗽着，每一次呼吸，肋骨都像是要断了一样，不由得呜咽起来。我累得一动都不想动。詹森的脸上满是血迹，衬衫本来是白色的，可是现在上面沾满了黑灰和暗红色的血迹。

"我就知道会抓到你们的。"他的嗓音沙哑，支离破碎，却带着惯有的生硬。他看着我和艾迪，似乎即使面对这一切损

拯救波瓦特

毁，他也只能关注到我们。刚才他把我们从废墟里刨出来的时候拥有的那股力量，也渐渐地消散了。"兰开斯特广场放鞭炮，警车挡泥板前的那段视频，我看到了你们。"

他在说什么？艾迪问道。她的恐惧像一个黑色的硬块一样。而詹森的话听起来像个疯子说的。

很快，我回过神来，兰开斯特广场那次，有一辆警车，就是在我们眼前把科迪莉亚撞倒的那辆，那个警察和我们对视过。

那辆警车的挡泥板上有摄像头。

"氧气罐。"詹森吼道，他的话淹没在他急促的呼吸里，"那个医生，我找他谈过，我就知道，是你们。我说过，我一定会抓到你们的。"

那个在本诺医院的门口抽烟的医生，那个拿着在黑暗中闪着亮光的烟蒂的医生。

"那个男孩在哪儿？"詹森抓住我们的肩膀，他的手指像鹰爪子一样刺过我们身上薄薄的衬衫。我疼得倒吸一口凉气，挣扎着推开他。"他和你们一起被人从诺南德带走了，他在哪儿？"

"你找不到他的。"我小声说道。

"他在哪儿？杰米·科塔在哪儿？"

我摇了摇头。

"伊娃！"

从远处传来喊声，我和詹森同时抬起头找着。

"伊娃！"

声音近了一点，大了一点，也听得更清楚了。是个男孩的声音。

赖安。

他的名字都到了我们的嘴边了，我们却没有喊出来。

"你们在哪儿？"赖安喊道，语气里透着挫败，声音显得粗哑。到处都是烟雾和残渣，只能看到眼前几码远的地方。

"找到她了！"废墟里传来一个声音。这不是赖安的声音。

莱安纳医生像幽灵一样突然从前面的烟雾里冒了出来。一个穿着A字裙和不应景的高跟鞋的幽灵，头发紧紧缩在脑后。我们一阵惊怔，只知道盯着她，看着她一个肩膀挂着挎包，悠悠闲闲地朝我们走来。

看到詹森，她一阵紧张，却还是弯下身来跪在我和艾迪身旁。我想张嘴说话，却又是一阵咳嗽。我们感到她的手拉起我们的衬衣，轻轻地摸着我们肋骨，我疼得"咝"了一声。

"我的脚踝。"我挤出了一句话。

她挪了挪我们的腿，问："哪条腿？"

"右边。别——"她刚一碰，我立刻倒抽一口凉气。她把手伸进她的挎包，掏出一个小小的急救包，轻轻地脱掉我们的鞋袜。我们的脚踝已经肿了。

莱安纳医生在急救包里翻着找出一把剪刀和一卷绷带，詹森开口说话了："你为什么要那么做？为什么偷走那个男孩，背叛你为之奋斗的一切？"

"你能动动脚指头吗？"莱安纳医生问我，"再伸伸你的脚？"

我设法动了动几个脚指头。伸脚可要难多了。"断了？"

"不好确定。"她说，"另一条腿还好吗？"

"我，我想是，是的。"

她点了点头，细心地给我们的脚踝打着绷带，我尽力保持不动。浑身到处都疼。莱安纳医生的急救包里有几个药包，还有几个包装好的注射器，我正要问她里面有没有止疼片的时候，她伸手过来抓住我们的手："来吧，我帮你站起来，看看脚上能不能承受重量。前门的门卫已经报警了。很快这里就要人满为患了。"

我们还没来得及动一动，赖安就闯了进来，杰克逊紧跟在他身后，两人不约而同先盯着我看了看，又盯着詹森看了看，又回过来盯着我看。

"上帝啊！伊娃！"赖安喊了一句，就什么话也说不出来了。他和莱安纳医生一起蹲在我们身边，颤抖着伸出手来够我们的脸。

莱安纳医生站起身来说："她不会有事的，帮我把她扶起来。"

虽然也试了好几次，但是在杰克逊和赖安的帮助下，我还是设法站了起来，身体重量主要放在我们那条好腿上。我们的身体感觉非常沉重，尤其是头，感觉特别沉重。我有点想吐的感觉。

直到这个时候，莱安纳医生才转向詹森，两人都细细打量着对方。

"你们俩带她出去。"莱安纳医生对赖安和杰克逊说，"按我们来时的路原路返回。别让保安抓住你们。"她把一包药片放到我的手里说："带着这个，每两小时吃两片，可以减轻疼痛。"

"你怎么办？"赖安问道。

莱安纳医生看着詹森点了点头说："得有人把他弄出去才行。"

詹森一言不发。说到底，他还是救了我和艾迪，他曾经冒着生命危险回到楼梯间来帮我和艾迪，在自己也只能勉强站稳的情况下把我们从瓦砾堆里挖了出来。也许他做这些有他自己的目的，为了他自己执着的事业，但是，他救了我们的命。

"你为什么要帮他？"杰克逊问道。

"我是医生，"莱安纳医生说，"这是我的职责。"

我们离开那栋大楼时，天上是紫色和橙色的晚霞。我们不省人事有多久了？我看了看大楼的残垣断壁，半边大楼都被炸飞了，像小孩子的玩具一样倒在一片燃烧着的废墟里，另外半边大楼——就是我和詹森刚才所待的那半栋——仍然矗立在那里，到处一片汪洋火海。

等我们走到杰克逊的车子跟前的时候，艾迪和我浑身瑟瑟发抖，肌肉变得像果冻一样脆弱。赖安把我们扶到后座，我们半边屁股坐在座位上，轻浅地呼吸着，因为肋骨疼得太厉害了，我们不敢做深呼吸。我刚才把莱安纳医生给我的药片干咽了下去，可到目前为止，药效还没有起作用。

"我以为你们都到彼得家里去了。"我轻声说道。

赖安看着我们的眼睛说："我也以为你回艾米利亚家去了，我对你说过，要是你遇到了麻烦，我唯一想待的地方就是在你身边，现在你到底怎么理解这句话的？"

我移开了自己的视线。

"我确实去了彼得家。"赖安说道，"不过，他不在家。我一直等到哈莉赶到，然后让她待在那里，我去给莱安纳医生打电话，她是我唯一能想到的可以开车送我们来这里的人。"他关上车门，杰克逊发动了车子，他的嗓音非常尖厉："我真该跟你一起来的，伊娃。"

"你不在场的话就可以辩称自己不知情。"我柔声说道。杰克逊从后视镜里看着我们，我意识到他在辩解自己为什么要将塞宾娜的计划对我和艾迪保密的时候，也说过同样的话，不过这两件事不能混为一谈，根本不是一个性质。"塞宾娜和克里斯托弗呢？"

杰克逊解释说他在找我和艾迪的时候碰到了塞宾娜和克里斯托弗，他们俩挡住他不要跟着我们进楼——我当时推开的那个保安跟在我后面也进了大楼，但是另一个保安马上过来守在门边。

从某个角度来说，是那两个保安救了我们的性命。塞宾娜和克里斯托弗进不去大楼，就把炸弹装在外面了，这就是那栋大楼只倒了一半的原因。

要是我们走的是那半边大楼的楼梯的话……

"另外那些人，"我问，"那些政府官员，医生……他们都逃出来了吗？"

杰克逊点了点头："就在爆炸马上发生之前，大楼里跑出来一群人。他们和一些保安离开了。大楼里到底发生了什么事？"

我跟他们说起了詹森的事，他都说了些什么，这段时间以来他是怎么一直在关注我们的。我们在越来越暗的天色里开车走啊走啊走。一切都像是突兀的梦境。

我把头枕在赖安的肩膀上，等到一路的沉寂转变为城市夜间的嘈杂时，我们闭上了眼睛。开始的时候，我忍着不去想莱安纳医生，因为想起她就令人担心不已，后来我又忍不住想她，因为不想太对不起她了。我小声祈祷她能想法顺利脱身。

赖安轻声说了句："快到了。"我们没有睁开双眼。

杰克逊先说了句："这样不地道。"我们也没有睁开眼睛。

听不到警笛轰鸣，我们是不会睁开眼睛的。

很快，我们就听到了警笛声。

我们心中的最后一线希望破灭了。

40

艾米利亚家所在的那栋大楼四周都是路障。警察和警车占满了平时冷清的街道。

"凯蒂!"我说,"还有妮娜——"

还有艾米利亚、苏菲和亨利——

我没有意识到自己一直在往前走,直到赖安的胳膊环抱住了我们的肩膀,强迫我停了下来。杰克逊把车停在离艾米利亚家那栋楼有几个街区远的路边。

夜幕降临这座城市,街灯和车灯及时亮起。有人敲了敲车,我们吓得差点尖叫起来,很快我们看到了对面车窗上现出一张若明若暗的脸。

是丽萨。

我打开车锁,丽萨拉开车门溜进了车,我和赖安正要跟她说话,她用手做了一个嘘——的样子,低着头,并示意我们其他人也把头低下去,好让别人更难发现我们。她的目光在我们身上巡视,满脸警惕地看着我们身上的瘀青、伤口和血迹。

"其实没有看上去那么糟糕啦。"我说。这也许不是真话,但是，此时此刻，这些都不是重点了。

"怎么回事？"赖安问道。

丽萨立刻飞快地说了起来，那些话就像是从她的脑海里直接蹿出来，就等着有人来听到它们。"我一直等到彼得回家，把当时的情况都告诉了他——什么都说了。后来塞宾娜和克里斯托弗回来了，不过，他们被人跟踪了。"

要是他们被跟踪了，一定是因为有人把他们和炸弹的事联系在一起了。难道是因为他们离开得太晚了？还是因为他们为了阻止我和艾迪逗留在那里被发现了？

艾迪一定是发现了我的愧疚感，说：伊娃，这不是我们的错，不是我们让他们那么做的。

我知道。我说，我知道。

可却还是……

我们发现丽萨又在盯着我和艾迪看，脸上因为焦虑而有点变形了。但是赖安在她的手心敲了一下，促使她藏住了她的担忧，接着往下说着："他们并不知道自己被人跟踪了，不太确定，但是塞宾娜一定是对这种事情有了充分的准备，她把车停在了几个街区远的地方。"

"这么说，他们没事？"杰克逊突然问道。大家都转过去看着他，他嘴里支支吾吾了一会儿，却没有再追问，只是回望着我们，有那么点对抗的意味。

"我不知道。"丽萨说，"他们来了彼得家。大家，大家都很愤怒，然后他们就走了。他们可能逃脱了吧。很快，警察就开始抓人了——"看到我们脸上满是恐惧的表情，丽萨停了一下。她无助地耸了耸肩，绞着手指头："也许只是调查吧。我觉得大部分人都没有什么嫌疑——只是……只是大家

拯救波瓦特

都被吓坏了。知道吗，然后他们就开始反击，有些人和警察有了暴力冲突。"

几周来的限制、宵禁，人们早就积攒了很多的怨气了。我闭上眼睛，强迫自己镇定下来。

"为什么是艾米利亚家的大楼被包围了？"杰克逊问道。

丽萨咬了咬嘴唇，看了看赖安，又低下头看着座位："不知道，也许是因为大家都知道我和赖安住在这里……还有亨利……"

"亨利现在在哪儿？"我问，"还有凯蒂和艾米利亚。"

"他们在彼得家里。"丽萨说，"他一——就是我一把事情告诉他之后，彼得就把他们都叫过去了。"

"那你为什么不在彼得家？"赖安问。

"我一看到开始那几辆警车开进来，立刻就逃出来了。"丽萨说，"我不能干坐在那里。要说这些年我学会了什么，那就是，我要是干坐着，任由你和伊娃放任自流，准没什么好事！"

彼得家离艾米利亚家只有几个街区远。警察的搜寻没有波及那个范围，不过也快了。我扫了一眼黑暗的大街，找到了彼得家大楼的那个主要出入口，发现有几个警察就在附近的地方。他们是准备进楼，还是已经进楼了？要是彼得他们想要离开大楼，警察会允许吗？

杰克逊也看着窗外说："我们得尽快离这个地方远点。"

"我们不能走。"丽萨说，"我们走了，其他人怎么办？"

"你觉得我是想留下他们不管了？"杰克逊打断了丽萨的话，下巴挺得硬硬的，"除非你们有什么好的计划，否则我们最好在还没有更多的双生人被截住之前离开这里。"

艾迪和我还是盯着彼得家看着，所以我们最先发现一个小小的黑色身影从二十楼的窗户里冒了出来。这个身影爬得很慢，由于离得远，只能看到一道淡淡的黑影。不过，我们还是看到了。当我们明白过来那是谁家的窗户时，我们不由得屏住了呼吸。我们自己还住在彼得家的时候，就经常从那扇窗户溜出去。

是凯蒂吗？艾迪满怀希望地小声问道。可是我们没法确认。这时，大家都发现我们在看什么了。他们也抬起眼睛在黑暗中辨识着。

又有三个身影从彼得家的窗户上爬了出来，身材都比第一个高大不少。我双手紧紧抓住司机座的椅子背，身子拼命往前靠，想要看得更清楚一点，这弄得我们浑身的肌肉都在剧痛。"是他们，是凯蒂和——"

另外三个是谁？是艾米利亚、亨利和彼得吗？应该没错，是的吧。

"你确定？"丽萨爬到前面的座位上，这样她能看得更清楚一些，"他们离得太远了，伊娃。我看不——"

"是他们。"我说，"我肯定。"

"你不能肯定。"杰克逊说，"他们离得太远了，而且天也太黑了。"

"是他们。"我伸手去推车门，但是赖安把我拽了回来。我们的手肘撞在座位上，一阵剧痛，我不由得缩成一团："是他们，赖安。我们只能——"

"只能怎样？"杰克逊打断了我的话，"伊娃，你连路都走不动了。你瞧，我们有钥匙，我们得离开这里。"

"不行。"我说，"不跟他们一起走，我们就不走。"

那四个身影正沿着消防逃生通道缓慢地往下爬着，很快，他们就爬到地面了，很容易就能看清楚远处了，就能看清楚我们了。

但是，别人先看到了我们。

我把目光从彼得的公寓方向移开，及时看到了前面闪着红蓝光的警车。这时，赖安伸手去够车门。"大家都下车！"他吸了一口气，将车门打开。

我最后看了一眼顺着消防逃生通道往下爬的那伙人，四个人还在爬行，这回加快了速度。我必须在他们消失在黑暗中之前告诉他们我们的位置。

赖安抓住我的胳膊说："走啦，伊娃！"

我急急忙忙爬出了车子，身体靠在赖安身上。杰克逊把我们另一只胳膊搭在他的肩膀上，他们两个人一起把我们架出了车子，丽萨就在前面几步远的地方。

警车闪着车灯巡逻路过的时候，我们刚好躲到了一栋大楼的阴影里。我们屏住呼吸，满头大汗。警车路过我们的车子旁边的时候放慢了速度，然后就一路开了过去。

我们瘫坐在大楼边上，大口喘着粗气。

摩尔斯电码。艾迪说道。

什么？

艾迪控制了我们的身体，甩开赖安的手，摇摇晃晃地反身朝车子前面走去。莱安纳医生的止疼药总算是开始发挥一点作用了，只是我们的右脚踝还是不能承受身体的重量。

"等等——"丽萨喊道，"你在干什——"

"我们教过妮娜用摩尔斯电码怎么拼写她的名字的。"车钥匙还在引擎上挂着，艾迪打着了车子，仪表盘上的灯亮了，前灯也亮了。

"是艾迪？"杰克逊问道。

"闭嘴，等会儿再说。"艾迪关掉了前灯，接着反复打开前灯，关掉前灯。她拼出了妮娜的名字：

N—I—N—A

消防逃生通道上已经看不见他们的身影了。他们看到了我们的信号了吗？周围已经到处都闪烁着警车灯了。

我们不敢再继续下去，艾迪在杰克逊的帮助下从车里爬了出来。

"他们会来吗？"丽萨轻声问道。

"会来的。"艾迪一直盯着杰克逊的眼睛看着，看得他不得不把嘴里的话咽了下去。

赖安还在观察大街上的情形："我想我们的车开不出这个地方了。这条路和下面那个十字路口只看得到警车，我想他们可能封闭了这个路段。"

艾迪站直身子，杰克逊的一只手还支在我们的手肘下，帮助我们保持站立的姿势。艾迪往前跳着走的时候，用力抓着杰克逊的肩膀做支撑。她手突然向前一指说："我看到他们了，在那边！"

那四个身影离我们还有一个街区远，警车呼啸而过的时候，他们就跑一阵歇一阵，躲在阴影地段。我们松了一口气。

"是，我也看到他们了。"杰克逊没好气地说，"可我也看到警察正在严阵以待。" 他松开我们抓着他的手，让我们靠在车上而不是他身上，"你们这些人就待在这里吧。天色这么暗，他们肯定看不到我们的。"

大家还没来得及说话，他就朝彼得公寓的方向跑了过去。

"杰克逊。"艾迪吸了一口气喊道。

"嘘！"丽萨突然制止了我们。她过来抓着我们的胳膊，把我们从车旁拉开，藏到了更隐蔽的地方。

赖安怕我们摔倒，匆匆跑了过来。我们的伤脚碰到了地面，艾迪赶紧忍住没有疼得大声叫出来。

看到又一辆警车经过，朝彼得和艾米利亚家的方向开去，我们赶紧靠在墙上。是不是刚才那辆警车？车在前面不远的地方停了下来，两名警察从车里出来，手里拿着手电筒。

"他们去哪儿了？"艾迪小声说着，一边在黑暗中摸索着寻找杰克逊和其他人。

丽萨的手指甲掐进了我们手掌的肉里。但是，警察们并没有往我们这个方向来，他们朝路那面走了，手里的手电筒光渐渐在黑暗中变得越来越远。

赖安松了一口气。

接着，我眼角的余光看到了五个人挤成一团朝我们走来。"在那儿，那儿，看到他们了吗？"

艾迪顾不得胳膊疼痛，拼命地挥着手。每往前走一步，模糊的身影就渐渐淡去，就越能看清楚他们的样子，很快，我们就看清楚了，苍白的月光映在凯蒂的脸上和杰克逊下巴的弧线上。我们还看到了映在亨利眼里的街灯和艾米利亚飘动的长发。还有彼得，他正推着大家往前走着。

"快点。"等他们一到我们身边，赖安立刻说道，"快，我们快走。"

艾米利亚扫了我们一眼，"谢天谢地！"她说道。

"瑞贝卡呢？"彼得直直盯着我们问，"我妹妹呢？"

"我——我不知道。"艾迪说。

有什么东西在彼得的眼里闪了一下，不过他很快就将它压制住了："走吧，我们得通过路障，然后找一辆车。"

"我们过不了那个路障。"亨利不慌不忙地说道，"至少现在还过不去。"

去照相馆。我说，我们可以躲在阁楼上。要是那地方是在包围圈里，我们可以走路过去。警察不会查那个地方的。

可是那里橱窗……都破了，而且——

他们肯定早就查过那个地方了。你觉得在这种情形下，他们还会去在意一两个被打破了的橱窗吗？

好吧，好吧。艾迪说。然后她大声说出了我的建议，大家都没有异议。

我们趁着黑暗行动起来，只要看到警车经过，就赶紧躲到阴影处。艾迪和我张着嘴大口呼吸着，肋骨疼得厉害，脚踝像是被烧着了一样。赖安和杰克逊一路扶着我们，可是这段路磕磕碰碰的，很不平整。

"等等！"凯蒂突然喊道。彼得赶忙冲过去捂她的嘴，但是她挣开了，手指摸索着在胸前的包里找着什么。我突然意识到那是她的摄像机包。"摄像机不见了。"她说，声音很大，显得十分恐慌，"我的摄像机——"

"别去管你的什么摄像机了。"杰克逊说道。

"可它很重要！"她满脸绝望地看着艾米利亚说，"你跟他们说吧，艾米利亚——"

艾米利亚犹豫了一下。"她把什么都拍下来了。"她柔声说着，"警察是怎么把大家拽出大楼的，刚开始的混乱场面。但是……"

"但是不值得为这个去冒被抓住的风险了。"丽萨晃着凯蒂

拯救波瓦特

的肩膀，带着她往前走，"你——"

"可它就在那儿。"凯蒂说，手指着一个地方。在街灯的光线下，我们只能看清，离我们一个街区远的地方，有一个东西躺在地上闪着光。"我看见了，就在——"

凯蒂挣脱丽萨的手，朝我们来的那个方向跑去，杰克逊从我们的胳膊下钻了过去，赶紧追她去了。

"不。"艾迪吸了一口凉气说，"不要，别去！"

可我们要是没了支撑，连站都站不住，更别说跑着去追他们了。等到大家都明白过来怎么回事的时候，他们已经跑出了好远，很难追上了。彼得忍不住骂了一句。

凯蒂跑得快得不可思议，可杰克逊很快抓住了她。黑暗吞噬了他们，可是，等他们跑到有街灯的地方，又将他们吐了出来。

我们看到他们朝摄像机靠近，看到凯蒂弯下腰捡起摄像机，又看到杰克逊紧跟在她身后，抓着她，推着她反身往我们的方向走着，往黑暗中走着。她又消失不见了。

听到一名警察叫杰克逊站住，我才看到那里来了警察。

杰克逊真的站住了。我们看到了警察的手电筒光朝他照去。电筒光在他的脸上闪了一下。

接着，杰克逊就开始跑。

不过，他并没有朝我们这个方向跑。

警察又大喊一声让他站住，这回来了两个警察，各拿着一支手电筒。而杰克逊还是往前跑着，朝与我们相反的方向，往大街上跑去。

警察跟在他后面跑着，手电筒光照着，在地上、空中和空车里面乱晃着。杰克逊速度很快，可是警察们也不慢。

凯蒂碰到了我们身上，大口喘着气。艾迪把她拽到我们身边，想挡住她的脸，凯蒂却不让她挡。

他们会开枪打他的。我有点木木地想着，要是他们把他打死了怎么办？要是他们抓到他了呢？

杰克逊几乎快要到那个十字路口了，要是他能想办法——

又一辆警车顶在了角上，一个急刹车停了下来，车上跳下来两名警察。

杰克逊顿住了，转身就跑。他离我有一个街区远，可我觉得自己就像是在他身边一样，看得一清二楚。警察正在靠近他，警车上的红蓝光照在他们的皮肤上形成一个一个的圈。前面来的两个警察喘着粗气，满脸通红，我们都感觉得到杰克逊的胸口在不停地起伏，看到他的眼睛四处搜寻着想要找一条出路，什么出路都行。

当警察把他扑倒的时候，我们好像感到自己的脸被碰得生疼。

"我们得走了。"彼得说。我们几乎没有听到他的话，我们的思绪还和杰克逊一起躺在地上，被围困在那一群警察里。彼得晃着我们的肩膀，说："我们得走了，马上。趁他们还没有搜查这条街，来找出更多的人。"

"不！"艾迪沙哑着嗓子喊道，"不行，我们——"

"我们不能再走这条路了。"他说，"我们得另找一条路去照相馆。"

一个警察把杰克逊从地上拽起来，推着他朝警车走去。我们一直等到看见杰克逊进了警车再也看不到他了，才开始动身。

彼得弯下腰来，把我们从赖安手里接了过来，他横抱起我们，就像我们是一个脆弱的玩具娃娃一样。

"我们得走了。"他说。

41

我们一整晚都待在小阁楼里。彼得、艾米利亚和亨利坐在沙发上，都是一副非常小心翼翼的样子，像是觉得沙发架子承受不了他们的重量一样。丽萨双腿交叉坐在平常放饮料瓶子的角落里，眼睛盯着地面发呆。凯蒂蜷着身子坐在她的旁边。

赖安坐在窗户旁边，背靠着墙，我们的头顶在他的胸口，他的胳膊揽着我们的腰，我们的手伸到他的衬衣里，握成拳头。艾迪忍不住哭了一小会儿，虽然她尽力压抑没有出声，可是还是能听到动静。

警车在外面穿梭，将红的、蓝的光照在黑暗的小阁楼的窗帘上。赖安在我们耳边小声地说着："没事，没事。"听起来就像是在劝说他自己一样。

艾迪收起了眼泪，脸上留下来两道细细的疲惫的泪痕。她打起精神，推开赖安的手臂，让身体能够支起自己的重量。此时此刻，我们没有时间颓废。

"你饿了没有？"看到凯蒂朝我们走过来，艾迪问道。我们的嗓子听起来有点哑，却并没有破音："他们在这里存了吃的。"

凯蒂摇了摇头，看着远处说："我们吃过了，艾米利亚和

拯救波瓦特

我，我俩在他们来之前吃过了。"

我本来可以，也应该能阻止这一切；本来可以，也应该保护她的安全。

"凯蒂——"艾迪喊了一声。

"抱歉。"她嗫嚅着说。她的眼睛里亮闪闪的，可是她并没有哭出来。我们突然想到，以前从来没有见凯蒂和妮娜哭过，不管发生了什么。"抱歉，让……让他返回去；抱歉，让他被抓住。"

"凯蒂。"艾迪说，"这不是你的错，这些事都不是你的错。"

凯蒂犹豫了一下，接着耸了耸肩。她跪下来把摄像机放到我们的腿上，我们感觉它比以前沉多了。

"摄像机是开着的。"她轻声说，"我没想开着它，可摄像机却是打开的。"

好一会儿，我明白过来什么意思。

接着，我就明白了。

艾迪颤抖着手指按下摄像机后面的键，把它打开，拿出了那卷带着黄色贴签的录像带。赖安的手指抓着我们的手指。

"我对得不准。"凯蒂说话声音变得大起来，"我没想——也许什么也没拍到。"

"给我。"艾迪小声说，"赖安，松手！给我。"

慢慢地，赖安松开了我们的手指。

我们在黎明时分离开了阁楼。大街上几乎是空的。这是星期六。"周末的时候凡事都没那么规矩。"这是塞宾娜的话，是她解释自己为什么要在星期五引爆炸弹的借口。此时此刻，这个星期六早上的寂静，就像是对我们发出的抗议——它让我们显得尤其醒目。

不过我们还是设法进了彼得的商务车。我们开着它在大街上穿梭，最终在太阳高照刺人眼球的时候，来到了城边一座小房子前，房子的门是暗红色的，前面的草坪凹凸不平，很明显没有人打理。

这次是我在掌控身体。赖安和我是第一个踏上门口台阶的人，所以我按响了门铃。我斜身靠在赖安身上等着。我很有耐心，我知道还得等一会儿，因为走一段路有时对他来说不太容易。

他缓缓地打开了门。

"嗨，伊娃！"他喊了一声。

杰米·科塔。十三岁。棕色头发，棕色眼睛。喜欢花生酱。有时是天使，有时却又非常淘气。可他就是杰米。

我伸出胳膊抱住了他。

大家鱼贯而入。杰米问起了莱安纳医生。大家都沉默了一会儿。我心里一再地希望能够看到她出现在这座房子里，希望她出现在门厅里，就像她突然出现在波瓦特研究所那栋大楼的烟雾中一样，就像她出现在我们在诺南德的最后一个晚上，来到我们的房门前，打开门放我们自由一样。莱安纳医生总是在我们最需要她的时候，以各种方式出现在我们的面前。

可她没出现在这里。

这都是因为我。

彼得开始四处打电话，其他人就围着坐在一起，一直等到亨利拽着丽萨到厨房去做点吃的。我们都没有吃饭，自从……我都记不清到底是从什么时候开始了。

"你还好吧？"赖安问道。我点了点头。我们坐在沙发上，彼此依靠着蜷在一起。他的手紧紧地握着我们的手："我真没想到你会冲进一座装了炸弹的大楼。"

"我只有十三分钟。"我小声说道,"这是塞宾娜告诉我的。"

"要是他们不相信你的话,还挡着不让你走,怎么办?要是塞宾娜没有说实话该怎么办?要是炸弹突然提前爆炸了怎么办?"

"我知道不会那样。"我说,"那是你做的。"

他发出了几声空洞的笑声。

塞宾娜此刻在哪儿?她和克里斯托弗最终脱身了没有?科迪莉亚怎么样了?

"我真不敢相信自己竟然让事情发展到这个地步。"我轻声说道,头靠着赖安的臂弯。我看着杰米,他正坐在餐桌旁,眼睛盯着桌上的木纹。愧疚像强酸一样涌进我们的血管,腐蚀着我身上的一切,心脏、肺部和咽喉。

"别这样。"赖安说,"伊娃,别这么想。要是需要怪谁的话,这事我的责任比你的大多了。那东西是我造的。"

丽萨从厨房出来,看到我们坐在沙发上,她犹豫了一会儿,还是走过来坐在我们旁边。赖安将她拉过来,抱在怀里。她的头发摩挲着我的脸。"我们做了吃的。"她轻声说道。

我们只能把为数不多的家具重新摆了一下,把餐桌拉到沙发前面,这样每个人都能有个座位。亨利把一锅冒着热气的东西端到了桌子上。我们都坐了下来,只有彼得没有,他一直等到碗都摆好了、汤端了上来才过来。

就在这时,我们听到一辆车停在了外面的通道上。

整个房间一片死寂,像是一张展现了恐惧的照片。彼得是唯一站着的一个,自然也是第一个行动的。他打着手势示意大家都躲到卧室去,这样就看不到我们。我们都一言不发地照做了。我把凯蒂推到我前面，又照看着杰米，走在了最后。

所以彼得开门的时候我听得到他们说的话，也能看到站在前面门口的人，苍白的脸，疲惫的双眼，嘴唇抿成一条细线。

"我的一个膝盖碰伤了。"莱安纳医生一边说着，一边把那只让她不舒服的鞋脱了下来。

彼得摇着头笑了。这声音听起来如此陌生、震撼和怪异，我不敢想象此时此刻，或者说自这一切之后，我还能听到笑声。莱安纳医生看到了我们，不过她什么也没有说，我也什么都没说。

后来，大家重新坐回餐桌旁边的时候，莱安纳医生向我们解释了她是怎么离开那个混乱场面的。快出大楼的时候，她给詹森注射了镇静剂，所以出大楼的时候詹森没法对保安戳破她的身份，在混乱当中，他们相信了她的话，认为她是来考察波瓦特的政府官员。他们送她去了医院，她登记了个假名。最终她找着机会偷偷溜了出来，躲好，然后回来找我们。

似乎每次，莱安纳医生都能够最终回到我们的身边。

她告诉我们，詹森不会死，很可能会完全恢复。不过，她不知道他醒来以后会对警察怎么说。她也不知道那些双生人，或者有没有双生人在爆炸发生后的突袭中被抓。彼得通过电话得知，住在那里的很多双生人都在家里，很安全，还是在隐姓埋名。但是还有几个没有回电话，情况不明。

其中就有塞宾娜、克里斯托弗和科迪莉亚。

艾迪和我的止痛药吃完了，吃过饭，莱安纳医生把我们带进了她的卧室，给我做了一个全面检查。她先检查了我们的脚踝，然后检查了其他伤口，我们安静地坐着。我们的肋骨上到处都是青紫的肿块，腿上的状况就更糟了。

"总而言之，你们真是太幸运了。"她说，"我真希望我能给你们照 X 光，可是——"

"好多了。"我笨拙地撒着谎。我俩并排坐在她的床上，中间放着一瓶消毒剂和一包绷带。

"伊娃，"莱安纳医生说，"看着我。"我没有照做，她伸手握着我们的下巴，将它抬了起来。她的嗓音低沉刺耳："几个月前，我亲眼看着他们在一个健康的小男孩身上开刀，我看到他们杀了一个灵魂，也使另一个灵魂遭受了一辈子的伤害。我天天看着杰米，我知道，我知道我曾助纣为虐。"

"不是你干的。"我平静地说道，"也许你根本阻止不了他们。"

她嘴角牵了牵，说："你在诺南德医院的时候可不是这么说的。我们也会偶尔犯错，伊娃。有时我们犯的错误太大，甚至'错误'这个词都不足以描述它的后果。但是这种事难以避免。而我们唯一能够弥补的方式，就是处理好我们留下的烂摊子。"

艾迪和我没有说话，莱安纳医生一直看着我们。

"我想我们毁了一切。"我低声说道。

"没有的事。"她说，"我也不想说假话，你们确实给一个刚刚到年龄学会开车的人造成了不少麻烦。可你们并没有毁掉一切。你以为彼得和其他人没有这方面的计划吗？哦，确切地说，不是这样的计划。"她说，不再盯着我们的脸，"不过也差不多。你知道彼得那个人喜欢凡事都做足准备的。"

我还是勉强挤出了一个笑容。这时候笑似乎有点不合时宜，不过却也不会对任何人有什么害处。

"谢谢你。"我说。

她耸了耸肩，站起身来，把消毒剂和绷带收拾起来。"谢我什么？"她在门口逗留了一会儿说，"我是认真的，伊娃，艾迪——你们两个——都要抛下'我毁了一切'这种想法，集中精神处理好你们留下的烂摊子。"

我们点了点头。

"保证。"她说。

"保证。"我们说。

我们确实是认真的。

莱安纳再次返回的时候，推着一辆轮椅进来了。杰米并不需要轮椅，可是有时候，尤其是在他状态不好的时候，有轮椅会方便很多。

"我看过几天我能不能找个拐杖什么的。"她一边说着一边扶着我和艾迪坐上轮椅，"不过，你们得注意不要让那只脚踝承受重量。"她摇了摇头，"你们知道吗，你们真的缺乏自我保护意识。"

这到底是勇敢，还是愚蠢，还是二者兼而有之？

"我只是想改变点现实。"我说着，手指头在放了垫子的扶手上敲着。

莱安纳医生干笑一声，不带一丝幽默地说道："怪了，我当年想当医生，想要专门研究双生现象，以及后来到诺南德去工作，也是由于同样的原因。"

彼得、苏菲和亨利都聚在客厅里。莱安纳医生走过去加入他们，我和艾迪转着轮椅往餐桌旁走去，杰米和凯蒂坐在那里，翻看着译本连环画。我听得到戴文和哈莉在厨房里嘀咕什么，可是因为水龙头的流水声和盘子的叮当声，我很难听清楚他们在说什么。

"嗨，杰米。"我说。他抬起头来，看到了轮椅，笑了。"我知道了，知道了，我就借来看一会儿。"

他做了个鬼脸："你……你，可……可以留着这本书。"

"要不要我推着你们转转？"凯蒂问。

我转了转眼珠子，忍不住露出一个笑脸："等等看吧。先帮我个忙，跑着去给我拿支铅笔和一张纸来。"

"为什么？"凯蒂问道，"艾迪要画画吗？"

艾迪？

"是的。"艾迪柔声说道，"不错的主意。"

凯蒂从椅子上爬起来，很快就拿来了一个记事本和一支铅笔。她把东西递给我们，然后靠在我们的肩膀上。

"画我吗？"我们转过脸对着杰米的时候，他问道。

艾迪点了点头，将铅笔抵在纸上，第一笔轻轻画出了杰米的脸和他卷卷的短发。

我们特别投入，没有发现哈莉和戴文一直在盯着我们看，直到过了好几分钟，哈莉问了一句："又一张艾迪的杰作要问世了吗？"

艾迪抬起头说："我刚才意识到，我以前都没有好好画过他。我——噢，戴文，你要是动，我就没法——"

戴文坐到了杰米的边上，低头满脸疑问地看着小男孩的连环画，杰米急忙翻过去给他看封面。

艾迪转了转眼珠子，杰米压低着声音笑了。戴文，戴文的脸上瞬间出现了微微的、自鸣得意的微笑，可很快就消失了。他往那边看了看彼得和窝在沙发上的其他人，他们离得太远了，说话声音特别小，听不见他们在说什么。

"他们又在计划什么。"他说，"我们得做出自己的计划。"

艾迪看了看手里没有画完的画，说："或者我们也可以跟他们合作。"

"你觉得他们会听我们的?"哈莉问道。

"我们得试试才知道。"

因为，最终，我们的目标是一样的，都想要安全，想要自由，想要不再疼痛，不再痛苦，不再恐惧。

不只为我们自己，也为那些没法自助、在需要的时候依赖我们帮助的人。

"来吧。"艾迪把手中的记事本放到桌上，"我以后再画吧，要开会商量。"

我们都挪到客厅去了，就连凯蒂都跟着过去了。彼得正在发言，看到我们过去，他停了一下。我们目光相接，但是我们并没有闪避。

最终，他点了点头。

"好吧。"他说，"我们得做这些事。"

致　谢

　　我想对这本书所有的微博读者和书稿的审阅者表达无尽的感谢，你们花费时间阅读，并且大促《拯救波瓦特》热卖。你们做了很多。每一个邮件，"周三等你呦""洒满爱"或者只是一个令人激动的邮件信息就足以成为一个作者的幸福节日。直到身怀抱负的我以作者身份亲身体验了这本书的微博世界，才对这个能量巨大的社交社区有了了解，我很高兴参与其中。

　　我再一次对 Pub Crawl 极富魅力的女士们大声呼喊，你们所有人都对我疼爱有加。

　　衷心感谢范德堡大学创意写作系，是你们满足了我学习写作的愿望，在这里我度过了最美好的四年时光。

　　我想对《拯救波瓦特》草稿提出批评的几位说几句，萨凡纳·福利，我感激你！需要时，你总是陪伴在我身旁；乔迪·梅多思，谢谢你的那些可爱的鼬鼠图片，在出版琐事让我发狂时，是它们使我冷静下来；艾米·考夫曼，你的注解让我觉得我比我自己想象的水平要高，我很享受哦；辛迪·王，全仰仗你对我敞开心扉，我才在写作中真情流露——幸亏有你！

　　毕连娜·利济，你是我凌晨 Skype 的密友，我的创意源

305

拯救波瓦特

泉，我敢说你的生活有时就是一部青春小说，所以一直很酷啊。

卡里·萨瑟兰，非常棒的编辑，在写作和修改《拯救波瓦特》这部书的过程中，大部分时间我是在焦虑中度过的，因为这部书对我来说太难了，超出了我的能力。是你帮我克服了巨大困难梳理头脑中的故事，使它们变成文字，对你，我有无尽的感激。

艾曼纽·摩根，很显然我不是你唯一的客户，可你却让我独享特权。我想如果将出版事宜比喻成一条河，那你就是我的船长，而我就是那条航行的船，让我们一起向着梦想前进！谢谢你，让我入选Hybird Chronicles丛书系列。

感谢哈珀青少年图书出版公司的每一位，你们的帮助使《拯救波瓦特》成功上架出售；同样感谢Epic Reads的姑娘们，她们的名字如史诗般有意义：我的宣传推广员，艾莉森·里斯诺，惠特尼·李以及其他所有的国外代理们。迪香，这本书是专为你写的。感谢你十五年的友谊，让我在童年时期拥有许多最美好的时光。你曾借用《绿山墙的安妮》来形容我们两人，尽管我们谁都没有读过这本书（我们需要读一读！）。我去找了这段引语，是这样写的："一个知心朋友——一个知己，你懂的，志趣相投的人，我是以心相交的。"我觉得它说中了，是不是？

最后，嗨，爸爸妈妈，我真是难以用语言来表达，谢谢你们！我爱你们！

拯救波瓦特

图书在版编目（CIP）数据

双生战记之拯救波瓦特 / （美）凯特·张（Kat Zhang）著；刘雪岚 译. -- 北京：作家出版社，2017.6

ISBN 978-7-5063-9526-7

Ⅰ．①双… Ⅱ．①凯… ②刘… Ⅲ．①长篇小说－美国－现代 Ⅳ．①I712.45

中国版本图书馆CIP数据核字（2017）第146288号

双生战记之拯救波瓦特

作　　者：凯特·张（Kat Zhang）
译　　者：刘雪岚
责任编辑：宋辰辰
装帧设计：王一竹
出版发行：作家出版社
社　　址：北京农展馆南里10号　　邮　　编：100125
电话传真：86-10-65930756（出版发行部）
　　　　　86-10-65004079（总编室）
　　　　　86-10-65015116（邮购部）
E-mail:zuojia@zuojia.net.cn
http://www.haozuojia.com（作家在线）
印　　刷：三河市华业印务有限公司
成品尺寸：142×210
字　　数：216千
印　　张：10
版　　次：2017年7月第1版
印　　次：2017年7月第1次印刷
ISBN　978-7-5063-9526-7
定　　价：38.00元